UM AMOR COMO NOS LIVROS

MOIRA MACDONALD

UM AMOR COMO NOS LIVROS

Tradução
Ana Rodrigues

1ª edição
Rio de Janeiro-RJ / São Paulo-SP, 2025

VERUS
EDITORA

Título original
Storybook Ending

ISBN: 978-65-5924-377-8

Verus Editora Ltda.
Rua Argentina, 171, São Cristóvão, Rio de Janeiro/RJ, 20921-380
www.veruseditora.com.br

CIP-BRASIL. CATALOGAÇÃO NA FONTE
SINDICATO NACIONAL DOS EDITORES DE LIVROS, RJ

M144a
Macdonald, Moira
Um amor como nos livros / Moira Macdonald ; tradução Ana Rodrigues. - 1. ed.- Rio de Janeiro : Verus, 2025.

Tradução de: Storybook ending
ISBN 978-65-5924-377-8

1. Ficção americana. I. Rodrigues, Ana. II. Título.

25-97721.0 CDD: 813
CDU: 82-3(73)

Meri Gleice Rodrigues de Souza - Bibliotecária - CRB-7/6439

Revisado conforme o novo acordo ortográfico.

Seja um leitor preferencial Record.
Cadastre-se no site www.record.com.br e receba informações sobre nossos lançamentos e nossas promoções.

Atendimento e venda direta ao leitor:
sac@record.com.br

Para Bruce,
sob a luz da lua e debaixo do sol

É consenso geral que o talento de escrever cartas
agradáveis é uma peculiaridade feminina.
— Jane Austen,
A abadia de Northanger

O segredo é estabelecer uma conversa entre os
livros. Quando eles são colocados lado
a lado, conversam um com o outro.
— Paul Yamazaki,
Reading the Room: A Bookseller's Tale

1

April

A carta era um erro. Ela tinha certeza.

April se perguntava com frequência se viver sozinha não lhe dava tempo demais para ficar cismando. Ela realmente tinha uma tendência a pensar demais, a contar histórias para si mesma para ter companhia, a fim de preencher os cômodos vazios. Seu apartamento, por exemplo, era fonte de muitas histórias: um quarto e sala aconchegante no terceiro andar de um prédio com fachada de tijolos vermelhos que parecia ter saído direto da década de 1920. Às vezes, April imaginava uma família pequena dividindo aquele espaço durante a Grande Depressão, talvez usando um lençol como cortina para separar um canto da sala de estar e garantir um pouco de privacidade para os pais. Ou uma mulher que trabalhava na linha de montagem de uma fábrica de Seattle morando ali sozinha na década de 1940, esperando o marido ou o noivo retornar da guerra. Ou, ainda, uma mulher solteira no estilo de uma personagem da série *Mad Men* na década de 1960, uma secretária que usava vestidos de cores vivas e olhava para os homens nos cargos que desejava ocupar enquanto se perguntava quando a sua vida mudaria. Cada uma daquelas pessoas poderia ter deixado sua marca no apartamento, fossem os leves arranhões no piso de madeira ou as pequenas lascas no azulejo do banheiro, ou o papel antigo e amarelado que forrava as prateleiras do armário de roupas de cama. Talvez alguns deles ainda estivessem vivos, morando em outro lugar, se lembrando com carinho dos anos que haviam passado naquele apartamento localizado em um quarteirão tranquilo de Seattle, com vista para as flores de cerejeira de um rosa delicado na rua abaixo em plena primavera. Às vezes, April imaginava uma reunião no apartamento, com pessoas de épocas diferentes compartilhando magicamente o mesmo tempo e espaço. É provável que todas ficassem horrorizadas com o valor que ela pagava de aluguel e com o fato de nunca ter trocado o forro das prateleiras. (Alguém realmente trocava o forro das prateleiras?)

Mas, naquele exato momento, April estava concentrada em algo totalmente novo, que não tinha nada a ver com aquelas paredes conhecidas e agradavelmente desbotadas. Ela havia escrito uma carta e a levado ao destinatário, e tinha se arrependido quase imediatamente.

Ninguém mais parecia escrever cartas de verdade, mas April amava a ideia da correspondência manuscrita, no papel, não por e-mail — a caligrafia, com suas voltas, suas curvas e seus ângulos, parecia ser um pequeno mapa para a essência de alguém ou um portal para outro tempo, como um romance vitoriano escrito com caneta-tinteiro. Mas ela sabia muito bem que algumas cartas nunca deveriam ser enviadas. Cartas confessando um segredo doloroso, quem sabe — do tipo que é melhor levar para o túmulo ou pelo menos aguardar a senilidade, o que vier primeiro. Cartas que guardam o equivalente a uma birra de criança, uma fúria que seria rapidamente dissipada, mas que continua viva por meio de rabiscos raivosos em um pedaço de papel. Cartas reproduzindo fofocas que podem ou não ser verdadeiras — talvez especialmente se forem verdadeiras. Ou cartas escritas tarde da noite, começando com "Você não me conhece, mas..." — e que seguem deixando claro algo que só poderia ser descrito como uma paixonite por uma pessoa que, na verdade, o remetente mal conhece.

Infelizmente, a carta que ela havia escrito era exatamente desse último tipo.

E, embora April não a tivesse propriamente *enviado*, a carta chegara ao seu destinatário: fora colocada discretamente dentro das páginas de um livro, *Magpie Murders*, de Anthony Horowitz, para ser mais precisa. Deixou o exemplar em cima de uma pilha no balcão de livros usados da Read the Room, a livraria do bairro que ficava a apenas dois quarteirões do prédio de April, em uma tarde ensolarada de maio que parecia cheia de promessas. Na loja, um homem de trinta e poucos anos cujo nome April não sabia, com uma barba descuidadamente charmosa e um sorriso gentil, daquele tipo capaz de inspirar poemas ruins, tinha a tarefa de cuidar dos livros usados que chegavam, classificando-os e checando o estado de cada um. April tinha certeza de que ele encontraria a carta e a leria. Ele parecia fazer um trabalho meticuloso, assim como parecia o tipo de pessoa que apreciaria o mistério de uma correspondência anônima. Embora fosse muito, muito gato — certamente não era ator, mas bem que poderia ser —, ele parecia um cara tranquilo, amante dos livros e talvez até um pouco tímido. April já o tinha visto interagindo educadamente com alguns clientes e certa vez observara enquanto ele procurava um livro on-line para um idoso que parecia bem cético em relação a computadores. Em resumo, parecia um cara legal.

April estava pronta para um cara legal. Estava se sentindo oficialmente solitária. Trabalhar em casa parecera muito conveniente no início, mas foi se tornando algo permanente sem que ela tivesse concordado com aquilo — e, como uma pessoa que tendia a ser introvertida, havia se adaptado à situação com facilidade até demais. Em uma de suas saídas para caminhar um pouco — April se obrigava a sair do apartamento uma vez por dia, não importava o que acontecesse, mesmo na chuva frequente da primavera de Seattle —, ela se viu entusiasmada demais ao ver um cachorro usando um suéter, tanto que o tutor se apressou a puxar o animal para longe dela. April se preocupava com o fato de que parecia estar perdendo a prática de conversar, mas como poderia praticar? Simplesmente não encontrava ninguém. Até mesmo seus vizinhos de prédio pareciam exatamente como ela: quietos e solitários, raramente se aventurando a sair. April ouvia as músicas que eles colocavam para tocar, além de passos e batidas misteriosas, mas raramente os via — e, em vez de conhecê-los, acabava apenas imaginando histórias para cada um.

Ela poderia, é claro, ter simplesmente ido até o cara da livraria e dito "Oi", como uma pessoa normal, mas tivera a ideia da carta tarde da noite, depois de assistir a uma sessão dupla de comédias românticas, e não muito depois de ter relido *Nunca te vi, sempre te amei.* As coisas sempre davam tão certo nos filmes, e as cartas trocadas dentro de um livro (entre um funcionário da livraria, tinha reparado April, e uma mulher que amava ler) eram tão fascinantes que, de alguma forma, no meio da noite, aquilo pareceu uma ótima ideia. Às vezes, pensara April sentada à sua mesa no escuro, é preciso jogar algo para o universo e ver o que acontece. Naquela manhã, ela havia deixado rapidamente a carta dentro do livro, sem se dar tempo para reconsiderar. E agora, conforme o final da tarde mergulhava em uma quietude cinzenta e acolhedora, estava difícil se concentrar no trabalho.

O toque do interfone do apartamento interrompeu os pensamentos de April, assustando-a. Como sempre, ela não estava esperando ninguém. Seu irmão, Ben, era a única pessoa que tinha o hábito de aparecer sem avisar, e naquela tarde sabia que ele estava fazendo um teste para um musical, apesar de não saber cantar. April atravessou a sala e atendeu o interfone.

— Alô?

— Tenho uma entrega de pizza para… Jackson?

— Desculpa — falou April —, é no apartamento ao lado, o 305.

Aquela não era a primeira vez que o entregador de pizza errava. O sr. Jackson, um professor aposentado com quem April havia conversado brevemente algumas vezes no saguão ou no corredor, pedia pizza toda quinta-feira. Ela se sentiu desconfortável por saber daquilo — talvez tivesse tempo demais para estudar os hábitos dos vizinhos.

— Valeu.

Da janela, April ficou vendo o entregador de pizza retornar ao carro dele — um veículo pequeno, de duas portas, com uma fatia de pizza de plástico gigante em cima. Talvez alguém estivesse esperando por ele quando acabasse seu turno de trabalho: alguém que pensaria em pré-aquecer o forno para esquentar a pizza que ele levaria para casa, alguém interessado em ouvir sobre seu dia e suas aventuras como entregador de pizza. Alguém que não tivera que deixar um bilhete dentro de um livro para conhecer outra pessoa. O carro partiu.

Não importava. A carta já estava lá. E o que poderia acontecer se o cara da livraria realmente a lesse? Provavelmente nada, refletiu April, já de volta à sua mesa e mais uma vez pensando demais. Talvez uma mulher adulta — April tinha trinta e três anos, uma idade em que não se sentia nem velha nem jovem —, com um emprego remoto de adulta, não devesse ficar se imaginando como a heroína não loira de um filme de Nora Ephron. (O cabelo de April era de um castanho-médio nada romântico, embora ela gostasse de pensar que seu corte era mais bonito do que o de Meg Ryan em *Mensagem para você*.) Talvez o tédio e a solidão a tivessem levado a dar um passo ousado demais. Talvez ela não fosse lá uma grande escritora. Na verdade, ela nem tinha escrito uma carta de verdade, só um parágrafo, e que talvez precisasse de mais uma revisão — o resultado tinha saído curto demais e pouco divertido. April acreditava em reescrever, em tentar melhorar o texto. No decorrer arrastado de sua longa noite, ela temia que a carta deixada no livro fosse retribuída com silêncio. Talvez tivesse sido uma ideia maluca.

Mas a vida de April estava precisando de alguma ideia maluca, para dar uma sacudida nas coisas. Ela passava a maior parte do tempo no apartamento, trabalhando remotamente para uma imobiliária on-line durante o dia (um trabalho que consistia principalmente em escrever e-mails animados para potenciais vendedores de imóveis) e lendo à noite. Ela amava ler, aquela sempre tinha sido sua forma de se desligar do mundo, de adiar a solução de problemas e de escapar para outro lugar. Quando criança, seus dias favoritos eram quando ia à biblioteca e voltava cambaleando para o carro, equilibrando uma pilha de livros que ficava lendo na cama até a luz da tarde desaparecer e a mãe chamá-la para jantar. April adorava Francie Nolan lendo na escada de incêndio em *Uma árvore cresce no Brooklyn*; Jo March chorando por causa de uma história de ficção, empoleirada em uma árvore em *Adoráveis mulheres*; as irmãs da série *All-of-a-Kind Family*, com seus vestidos e aventais combinando, em seu próprio ritual de idas à biblioteca. April não tinha irmãs na vida real — ela tinha Ben, mas essa era uma história completamente diferente —, porém os livros lhe deram algumas.

Nos últimos tempos, ela vinha lendo principalmente histórias de mistério, em que mulheres detetives solitárias por algum motivo pareciam estar sempre esbarrando em assassinatos misteriosos, que solucionavam graças apenas a deduções inteligentes. E todas, como ela, pareciam viver sozinhas em apartamentos peculiares e tinham uma estranha variedade de alimentos que não combinavam entre si em suas geladeiras. April imaginava que poderia ser boa naquilo, talvez só por ter lido tantos romances do gênero — da mesma forma que, depois de assistir a toda a série *Call the Midwife*, tinha quase certeza de que, em uma emergência, conseguiria fazer um parto, desde que o bebê não estivesse sentado —, mas a oportunidade ainda não havia surgido. Talvez a carta que enviara fosse uma tentativa de criar um misteriozinho para si.

Assim como as heroínas dos seus enredos de mistério, April não se importava em morar sozinha, apesar dos estranhos barulhos que ouvia à noite e que a faziam desejar ter outra pessoa no quarto, pelo menos por um instante. Às vezes parecia que o prédio antigo precisava se espreguiçar, fazendo sons misteriosos, como pequenos sussurros de habitantes do passado. Mesmo durante o dia, o piso do apartamento rangia de um jeito agradável, como se recordasse os passos de outras pessoas. Quando era mais jovem, April sonhava em morar em um apartamento como aquele, em ter um lugar só dela, com belas janelas de vidro ornamentado e livros. Mas agora que morava lá, às vezes se perguntava se a vida adulta deveria ser mesmo daquele jeito: uma sequência de dias tranquilos, não muito diferentes uns dos outros, aquele contentamento discreto que nunca se transformava em felicidade total. Quando era bem mais nova, achava que trinta e três anos era uma idade avançada e que, àquela altura, já estaria acomodada em uma vida plena. A verdade era que não havia nada de errado com a vida de April, mas ela sentia como se estivesse sempre esperando alguma coisa: amor, um emprego que não fosse apenas "ok", encontros agitados com amigos, algo inesperado.

April escolhera aquele apartamento, muitos anos antes, não apenas pelo charme vintage, mas também pela proximidade com a Read the Room — havia muito alimentava a fantasia de trabalhar em uma livraria algum dia. Como frequentadora assídua da loja, April com frequência ficava observando furtivamente o cara atrás do balcão — sentada a uma mesa no café ou pelo canto do olho enquanto examinava as prateleiras. Ele era bonito, mas de um jeito que deixava claro que não tinha a menor noção daquilo — estava sempre passando a mão distraidamente pelo cabelo, deixando-o lindamente desarrumado. Pelo que ela podia observar, parecia ter senso de humor. April gostava do jeito como ele ria das piadas dos colegas: não com uma gargalhada estrondosa, mas com uma risada baixa e rouca, que muitas vezes chegava um pouco mais tarde do que as dos outros. Ele não usava aliança e não parecia muito próximo de ninguém da loja, ao menos pelo que ela podia ver. April obviamente não tinha a menor ideia de se alguma daquelas coisas era verdade, ele podia muito bem ser gay ou estar profundamente envolvido com alguém incrível, assim como podia ser um completo imbecil ou talvez a soma de tudo isso. E nem tinha como saber se ele seria de alguma forma receptivo a uma possível abordagem sua. Mas a única forma de descobrir era tentando, e April acreditava que o capricho de enviar uma carta em vez de abordá-lo diretamente poderia agradá-lo. Bem, fora nisso que ela acreditara na véspera, e já era tarde demais para voltar atrás.

April fechou o notebook, encerrando o dia de trabalho, avaliou a possibilidade de jantar as sobras na geladeira e tentou se concentrar em outras coisas. Como, por exemplo, no fato de que, mesmo quando economizava para comprar alguma peça de mobília ou de decoração que desejava, era como se o objeto não fizesse parte daquele lar, como se fosse aquela convidada que chega cedo demais à festa e precisa esperar o restante das pessoas chegarem. (April tinha uma poltrona nova que não combinava com o restante dos móveis, em sua maioria de segunda mão. A poltrona parecia se destacar, não importava quantas almofadas colocasse ali.) Pensava ainda em por que não parava de receber mensagens estranhas e incompreensíveis de alguém procurando pelo genro rebelde: "Você precisa voltar. A Gloria precisa de você. As crianças sentem a sua falta". Ou se seria rude pedir à vizinha de parede do 303, que estava fazendo aulas de tango, para abaixar o volume do bandoneon e, quem sabe, ensaiar apenas de meias depois das dez da noite.

April mandou uma mensagem para Ben, só para saber das novidades:

Como foi o teste pro musical?

Ele respondeu rapidamente, como sempre fazia.

Não muito bom, acho que queriam cantores.

April bufou baixinho e digitou "Ora, era um musical!", mas logo apagou e enviou apenas um emoji de coração.

A noite passou silenciosamente, como acontecia com frequência nas noites dela, como elos de uma corrente sem fim. Uma corrente bonita, mas que talvez precisasse de um pingente. Tarde da noite, enquanto lia seu livro de mistério mais recente na cama, April voltou a pensar na carta, que estava a apenas alguns quarteirões de distância, em um balcão na loja, um pedacinho dela espreitando para fora das páginas do livro de capa dura vermelha e preta, como um tipo de mão se estendendo para o desconhecido. O bom dos mistérios nos romances era que eles sempre eram resolvidos, ainda que não da forma como o leitor esperava.

2

Westley

As pessoas sempre deixavam coisas nos livros. Era parte do trabalho de Westley, como coordenador de livros usados da Read the Room, examinar os livros aceitos para revenda e retirar o que tivesse sido esquecido dentro deles, e ele se orgulhava de executar a tarefa meticulosamente. Dezenas de itens encontrados por Westley dentro dos livros estavam pregados com tachinhas na parede acima da mesa de livros usados: cartões-postais retratando praias distantes ou horizontes cintilantes, listas de compras rabiscadas, recibos de caixas eletrônicos, fichas de assinatura de revistas, folhetos aleatórios (havia um todo preto e roxo, impresso em uma fonte rebuscada, de uma "loja de artigos metafísicos" do outro lado do país, e Westley o olhava com frequência, imaginando como seria a clientela do lugar), cartões de aniversário desbotados, canhotos de ingressos de cinema, marcadores de livro caros comprados em lojas de souvenir de museus. Aqueles itens todos formavam um cenário improvisado ao redor da mesa, envolvendo-a com tesouros esquecidos.

Westley trabalhava na Read the Room havia quase seis anos, e em alguns momentos ele mal conseguia se lembrar de como fora parar na livraria. Era como se também tivesse aparecido ali de repente, como todos aqueles cartões e marcadores de página, se deixando envolver pela atmosfera do lugar. Westley sempre amara livros, desde pequeno. Uma boa história sempre pareceu uma companhia melhor do que outra pessoa, e quem estava lendo não precisava se preocupar com a possibilidade de dizer o que não devia. Era confortável passar o dia inteiro cercado por livros, como se estivesse entre amigos.

Westley era filho único e seus pais o elogiavam muito: a mãe, deslumbrada com a beleza do filho recém-nascido (e aquela era uma história que Westley ouviu muitas vezes e que sempre o deixava constrangido), dera a ele o nome do herói de seu filme favorito na época, *A princesa prometida*. Por isso, Westley passou a vida ouvindo as pessoas repetirem para ele: "Como queira" (será que todo mundo tinha visto aquele filme quando criança?) e acabou aprendendo, mesmo a sua revelia, que as coisas tendiam a ser fáceis para pessoas muito bonitas. Não que Westley se achasse particularmente bonito — quando se olhava no espelho, o que via era apenas um rosto, e ele não tinha ideia de como arrumar o cabelo daquele jeito que os caras faziam nos filmes, parecendo nem se esforçar —, mas as pessoas estavam sempre afirmando que ele era muito bonito. E Westley nunca sabia muito bem o que dizer em resposta.

Descobrir a livraria Read the Room quando adolescente tinha sido incrível. Para um garoto tímido, que não gostava de chamar a atenção, aquele era um lugar onde ele poderia desaparecer com a maior facilidade, examinando as prateleiras de livros e lendo em uma poltrona já gasta, mas ainda confortável. Durante a sua curta carreira universitária e também depois, a cafeteria na Read the Room tinha sido seu lugar favorito para passar horas sentado diante do notebook, consumindo um único cafezinho. Depois de anos usando a livraria como seu clube recreativo pessoal, raramente falando com alguém, um belo dia Westley viu uma placa de "Temos vaga" na vitrine, e ele estava precisando muito de um novo começo naquele dia. A placa com a oferta de emprego parecia uma coisa tão retrô que Westley ficou completamente encantado — como era possível que as pessoas ainda encontrassem empregos daquela forma hoje em dia? — e pronto.

Para Westley, a Read the Room tinha o tamanho perfeito para uma livraria: grande o bastante para parecer que guardava uma multiplicidade de opções em suas prateleiras, pequena o suficiente para ser aconchegante em um dia chuvoso de Seattle, além de agradavelmente parecida com um celeiro, graças ao pé-direito alto e ao piso de madeira envelhecida, que parecia macio quando se pisava nele, como se os anos de uso tivessem dado à madeira o toque agradável de carpete. A livraria antes se chamava BookLove (Westley gostava mais do nome atual) e estava localizada havia décadas em uma esquina de um bairro tranquilo de Seattle, em uma rua ladeada por árvores e casas em estilo rústico, porém elegante, não muito longe do campus da universidade.

Ninguém na equipe atual se lembrava da época da inauguração da livraria, embora ocasionalmente clientes de longa data relembrassem os primórdios pouco tecnológicos da Read the Room. Harry, um cavalheiro à moda antiga, que usava uma bengala e aparecia na livraria toda segunda sexta-feira do mês para comprar algum clássico do romance de mistério britânico com uma nota de vinte dólares toda molenga de tão gasta, sempre dizia a quem o estava atendendo que se lembrava de quando os funcionários simplesmente anotavam as compras em um bloco de papel pautado amarelo. Ele sempre parecia levemente aborrecido por não fazerem mais aquilo. Aquele era o tipo de lugar em que havia um desenho de criança mostrando dois livreiros sorridentes pendurado na parede atrás do balcão de atendimento, embora ninguém se lembrasse de quem o havia desenhado ou quando ele tinha sido feito (esse ou essa desenhista provavelmente já tinha idade suficiente para trabalhar na loja), e à noite, depois que o aroma dos lanchinhos do café se dissipava, o ar cheirava a papel velho, café e possibilidades. Havia um pequeno café nos fundos, com doces decentes e frescos, e sanduíches talvez um pouco criativos demais. Westley ainda não tinha experimentado, por exemplo, o panini de geleia e presunto... talvez algum dia.

A livraria era, em resumo, um lugar agradável para passar o tempo, e Westley se sentia satisfeito ali. Ele adorava ler qualquer tipo de ficção, mas amava particularmente os livros antigos — a forma como se abriam na página que continha a passagem que fora a favorita de alguém por muito tempo, como se um leitor fantasma estivesse espiando por cima do ombro dele; os pequenos rasgos no alto da página, denunciando que fora virada vigorosamente; as marcas ocasionais de lápis bem fraquinho ou cantos dobrados — e se sentia feliz por passar os dias cercado por eles. Mas, aos trinta e cinco anos, Westley estava desconfortavelmente ciente de que não era particularmente ambicioso. Estava sempre esperando que algo acontecesse em sua vida, e depois se perguntava por que nada acontecia. Talvez não fosse o bastante passar os dias folheando livros... talvez devesse tentar algo diferente, talvez houvesse alguma coisa a sua espera, algo em que ele ainda não havia pensado. Talvez precisasse encontrar uma maneira de ganhar mais dinheiro, de ter um lugar só seu para morar. Mas, por ora, as pessoas que frequentavam a livraria eram agradáveis (a maior parte delas), e sempre havia algo bom para ler durante os períodos de menor movimento. Muito tempo antes, já tivera um trabalho que realmente importava, e as coisas não deram muito certo lá. Westley não gostava de pensar naquela época, era um capítulo encerrado. Os livros nunca faziam perguntas. Os colegas dele ocasionalmente faziam, mas Westley era bom em evitar respostas sendo simpático.

Raven, uma das livreiras que trabalhava com ele e que naquele dia usava uma camiseta com uma citação de Louisa May Alcott, "Ela gosta demais de livros, e isso virou sua cabeça", surgiu de repente na frente do balcão de livros usados. Ela parecia ter uma coleção interminável de camisetas literárias que usava quase como um uniforme. Westley conseguia imaginá-la comprando as blusas em grandes quantidades em algum site extremamente especializado. Raven parecia irritada, mas Westley aprendera por experiência própria que aquela era apenas sua expressão normal e não significava necessariamente que havia alguma coisa errada.

— Você pode ficar de olho pra ver se aparecem exemplares usados de *Magpie Murders*? — pediu ela, em um tom que implicava que estava carregando um grande fardo. — Alguém de um clube de leitura ligou e quer o máximo de exemplares que conseguirmos pra já. Posso encomendar, mas o sistema tá lento. Pra variar.

— Tudo bem, vou ficar atento — respondeu Westley, e indicou com um aceno vago as caixas e sacolas de compras com doações de livros que ele ainda não havia examinado.

Embora os clientes não devessem simplesmente largar livros ali sem aprovação prévia, aquilo acontecia o tempo todo, já que aparentemente algumas pessoas estavam dispostas a abrir mão da pequena recompensa financeira que lhes era devida para que seu gosto literário não passasse por escrutínio público. Westley se esforçava para ser agradável com Raven — e, de fato, tinha lido e gostado daquele livro, já que mistérios cheios de reviravoltas eram um de seus gêneros favoritos —, por isso acrescentou:

— É muito bom. Você já leu?

Raven balançou a cabeça e se seguiu um silêncio levemente constrangedor antes que ela se afastasse sem mais comentários. Westley e Raven tiveram uma breve história romântica, se é que "romântica" era a palavra certa para descrever um ligeiro amasso entre as prateleiras de autoajuda e biografia durante a última festa de fim de ano da equipe. Depois de uma conversa embaraçosa em janeiro, iniciada por um Westley hesitante, ambos concordaram que aquilo não tinha significado nada, que os dois tinham bebido Chardonnay grátis demais e feito algumas escolhas ruins, e que continuariam a se respeitar como colegas de trabalho. Estavam em maio e ambos continuavam conversando como se estivessem ensaiando para uma peça. Se aquela loja de produtos metafísicos vendesse algo para apagar uma história indesejada, Westley já teria comprado. Ele havia jurado a si mesmo nunca mais beber em um evento de trabalho além de, quem sabe, se esforçar mais para conhecer alguém legal fora dali, embora não soubesse muito bem como fazer aquilo.

Havia tempo de sobra para refletir sobre aquelas coisas — os negócios na livraria eram estáveis e tranquilos, mas nunca movimentados demais, a não ser na semana antes do Natal e nas raras ocasiões em que Julia, dona e gerente da loja, anunciava uma liquidação de fim de semana com vinte por cento de desconto em tudo, para atrair novos clientes. Westley sempre se perguntava como a Read the Room sobrevivia financeiramente — já que, na era da Amazon, a situação se mostrava desafiadora para livrarias físicas —, mas Julia não compartilhava muitas informações, se limitando a pedir à equipe que fosse gentil com os clientes e os encorajasse a comprar bons livros. Um fluxo constante de leitores entrava pelas portas, muitos deles moradores do bairro, geralmente com pedidos específicos de algo sobre o que tinham ouvido falar ou lido. Não fazia muito tempo, a livraria tivera problemas com clientes que entravam para pesquisar as prateleiras e anotar os títulos, só para comprar mais barato depois, on-line. Mas Julia tinha desenvolvido uma estratégia que envolvia olhares longos e penetrantes para qualquer cliente flagrado anotando títulos ou tirando foto de uma capa com o celular. Aquilo era difícil para os mais introvertidos da equipe — Westley, por exemplo, não se saía muito bem —, mas Raven gostava do desafio, e fuzilava os clientes com um olhar penetrante que deixava a pessoa nervosa na mesma hora. Estranhamente, a tática de constrangimento pareceu funcionar, e depois de algum tempo o problema quase que desapareceu por completo.

A loja tinha vários funcionários, mas aqueles com quem Westley mais lidava eram os que também trabalhavam em tempo integral (ele era um dos cinco, contando com Julia, que davam expediente em horário flexível cinco dias por semana); e havia aprendido, ao longo dos anos de trabalho e escuta, que cada uma daquelas pessoas estava apaixonadamente envolvida em algum outro projeto. Raven, por exemplo, tinha um negócio de tingimento de fios têxteis em seu apartamento, e volta e meia falava com orgulho que havia descoberto um novo tom de azul. (Ao que parecia, havia infinitas possibilidades de azuis.) Andrew, que todos os dias vestia um blazer para trabalhar, mesmo no calor do verão sem ar-condicionado, estava estudando para entrar na faculdade de direito. Julia falava constantemente sobre os três netos, que eram todos excepcionalmente inteligentes e fofos — ao menos segundo seus relatos. (Ela os levara algumas vezes para sessões de contação de histórias na livraria, e Westley achara as crianças absolutamente normais, mas do que é que ele sabia?) Alejandra estava escrevendo um romance de fantasia ambientado em um planeta onde todos os cabelos cresciam infinitamente e a olhos vistos, e ela vivia fitando a janela com olhar perdido, conjeturando o próximo capítulo. Westley a observava com curiosidade, imaginando como seria criar um mundo. Ele invejava todos os colegas por terem algo que amavam fora da loja.

A Read the Room vendia livros novos e usados, e Westley sempre se surpreendia com o número de pessoas que apareciam carregando caixas e sacolas cheias de livros para revenda, esperando tirar a sorte grande. Ninguém nunca ganhava muita coisa com suas pilhas de livros de bolso desgastados, livros didáticos antigos, livros de receitas com dedicatórias e exemplares de *Cinquenta tons de cinza* (que todo mundo parecia ter comprado, mas pelo visto ninguém queria manter em casa) — Julia, sempre preocupada com o fluxo de caixa, preferia dar crédito na loja em vez de dinheiro, e conquistava as pessoas oferecendo o dobro do valor em crédito. Os livros daquele dia, como percebeu Westley enquanto os classificava, pareciam típicos: cerca de um terço dos exemplares, se tanto, era aceitável para revenda — o restante seria doado à biblioteca pública ou devolvido ao cliente, se ele pudesse ser identificado. Livros usados iam para onde o destino os levasse, e não era muito divertido pensar sobre o que acontecia com aqueles que ninguém queria. Westley às vezes imaginava uma ilha triste em algum lugar distante, suas praias solitárias cheias de pilhas de thrillers populares em péssimo estado e livros de receitas veganas manchados de tahine. A pilha que ele encarava no momento parecia destinada a um lugar assim: era um conjunto pequeno e abatido de livros de bolso com lombadas rachadas e cantos dobrados pelo uso. A única opção para eles era a lixeira de recicláveis — nem mesmo a biblioteca queria livros de bolso antigos com páginas tão desgastadas quanto velhos lençóis de flanela, mas, quando Westley puxou a pilha em sua direção, reparou em um exemplar que parecia novo e reluzente, em um tamanho estranho para um livro de bolso. Ele o pegou: *Estruturas abaladas*, de Duke Munro, com o desenho de um homem e uma mulher, ambos em uniformes de bombeiro, abraçados em meio a uma floresta feita de pinceladas, com a fumaça se espalhando a partir de um canto. O nome do autor não era familiar, mas havia algo no amadorismo esperançoso do design do livro que comoveu Westley. Ele virou o volume e leu a contracapa:

Será que dois bombeiros em um posto avançado remoto podem encontrar o amor? Verity Sloane não se tornou bombeira para conhecer um parceiro, mas porque amava os elementos, especialmente a água e o fogo. Quando a primeira mulher do Distrito Rural de Bombeiros #39B conhece Will McEwan, líder de longa data da equipe, surgem faíscas — mas que tipo de faíscas?

Westley estava prestes a jogar o livro na pilha dos que iriam para as prateleiras quando a foto do autor na parte inferior da contracapa chamou a sua atenção: um homem barbudo, de trinta e poucos anos, com uma camisa de flanela xadrez. Estranhamente, ele se parecia muito com o próprio Westley. A breve biografia descrevia Duke Munro como "um estimado autor de histórias masculinas" que vivia na região de Seattle e gostava de fazendas, fazer escaladas e estar à beira do abismo (será que aquilo era uma metáfora?, se perguntou Westley), e de culinária sustentável. O livro tinha sido publicado por uma pequena editora que Westley não reconheceu... talvez fosse uma daquelas editoras que cobravam para editar autopublicações ou talvez não — estava ficando cada vez mais difícil saber. De qualquer forma, era um romance.

Para um homem que tinha recebido o nome do herói de um famoso filme romântico, Westley não era muito fã de romances — ou pelo menos foi o que disse a si mesmo depois que seu último relacionamento terminou terrivelmente mal. Ele estava solteiro havia muito tempo (apesar do imprudente flerte ocasional em certa festa de fim de ano) e dividia o apartamento com pessoas agradáveis, mas, acima de tudo, distantes. Westley normalmente evitaria um livro de romance, mas sentiu uma conexão estranha e repentina com aquele autor, que parecia alguém que ele poderia muito bem ter conhecido — afinal, será que aquele poderia ter sido o enredo da sua vida se não estivesse tão cautelosamente ancorado àquela livraria? De qualquer forma, o livro parecia uma opção divertida para ler durante o jantar, que ele geralmente comia sozinho, e talvez aquilo pudesse inaugurar uma fase de dizer "sim" para as coisas, já que dizer sempre "não" parecia não estar levando a lugar algum. Westley guardou *Estruturas abaladas* na bolsa, um pouco furtivamente, embora ninguém fosse criticá-lo por levar um livro usado para casa — aquela era uma vantagem tácita do seu trabalho da qual ele com frequência tirava vantagem.

A voz de Julia o distraiu dos pensamentos sobre Duke Munro.

— Westley, você pode vir aqui? — chamou ela do outro lado da sala. — Reunião de esquema tático da equipe.

Julia, que tinha cabelo grisalho arrepiado e uma queda por roupas elegantes e soltinhas compradas em brechó (ela falava o tempo todo sobre onde comprar roupas de marca com desconto, apesar de ninguém mais parecer interessado), com frequência usava analogias esportivas para gerenciar a equipe. Westley gostava de Julia e achava que ela era uma chefe justa e atenciosa, mas era fácil imaginar que um belo dia começasse a mandar a equipe fazer prancha e flexões.

Os poucos funcionários em tempo integral estavam reunidos perto do balcão de atendimento, todos parecendo ligeiramente curiosos, mas não muito interessados.

— Oi, Westley — cumprimentou Alejandra, erguendo os olhos de uma caixa de livros novos que estava desempacotando. — Viu aquele livro da Octavia Butler que eu deixei pra você?

— Vi, sim, obrigado — confirmou Westley. Ele não era um grande leitor de ficção científica, mas gostava de ouvir Alejandra falar apaixonadamente sobre seus favoritos. — Vou começar a ler nesse fim de semana. — Ele gostaria de ter continuado a conversa, mas se viu sem assunto.

Por sorte, Julia estava pronta para começar a reunião da equipe. Aquele tipo de conversa normalmente acontecia por causa do aniversário de alguém, quando um feriado se aproximava, ou quando Julia queria lembrar a todos que deviam manter as prateleiras arrumadas. (Por algum motivo, Julia achava importante repetir aquilo constantemente, mesmo que as prateleiras estivessem sempre arrumadas. A Read the Room tinha uma organização quase militar.) Naquele dia, porém, a expressão da dona da loja indicava que se tratava de algo mais importante.

— Todo mundo aqui? — perguntou ela, enquanto parecia fazer uma contagem mental.

— Aham — respondeu Andrew, que tinha como princípio deixar clara sua aversão às reuniões de equipe. — Não é como se houvesse muitos de nós.

Julia não ouviu, ou talvez tenha fingido não ouvir.

— Muito bem! Tenho um anúncio empolgante a fazer — começou ela, com a voz animada. — Vamos aparecer no cinema!

O anúncio empolgante caiu como o baque surdo de uma pilha de livros de capa dura sobre o balcão. Julia ignorou o silêncio e continuou.

— Vocês já devem ter ouvido falar em Donna Wolfe, não? A diretora de cinema que devia muito ter recebido uma indicação ao Oscar por *Doze para jantar*, aquele filme sobre os canibais, lembram?

O silêncio absoluto permaneceu.

— Bem, Donna Wolfe está na cidade para gravar seu novo filme, que é parcialmente ambientado em uma livraria… e ela quer filmar algumas cenas aqui! — Julia fez uma pausa dramática e olhou ao redor em busca de alguma reação.

— O novo filme de livraria dela é tipo *Mensagem para você*? — perguntou Alejandra, satisfazendo Julia ao demonstrar um pouco de entusiasmo.

Alejandra, uma cinéfila que adorava organizar estantes com o tema "Dos livros para os filmes", havia se candidatado à vaga na Read the Room em parte por causa de seu amor pelo filme com Meg Ryan e ficara imediatamente decepcionada. Certa vez, Alejandra confessou a Westley, em tom irônico, seu descontentamento pelo fato de a equipe da Read the Room não se reunir depois do horário de trabalho para cantorias improvisadas nem se dispor a resolver problemas pendurando mais luzinhas de Natal pela livraria. Como não tinha visto *Mensagem para você*, Westley não fazia a menor ideia de sobre o que a colega estava falando, ou do que ela queria dizer com "mais luzinhas de Natal".

— É — respondeu Julia, um pouco desanimada com a falta de entusiasmo da equipe. — Quer dizer, não. Vai ser um filme bem diferente. Bem, acho que vai ser… a verdade é que eu não sei nada a respeito do roteiro.

— Por que Donna Wolfe quer fazer um filme *aqui*? — perguntou Andrew, que sentia prazer em fazer perguntas difíceis. Com frequência, ele parecia estar praticando para quando estivesse em um tribunal, pressionando uma testemunha relutante.

— A gente vai poder aparecer no filme? — cogitou Alejandra.

— Vai ser durante o expediente? — quis saber Westley.

— A gente vai receber algum adicional por isso? — perguntou Raven.

— Não sei a resposta para nenhuma dessas perguntas — falou Julia, cujo entusiasmo estava rapidamente se esvaindo diante do interrogatório dos funcionários. — Mas vamos descobrir em breve. Foi tudo meio de última hora. Acho que era pra ser em outra livraria, mas eles deram pra trás, e parece que alguém sugeriu à equipe de Donna Wolfe que a Read the Room tem o visual que ela deseja, seja lá o que isso queira dizer. Mas eles já querem começar a filmar no fim do mês, e as gravações vão durar algumas semanas. Vai ser uma publicidade maravilhosa pra loja, então é claro que eu aceitei. Algumas pessoas da equipe dela vão passar por aqui no começo da semana que vem, incluindo um *avaliador de locações*. — Julia pronunciou a profissão lentamente como se fosse algo exótico que precisasse ser tratado com todo cuidado. — Por favor, os ajudem em tudo o que for possível! — Claramente irritada porque o grande anúncio que tinha a fazer não provocara o entusiasmo esperado, Julia dispensou todos com um aceno de mão. — Muito bem, de volta ao trabalho. Depois eu passo mais detalhes.

Westley voltou ao balcão de livros usados, imaginando como seria conviver com uma filmagem ali. Ele tinha assistido a *Doze para jantar*, uma sátira envolvendo canibalismo e etiqueta à mesa, e não entendera muito bem, mas sabia que o filme havia causado um grande impacto para uma produção independente. Westley fez uma rápida pesquisa on-line sobre Donna Wolfe, certificando-se de posicionar o monitor de modo que os colegas não vissem a tela. Apareceram como resultado várias matérias e fotos em que a cineasta estava sempre de óculos escuros — ele não tinha certeza se era por causa de algum problema de visão ou se ela era apenas pretensiosa. A Wikipédia informou a Westley que Donna Wolfe estava na casa dos sessenta anos, que havia feito uma série de filmes que atraíram a atenção da crítica, quando não um grande público, e que tinha "uma percepção visual impressionante" e "um dom para provocar reflexões com suas obras cinematográficas", o que Westley interpretou como "filmes complicados e provavelmente não muito divertidos". Ele não sabia o que Donna Wolfe estava fazendo em Seattle, mas um filme gravado na livraria lhe pareceu uma distração interessante da sua rotina tão trivial. De qualquer forma, aquilo já seria *alguma coisa*.

Westley se voltou para a pilha seguinte de livros usados que haviam chegado naquele dia e se distraiu quando um bilhete de loteria caiu do livro que estava no topo. Aquilo acontecia com bastante frequência, e ele fez uma pausa para procurar o número do bilhete na internet e se certificar de que realmente não tinha qualquer valor. Não tinha, nunca tinham. Mas a busca fez com se esquecesse do seu processo usual de folhear os livros restantes na pilha. Eram todos títulos de mistério, que Westley sabia que venderiam com facilidade, e ele seguiu o ritual que lhe era tão familiar com todos, colocando novos adesivos de preço nas contracapas e passando a pilha para o carrinho de novos itens para registro em estoque, que Raven pegaria quando passasse por ali novamente. Satisfeito por encontrar um exemplar do livro que Raven havia pedido, Westley colocou *Magpie Murders* no alto da pilha.

3

Laura

Um dos poucos momentos em que Laura tinha a sensação de que podia realmente ser ela mesma era quando estava ao volante. No trabalho, como personal shopper na loja de departamento Waterton's, ela precisava transmitir uma imagem de competência e elegância: uma estilosa lousa em branco, na qual os clientes pudessem projetar a própria imagem — uma fonte de sabedoria de moda capaz de explicar por que calças largas enormes ou mochilas minúsculas, ou, ainda, volumosas mangas bufantes de repente se tornaram estranhamente chiques. Em casa, com Olivia, a filha de sete anos, Laura precisava ser uma sabe-tudo segura de si, respondendo a perguntas intermináveis enquanto tentava transmitir uma estabilidade amorosa e responsável de mãe solo.

Mas no carro, naquela tarde de maio — sozinha, voltando do trabalho para casa, com uma parada no caminho na Read the Room para pegar um livro para um clube de leitura para o qual definitivamente não tinha tempo —, Laura podia apenas ser. Podia ouvir programas ou podcasts bobos e rir, ou cantar músicas que a lembravam de dias menos complicados. Ou apreciar a vista do lago Washington, que, nos dias claros, margeava o bairro onde ela morava com um azul deslumbrante, mas, naquele dia em particular, parecia um cobertor cinza e áspero. Ou podia se deleitar com o silêncio e com o fato de que, por um momento, ninguém precisava dela: nem a filha, nem a babá da filha, nem seu assistente encantadoramente dramático na loja, que estava sempre querendo a opinião de Laura sobre suas sobrancelhas ou saber se a cor das meias estava chamativa demais. Laura nunca se incomodava com engarrafamentos. Na verdade, esperava ansiosamente por eles. Entre a criação da filha e o trabalho, era um prazer não ter ninguém com quem conversar além de si mesma.

Mais importante: ela podia chorar no carro se precisasse. E chorava mesmo, muitas vezes, principalmente naqueles meses terríveis, muito tempo antes, quando o marido, Sam, estava doente. Olivia era um bebê irritadiço, e a vida parecia tão absurdamente opressiva que às vezes Laura temia o momento de se levantar pela manhã. Estava viúva havia cinco anos, embora aquela fosse uma palavra que nunca parecia descrevê-la, já que costumava sugerir uma mulher muito mais velha, com o rosto pálido e dramaticamente vestida de preto. Sam morrera com trinta e poucos anos, vítima de um câncer agudo e cruel, deixando Laura com uma filha pequena para criar e o coração partido. Ela e Sam estavam na casa dos vinte anos quando se conheceram, e Laura tivera certeza de que envelheceria feliz com ele —, mas, como refletia com frequência, às vezes a vida não dá o que a gente espera.

O tempo passou, a filha deles cresceu e o coração partido de Laura se recuperou muito lentamente… Bem, não exatamente, ela não havia se recuperado de verdade e era provável que isso nunca acontecesse, mas doía menos com o passar dos anos. Por muito tempo, Laura achou que passaria o resto da vida triste, de luto, desatando a chorar sempre que visse um homem usando o tipo de boné de beisebol que a fazia implicar com Sam ou quando ouvisse uma música que eles haviam curtido juntos em um show. Mas, ao longo dos anos, a lembrança do marido foi passando de um sofrimento devastador para uma dor melancólica e silenciosa. E embora ele ainda estivesse muito presente em sua vida — principalmente sempre que olhava nos olhos castanhos de Olivia, que eram sérios e doces como os do pai —, Laura tinha descoberto que, com o tempo, a tristeza não desaparecia, mas se afastava cada vez mais. Naquele momento, era algo que ela via em um horizonte cada vez mais distante, como a lembrança de uma viagem muito antiga que ficava guardada em uma gaveta e só era retirada dali muito de vez em quando. Ainda havia pequenas lembranças de Sam por toda parte: o carro que ela dirigia, por exemplo, tinha sido dele e ainda estava com seu adesivo da Universidade de Northwestern colado no para-choque. Apesar dos problemas intermitentes no motor e de uma mistura crescente de manchas no estofamento, ela não conseguia nem imaginar querer outro carro.

O ar úmido da primavera cheirava a folhas verdinhas quando Laura entrou apressada na Read the Room, mas aquele cheiro foi rapidamente substituído pelo aroma mágico de livraria: o cheiro de livros novinhos, de um tempo de folga delicioso. Havia, como sempre, uma variedade de pessoas sentadas no café e em várias cadeiras ao redor da loja, digitando sem muito ânimo em seus notebooks e dando a impressão de que estavam ali no mesmo lugar havia horas. Não foi a primeira vez que Laura se perguntou se aquelas pessoas chegavam a ir embora dali e que tipo de vida levavam, sem mais nada para fazer. Obviamente, não tinham filhos. Ela ficava curiosa para saber se, quando a livraria fechava, aquelas pessoas continuavam ali, sentadas na escuridão, hipnotizadas por suas telas, envelhecendo silenciosamente. Elas pareciam fazer parte da atmosfera da livraria tanto quanto os livros nas prateleiras de madeira — sempre presentes como figurantes em uma produção teatral, a ponto de não ser possível imaginar a Read the Room sem elas.

Laura percebeu a calmaria no balcão de atendimento e se aproximou, chamando a atenção de uma mulher que usava uma camiseta mal ajustada e sutiã igualmente mal ajustado, com uma mecha azul no cabelo e brincos de pingentes de crochê em cores que não combinavam muito. Laura sempre reparava nas roupas das pessoas e até mesmo nas roupas íntimas — depois de muitos anos trabalhando na loja, ela não conseguia evitar. Havia começado no departamento de lingerie (onde dominara a arte de avaliar rapidamente e com precisão o tamanho correto do sutiã das clientes) e fora sendo promovida até chegar à função de personal shopper. Apesar de se sentir tentada a aconselhar aquela mulher sobre roupas íntimas mais adequadas, Laura se segurou: ela acreditava que era importante ajudar apenas quem *pedia* ajuda.

— Com licença — chamou Laura, concentrando-se na tarefa em questão, mas percebendo tarde demais que não tinha certeza do título do livro. — Você tem um livro que se chama... acho que é *Magpie Mysteries*? O nome do autor é, hum, talvez... droga, não me lembro.

Ao que parecia, os funcionários da livraria nunca se incomodavam com aquele tipo de pedido. Devia ser uma espécie de superpoder, pensou Laura.

— Você deve estar no clube de leitura. O autor é Anthony Horowitz, e o livro é *Magpie Murders* — respondeu a mulher, sem nem hesitar. — Alguém do seu clube ligou hoje mesmo, de manhã. Não temos nenhum exemplar novo em estoque no momento, mas talvez eu tenha um no balcão de livros usados. Espere só um minutinho que vou lá checar.

A funcionária se dirigiu ao outro lado da loja e, enquanto esperava, Laura observou um mostruário de óculos de leitura estilosos no balcão e se perguntou se uma armação redonda lhe daria um charme retrô ou a faria parecer a mãe do Harry Potter. Ela experimentou os óculos diante de um espelhinho e confirmou que a segunda opção era muito mais provável.

Depois de uma espera que pareceu desnecessariamente longa — será que a mulher com a mecha de cabelo azul estava na hora do intervalo? — a livreira voltou com um exemplar de capa dura nas mãos.

— Desculpe a demora — falou, com um breve suspiro. — Meu colega do balcão de livros usados demorou uma eternidade por algum motivo. De qualquer forma, alguém deixou esse exemplar aqui hoje. É mais barato do que o novo e está em ótimas condições. Serviria pra você?

— Tá ótimo, obrigada — disse Laura, tentando não olhar para os brincos da mulher, que eram assimétricos de uma forma que não parecia muito intencional.

Laura pagou com cartão de crédito, recusou a oferta de uma sacola, resistiu à tentação de dar uma olhada nos livros expostos alegremente na mesa da entrada — como era possível haver tantos livros no mundo? Como todos aqueles escritores encontravam tempo? — e estava de volta ao carro em dois minutos, e em casa em dez. Laura amava dirigir lentamente pelo bairro: subir uma colina de onde podia ter um vislumbre do lago, passar pela escola de Olivia e reparar no parquinho tão silencioso àquela hora. Mas infelizmente o trânsito estava fluindo bem naquela tarde e Laura mal teve a chance de ouvir seu radialista favorito anunciar as notícias da tarde. Não que ela não amasse a filha e o trabalho —, na verdade, Laura se sentia absurdamente sortuda por ambos, como se o universo tivesse reconhecido sua tragédia e lhe dado dois presentes incríveis como recompensa —, mas ela sempre ficava um pouco decepcionada quando o dia não lhe dava um tempo mínimo de folga forçada, como engarrafamentos ou espera em filas. Laura não conseguia nem pensar em acrescentar um clube de leitura à sua vida já tão atarefada, mas fora incentivada por sua melhor amiga, Rebecca, uma advogada muito ocupada, que, mesmo assim, tinha tempo para ler todos os livros do momento e atender a todos os telefonemas que Laura fazia tarde da noite.

Quando Laura entrou no hall de casa, Ashley ergueu os olhos do sofá e do celular. Olivia a chamava de Ashley Dois para diferenciá-la da babá anterior, que também se chamava Ashley e teve que ser dispensada depois que Laura descobriu que ela deixava Olivia sentada o tempo todo na frente da TV. Ela mantinha Olivia assistindo a programas inapropriados para a idade dela enquanto gravava vídeos semivirais para o TikTok nos quais zombava das peças do guarda-roupa de Laura. Ela nunca mais tinha olhado para seu vestido favorito da mesma forma desde que Ashley Um dissera que ele parecia “roupa de mãe das personagens da série *Supergatas*, dos anos oitenta”. Ashley Dois não parecia se importar com o apelido. Ela era uma jovem doce e tranquila, e suas únicas convicções firmes tinham a ver com a dieta extremamente específica que seguia e que consistia em uma longa ladainha de intolerâncias.

— Oi, Laura — cumprimentou. — A Livvy tá na casa do Hayden. Gostei do casaco. É novo?

— Obrigada. Não, já tenho há um tempo — respondeu Laura.

Mais uma vez ela se sentiu um pouco incomodada por estar pagando uma pessoa para cuidar de uma criança que, na verdade, não estava ali, embora aquilo não fosse justo. O trabalho de Ashley era buscar Olivia na escola durante a semana, quando Laura estava no trabalho — ela deixava a filha na escola todas as manhãs e buscava às segundas e terças, seus dias de folga —, e mantê-la entretida e em segurança à tarde ou nos fins de semana até Laura chegar do trabalho. (Com frequência, Laura sonhava em tirar os fins de semana de folga para poder passá-los em aventuras com Olivia, mas sábado e domingo eram os dias mais movimentados da loja. Quem sabe um dia...) Mas, na maioria das vezes, depois da escola Olivia ia para a casa vizinha brincar com o amigo, deixando Ashley descansando no sofá, posando para uma série interminável de selfies. De vez em quando, Ashley, que tratava a patroa com alguma reverência porque Laura "trabalhava com moda", pedia ajuda para escolher a melhor foto. Todas pareciam exatamente iguais: lábios fazendo biquinho e sobrancelhas arqueadas em um rosto cuidadosamente sem expressão, como se ele também houvesse encerrado o expediente naquele dia.

— Você avisou a Olivia que vou buscá-la às seis?

— Avisei. Ah, as compras do mercado chegaram e já guardei tudo. Você precisa comprar mais protetor solar, está quase acabando. Preparei uma salada e deixei um frango no forno para o jantar. A geladeira tá fazendo um barulho esquisito. E a Livvy precisa que você assine uma autorização pra participar da visita da turma dela ao centro de tratamento de resíduos sólidos — disse Ashley, que tinha uma tendência a falar despejando um monte de informação de uma vez.

O mau humor inicial de Laura desapareceu na mesma hora. Apesar de seus problemas com a própria alimentação, Ashley parecia gostar de cozinhar e frequentemente surpreendia Laura com refeições caseiras dignas do Instagram, com glúten e tudo.

— Por que um bando de alunos do segundo ano vai a um centro de tratamento de resíduos sólidos? É só um lixão, não é? — comentou Laura.

Volta e meia ela se espantava com as atividades escolares de Olivia, mas tinha aprendido a não as questionar — era melhor não ser *aquele* tipo de mãe. Laura fazia parte de um grupo de pais da turma de Olivia no Facebook, e as conversas por lá consistiam basicamente em comida sem glúten, algo chamado "criação dos filhos com livre escolha" (que parecia ter sido inventado pelos pais do colega de classe de Olivia, Ike, que podia tomar as próprias decisões sobre tudo todos os dias e, assim, costumava usar short no inverno e macacão para a neve no verão), além de discussões acaloradas sobre qualquer excursão, por mais inofensiva que fosse. Laura mantinha sua presença no grupo cuidadosamente neutra.

— A Livvy está animada. Ela disse que quer ver pra onde o lixo vai. — Ashley já se encaminhava para a porta com uma espécie de meio aceno. — Até mais.

— Obrigada! — gritou Laura para que ela ouvisse. — Até amanhã.

A porta se fechou, e Laura olhou com gratidão para a sala silenciosa. Ela e Olivia ainda moravam na casa de dois quartos que Laura e Sam tinham alugado pouco antes de a filha nascer. Embora tivessem tentado economizar para comprar uma casa, não haviam conseguido juntar o suficiente para dar entrada no financiamento antes da doença dele, e agora adquirir um imóvel em uma cidade cada vez mais cara parecia um sonho improvável. Com seu salário, a pensão de Sam, que recebia em nome da filha, e a pequena herança de uma tia-avó, Laura administrava o aluguel e o orçamento doméstico sem grandes preocupações, e estava sempre adiando qualquer plano de comprar um imóvel. A casa ficava em um quarteirão tranquilo, perto da escola de Olivia, e lhes servia bem por ora, embora não fosse exatamente o lar aconchegante com que Laura sonhava — quase tudo ali era bege e simples, como uma página em branco, do carpete às paredes, passando pelas poucas peças de mobília sem graça que Laura adquirira ao longo dos anos. Um dia ela penduraria quadros interessantes nas paredes e daria uma animada no ambiente com um pouco de cor, mas, até aquele momento, só o que havia conseguido fora pintar o quarto de Olivia de roxo-chiclete, por insistência da filha. A hora certa nunca parecia chegar.

Mas, naquele momento, Laura tinha uma casa tranquila só para si, um livro nas mãos, o jantar pronto (Deus abençoe a Ashley) e quase meia hora sem nada programado nem ninguém precisando dela. Talvez fosse a hora de dar uma chance àquela ideia de clube de leitura e pelo menos começar a ler o livro, mesmo parecendo improvável que conseguisse terminar a tempo, não? Rebecca tinha jurado que as mulheres do clube de leitura eram divertidas e que a reunião era regada a petiscos excelentes e um bom vinho. Laura pendurou o casaco, pegou uma lata de água com gás saborizada na geladeira, tirou os sapatos e se acomodou no sofá com *Magpie Murders*. Mas, assim que abriu o livro, um envelope azul-claro caiu em seu colo. Na frente do envelope estava escrito apenas: "Para você".

Oi,

Você não me conhece, mas já vi você muitas vezes na livraria. Por favor, desculpe a intromissão, mas você parece alguém que eu gostaria de conhecer melhor. Adoro o jeito como olha para os livros, como se fossem objetos preciosos, e o cuidado com que manuseia cada exemplar. Não sei nada sobre você e talvez você nem goste dessa tentativa de contato. Será? Mas não pude deixar de pensar que talvez aprecie um pouco de mistério. Se esta mensagem intrigou você, deixe um bilhete no exemplar do meio de Jogos vorazes *na seção de jovens adultos e me diga seu livro favorito e o lugar em que mais gosta de ler. Aí também vou contar mais de mim pra você.*

A

4

April

O bilhete já tinha sido deixado e não havia mais nada a fazer a respeito. Talvez ele o tivesse visto, talvez o tivesse jogado no lixo reciclável sem ler. De qualquer forma, tinha sido uma ideia idiota. April, que naquele momento estava sentada a sua mesa tentando trabalhar, tinha voltado duas vezes à livraria nos últimos quatro dias e, em cada uma dessas vezes, checara casualmente o exemplar do meio de *Jogos vorazes* (na verdade, ela checara os três exemplares na estante, só para o caso de alguém ter reorganizado as coisas, já pronta para dizer que estava buscando um livro para a sobrinha, caso alguém a interrompesse). Nada. Talvez fosse a hora de tentar o Tinder. O cara de camisa de flanela, qualquer que fosse seu nome, claramente não estava interessado, e a iniciativa ousada tinha falhado.

Por outro lado, os encontros avulsos também não estavam indo muito bem. Na semana anterior, a pedido de sua amiga Janie, April tinha ido a um bar do bairro com um homem chamado P.J., cuja cunhada trabalhava em um Starbucks com o primo de Janie, Tim. O tal P.J. não deixou o celular de lado durante todo o encontro, nem para tomar uma cerveja e comer um pouco de couve-flor frita, o que fez com a mão livre, e discorreu longamente sobre como assistir a filmes em streaming era absolutamente superior a assisti-los no cinema. (O que estava totalmente errado, pensou April, mas não parecia valer a pena dar a sua opinião.) Então ele desapareceu no banheiro quando a conta chegou e se despediu de April de uma forma que indicava que tinha esquecido o nome dela, se é que algum dia chegara a saber. Voltar para o seu apartamento tranquilo tinha sido um alívio para April, mesmo que com gosto amargo.

Uma notificação soou em seu celular: uma mensagem em um grupo que April tinha com alguns amigos de faculdade havia alguns anos e incluía Janie, a melhor amiga de April... ou melhor, ela *havia sido* a melhor amiga de April. Naquele momento, estava sobrecarregada demais com os dois filhos pequenos, o marido e um emprego para arranjar tempo para April. Todos os outros amigos do grupo também tinham filhos pequenos, e as conversas, antes cheias de emojis de risadas e planos animados para saírem juntos, agora se concentravam quase totalmente em bebês. April abriu a mensagem, sem a expectativa e a animação que antigamente teria sentido.

Pessoal, isso parece normal???

A foto do conteúdo de uma fralda foi postada logo em seguida. Aquilo foi um pouco demais para April, que fechou rapidamente a janela da mensagem, mas não antes de ver a resposta de outra amiga, pedindo mais detalhes sobre volume e textura. Nossa... Talvez fosse o caso de deixar o celular de lado por algum tempo.

Embora os livros ampliassem seu mundo, a vida real de April tinha se tornado bem limitada. Principalmente sua vida social, que se reduzira a praticamente nada nos últimos tempos, destruída primeiro pela partida, anos antes, de Josh, um namorado que levou consigo muitos amigos em comum; então pela pandemia; e, por fim, pela frustração de constatar que todos os amigos restantes pareciam estar em uma fase da vida na qual filhos pequenos, carreiras ou ambos tornavam as coisas pesadas demais. April tinha desistido de tentar organizar encontros para tomarem drinques, ao estilo *Sex and the city*, porque todos pareciam exaustos o tempo todo. Ela amava os filhos dos amigos e mantinha um registro cuidadoso de todos os nomes (mesmo aqueles cuja grafia ela desaprovava em segredo, como Jaxon), aniversários e estágios de desenvolvimento deles, mas era difícil participar de um grupo do qual ela não se sentia mais integrante. E onde eram compartilhadas fotos que sem dúvida deveriam vir com um alerta de "Não recomendável para quem não tem filhos".

April sentia bastante falta de Janie, que já tinha sido uma parte importante da sua vida: as duas dividiram dormitório quando eram calouras ansiosas e atravessaram a vida universitária juntas. Nos últimos tempos, April já se conformara com a ideia de não esperar nenhuma resposta quando mandava mensagens para Janie — algo que fazia quase inconscientemente, porque queria compartilhar momentos da sua vida com a pessoa que a conhecia desde os seus primeiros capítulos. Ultimamente, nas raras ocasiões em que tinha tempo para April, Janie estava mais empenhada em tentar arrumar alguém para a amiga — a aflição, ou pelo menos a exaustão, aparentemente anseia por companhia. April amava Janie e ainda pensava na amiga mais como a estudante universitária brincalhona do que a mãe estressada, por isso tentava ser compreensiva quando Janie cancelava todos os almoços que marcavam. Ela até comparecia àqueles encontros românticos orquestrados por Janie com bastante frequência, por lealdade à amiga e por um desejo de mostrar que estava "na pista", mas não fazia aquilo de coração. Tinha a sensação de que dava trabalho demais mergulhar em um relacionamento sem a certeza de que a temperatura da água seria agradável; parecia mais seguro permanecer na areia da praia.

Uma batida fraca à porta interrompeu seus pensamentos. April espiou pelo olho mágico e viu que era seu vizinho, o sr. Jackson, aquele das pizzas semanais. Ela destrancou a corrente e abriu a porta.

— Ah, oi — cumprimentou o sr. Jackson, parecendo ligeiramente sem fôlego, como se tivesse acabado de subir alguns lances de escada. (O prédio em que moravam não tinha elevador. April tinha se tornado muito boa em chegar ao topo da escada carregando sacolas de compras sem ofegar, mas ela era algumas décadas mais nova do que o sr. Jackson.)

— Parece que colocaram na minha caixa de correio algumas correspondências suas. Esses catálogos são seus?

April, que se esforçava para ser bastante cuidadosa em relação à reciclagem, não recebia muitos catálogos. E aqueles pareciam exibir roupas mais apropriadas para uma mulher vinte anos mais velha. Ela virou um dos catálogos e leu o endereço do destinatário.

— Ah, é para o 303, para a moça da porta aqui ao lado — respondeu April, já devolvendo os catálogos e apontando para a porta da vizinha. Então achou que deveria ser um pouco mais sociável e acrescentou: — Tenho certeza de que ela vai gostar de recebê-los.

— Muito bem, então — disse o sr. Jackson, que tinha a aparência e o modo de falar de um cavalheiro idoso em um filme dos anos 1930. Ele frequentemente dava a sensação de estar usando um chapéu, embora não estivesse. — Desculpe incomodá-la. Aproveite a sua tarde.

— Imagina — respondeu April.

Ela sorriu e acenou para o vizinho antes de fechar a porta, sentindo-se constrangida, como se tivesse feito papel de boba (por que acenar para alguém parado a meio metro de distância?).

April não conseguiu evitar bisbilhotar um pouco enquanto o sr. Jackson batia à porta ao lado e tinha uma conversa não tão breve com a mulher que April chamava mentalmente de Tangueira — a única coisa que ela sabia sobre a vizinha, além das práticas de tango que ouvia, era que devia estar na faixa dos sessenta e poucos anos, usava roupas pretas dramáticas com frequência e deixava um rastro de um perfume um tanto forte no corredor —, mas não conseguiu entender o que diziam. Talvez estivessem fazendo amizade. Ora, por que não? Alguém devia fazer aquilo.

A tela do celular de April se acendeu com uma notificação — a intenção de ignorar o aparelho era mais fácil na teoria do que na prática —, mas não era nada importante, apenas o alerta da chuva contínua de primavera. April voltou para a mesa de trabalho, checou distraidamente alguns e-mails e a agenda (nada de reuniões, nenhum compromisso). Por hábito, seu dedo pareceu correr automaticamente pelas antigas mensagens de caixa postal até encontrar uma de muito tempo atrás, que tivera o cuidado de salvar. Ela pressionou a tela para ouvir a voz da mãe. "Oi, meu bem. É só pra saber como você está. Comprei umas meias daquelas que você gosta e levo pra você mais tarde. Te amo." Aquela foi a última mensagem que a mãe enviou antes morrer repentina e inesperadamente, quase dez anos antes. Já havia passado tempo o bastante para que April conseguisse falar sobre a mãe sem chorar e até chegasse a sorrir imaginando os conselhos que ela lhe daria. Ainda assim, ouvia aquela mensagem frequentemente, apreciando a forma como fazia com que ela se lembrasse do perfume da mãe. A mesma mãe que com certeza estaria comemorando o fato de April ter deixado aquele bilhete dentro do livro, já que sempre falava sobre aproveitar cada momento da vida.

April sempre vivera em Seattle — ela amava os invernos escuros e os verões muito verdes da cidade, e nunca tinha desejado morar em outro lugar —, mas não tinha muitas pessoas da família por ali. O pai até que morava perto e aparecia de vez em quando, mas estava ocupado com a aposentadoria, dedicando-se aos jogos de golfe e aos clubes de terceira idade. E havia, é claro, o único irmão de April, Ben, três anos mais novo e geralmente obcecado demais com a própria vida para reparar em qualquer necessidade da irmã. Ben estava sempre se gabando por ser ator — quase dava para ouvir o A maiúsculo —, porém, na realidade, ele trabalhava em uma mercearia. Fazia muitas piadas sobre presunto e passava a maior parte do tempo participando de testes para papéis que não conseguia e sempre se justificava dizendo que o diretor estava procurando alguém um pouco mais alto. Apesar de seus impulsos, April se esforçava para não microgerenciar a vida de Ben, o que era fácil, já que ele nunca ouvia seus conselhos mesmo.

April trabalhava havia muitos anos na Picket Fence, uma enorme imobiliária on-line fundada em Seattle por uma herdeira excêntrica, que passara a ter abrangência nacional. Mesmo não tendo experiência na área de tecnologia, conseguira a vaga em um momento de enorme crescimento da empresa e, ao mesmo tempo, um momento pessoal em que estava determinada a correr riscos, e acabara impressionando o entrevistador com suas respostas rápidas e confiantes às perguntas. O site da empresa listava imóveis à venda e vários outros serviços, incluindo vantagens exclusivas, como filtros especiais do tipo "a casa já é sua", com os quais compradores em potencial podiam ver imagens simulando sua própria mobília nos cômodos dos imóveis à venda (um recurso popular, embora muitas vezes resultasse em misturas estranhas). Mas os dados recolhidos pela empresa diziam a April que a maior parte das pessoas usava o site para pesquisar quanto valiam suas casas e as de seus vizinhos para, então, presumia ela, se gabarem dos números.

April ocupava o cargo de "analista de conteúdo", e seu trabalho envolvia revisar anúncios enviados por pessoas que queriam vender imóveis pelo site da Picket Fence e oferecer sugestões para que parecessem mais atraentes para a venda. Essas sugestões geralmente eram algo como "E se você guardasse essa pilha de roupa suja e tirasse outra foto?" ou "Os compradores gostam de um visual menos poluído", sendo essa última uma frase que ela repetia sem parar. (April chegara a sugerir meio a sério que a empresa distribuísse camisetas com a frase, mas ninguém da alta administração respondera ao seu e-mail.) Ela vira muitas fotos dominadas por coleções de personagens da Disney, bonecas antigas assustadoras ou globos de neve de suvenir. De certa forma, chegava até a ser comovente que as pessoas que queriam vender um imóvel achassem que os outros ficariam encantados com suas paixões.

Na verdade, o trabalho não incomodava April, embora não fosse o tipo de coisa que gostaria de fazer para sempre. O salário e os benefícios eram bons, muito melhores do que os que tinha no emprego anterior: arrumar livros nas prateleiras da biblioteca pública, algo que a princípio parecera o emprego dos sonhos (todos aqueles livros!), mas que acabara se mostrando tediosamente repetitivo. Não que aconselhar vendedores de imóveis da Picket Fence não fosse repetitivo, mas pelo menos podia trabalhar sentada, e era divertido ver o interior de casas alheias sem sair do próprio apartamento, para ter uma ideia de como outras pessoas viviam, o que achavam bonito, útil ou adequado. Uma vez, April viu fotos de uma casa com uma grande suíte em ambiente integrado no andar de cima, que incluía um banheiro sem nenhuma divisória a alguns metros da cama. "É um conceito europeu", tinha explicado o proprietário em um e-mail. April, que já fora algumas vezes à Europa e certamente teria se lembrado de ter visto uma configuração como aquela, tinha apenas franzido o cenho e não dissera nada. A casa em questão foi vendida rapidamente, como sempre acontecia com as casas em Seattle — provavelmente foram erguidas algumas paredes, de inspiração europeia ou não.

Era engraçado se dar conta de como ter um emprego em tempo integral em uma grande empresa antigamente significava passar o dia em um cubículo ou uma sala com seu nome em uma placa personalizada, diante de uma mesa com gavetas, um Rolodex (o arquivo giratório de cartões de contatos que April conhecia porque amava girar o da mãe quando criança), um telefone fixo com ramais, um almoxarifado com escaninhos de correio, canetas extras, baterias sobressalentes e uma copiadora. April tinha idade suficiente para se lembrar de todas aquelas coisas — bem, talvez não o suficiente, mas assistira a muitos filmes dos anos 1990 — e todo o conceito de local de trabalho da época parecia muito interessante em sua permanência, como uma espécie de minifortaleza contra o mundo. Trabalhando em casa, April tinha um notebook que carregava de um cômodo para outro — às vezes se acomodando no sofá, às vezes recostada na cama, às vezes sentada à mesa da cozinha. Aquilo era tudo de que precisava. E não parecia o bastante — havia dias em que ansiava por uma âncora, algo para mantê-la firme no lugar.

Enquanto redigia um e-mail para um cliente da Picket Fence que estava tentando vender um imóvel em que todos os cômodos eram pintados de preto (era hora de uma daquelas mensagens dizendo "Compradores gostam de um visual leve e neutro"), a tela do celular de April se acendeu com a chegada de uma mensagem de Janie.

Tá certo, desculpa por não ter respondido ao um milhão de mensagens anteriores, saudades!!! Você pode vir jantar no sábado? O Ryan vai fazer hambúrgueres e convidamos o amigo dele, Stephen, que tá solteiro e é operador de câmera de cinema. Desculpa, eu devia ter sido mais sutil em relação a isso, mas quem tem tempo para ser sutil? Os dentes da Zoe AINDA estão nascendo e nenhum de nós tem dormido nada. Por favor, venha!! Bjs

April pensou por um instante, então respondeu.

Desculpa, não posso no sábado. Espero que os dentes da Zoe melhorem e que vocês consigam dormir um pouco! Nos vemos na semana que vem, quem sabe? Te amo. Bj

Não que April realmente tivesse algum compromisso no sábado. Era só que aquela história de conhecer Stephen, o operador de câmera — assim como Joshua, o barista; ou Tom, o enfermeiro do pronto-socorro; ou P.J., fosse ele quem fosse —, parecia exaustiva demais para sequer considerar a possibilidade. Era mais fácil ficar em casa e assistir a alguma coisa no streaming… e se agarrar ao menos um pouco mais à fantasia do cara da livraria, com aquelas camisas de flanela e aquele sorriso. O trabalho dele parecia um adorável paraíso de histórias, dentro e fora das páginas.

5

Westley

Quando Westley era menino, adorava ir sozinho aos lugares. Desde bem pequeno, implorava à mãe para deixá-lo ir ao parque ou à biblioteca sozinho — ela permitia com relutância, depois de insistir em acompanhá-lo algumas vezes para ter certeza de que o filho estava fazendo boas escolhas. Westley adorava se sentar tranquilamente em um banco do parque ou em uma cadeira da biblioteca e ficar observando as pessoas, imaginando histórias sobre a vida delas. Ele se sentia absolutamente satisfeito com a própria vida — quando criança, sua casa era agradável e segura, nada de excepcional acontecia, e ele passava os dias na bolha que crianças bonitas e bem-amadas ocupam —, mas era fascinado por outras pessoas. Ele se perguntava como aquela jovem babá no parque, que parecia cansada e cuidava de gêmeos pequenos, acabara naquele trabalho. Será que gostava do que fazia? E a bibliotecária idosa, aquela que, segundo a mãe de Westley, exercia a mesma função desde os tempos da carochinha, será que tinha uma sala cheia de livros esperando em casa, ou já lhe bastava passar o dia entre eles? E o homem que vendia pipoca em uma barraquinha do parque… será que ele ainda gostava de pipoca?

O hábito de contar histórias para si mesmo o acompanhara até a vida adulta. Durante os momentos de silêncio no trabalho, Westley sempre olhava para os clientes e se perguntava o que estaria acontecendo em suas vidas para levá-los à livraria naquele momento. Mas, naquela terça-feira, não houve momentos de silêncio. A loja estava agitada, se é que "agitada" era a palavra certa para descrever o fato de que Andrew estava limpando a caspa do blazer vintage que usava e que Julia estava correndo para ajeitar livros em prateleiras já perfeitamente arrumadas enquanto lançava olhares letais para duas crianças pequenas cuja mãe estava permitindo que dividissem um croissant na seção de livros ilustrados. A equipe tinha sido informada de que um avaliador de locações estava a caminho, para fazer seja lá o que aquele tipo de profissional fazia. A empolgação de Julia era tanta que Westley se perguntou se talvez houvesse mais a respeito daquilo do que ela contara aos funcionários. Julia parecia estar imaginando o processo como algo cheio de glamour. Estava claramente se deliciando com as palavras "avaliador de locações" e, de maneira impressionante, vinha conseguindo encaixar aquelas palavras em quase todas as frases que pronunciava. Baseado em seu escasso conhecimento de filmes antigos, Westley estava imaginando o "avaliador de locações" como uma pessoa bonita, estilo Cary Grant, vestindo um sobretudo, óculos escuros e falando rápido enquanto apontava para coisas com gestos dramáticos para os assistentes a seu dispor, atentos a cada palavra sua.

Como acontece com muita frequência, o avaliador de locações real era bem menos interessante do que a expectativa. Pouco depois das dez da manhã, um homem de meia-idade, usando uma jaqueta de couro que parecia decepcionada com quem a usava, entrou na livraria olhando ao redor com uma expressão que conseguia ser ao mesmo tempo ansiosa e entediada. Westley observava tudo de trás do balcão de livros usados, curioso sobre como funcionava aquele elemento em particular da indústria cinematográfica. Seattle, obviamente, ficava muito longe de Los Angeles, mas, se Donna Wolfe queria fazer um filme ali, aquilo certamente significava alguma coisa, certo?

Raven cumprimentou o avaliador do balcão de atendimento.

— Posso ajudá-lo com alguma coisa? — perguntou ao homem, com um sorriso largo no rosto. Como ela raramente sorria, o efeito era um pouco assustador, pensou Westley, como se fosse um portão enferrujado que se abre rangendo.

— Estou aqui para falar com… Julia Nakamura — disse o homem, depois de consultar o celular para confirmar o nome.

Seu tom cético deixava claro que ele não tinha certeza absoluta de que aquela reunião era uma boa ideia, mas ainda assim estava determinado a levar aquilo adiante.

Julia apareceu do nada como se tivesse sido evocada por um efeito especial de Hollywood (ela tinha um jeito estranho de se aproximar furtivamente das pessoas e aquilo muitas vezes assustava Westley), se apresentou com entusiasmo e os dois trocaram um aperto de mãos. Descobriu que o nome do avaliador de locações era Al, o que era um pouco decepcionante. O glamour daquela visita parecia desaparecer a cada momento.

— Essas estantes podem ser mudadas de lugar? — perguntou Al a Julia enquanto os dois andavam pela loja, sem esperar que ela respondesse.

— Aquela janela tem persiana?

— Existe algum jeito mais silencioso de fazer café?

— A loja tem ar-condicionado?

— Por que não?

— Podemos alterar a disposição dos móveis do café? Daria, por exemplo, para mover o balcão pra cá?

— Você tem livros em cores mais fortes?

— A livraria tem outros funcionários que poderíamos usar na figuração? Talvez, sei lá, pessoas mais jovens?

Quando passou pelo balcão de livros usados, Al parou e olhou para Westley, que estava fingindo procurar alguma coisa no computador, de modo a evitar fazer contato visual. Infelizmente, ele não se deu conta de que Al conseguia ver a tela do computador — que estava aberta no e-mail pessoal de Westley e mostrava, naquele momento, uma seleção de calças cáqui da Gap. (Pouco antes, Westley, estava tentando cancelar a assinatura, mas acabou percebendo que é impossível se livrar de um relacionamento com os e-mails publicitários da Gap.) Quando sentiu o olhar fixo de Al, Westley levantou os olhos e o cumprimentou com um sorriso tímido.

— Oi. Hum... posso ajudar em alguma coisa?

Al ficou encarando Westley por mais tempo do que ele pensou que fosse necessário. O silêncio pareceu constrangedor. Finalmente, Al falou:

— Você... desculpe, qual é o seu nome?

— Westley. Westley Richardson.

Houve uma pausa. Sempre havia uma pausa quando as pessoas, especialmente as com idade o bastante para terem sido jovens e impressionáveis em 1987, ouviam o nome de Westley.

— Westley como em *A princesa prometida*?

— Aham.

— Ele era aquele que sempre dizia "Como queira", certo?

— Isso mesmo. — Westley precisou usar toda a sua força de vontade para não revirar os olhos.

— Excelente — murmurou Al, como que para si mesmo. — Adorei. Westley, você já participou de algum filme?

Aquela pergunta foi inesperada.

— Não.

— Gostaria de participar de um?

— Bem, eu não sou ator... — respondeu Westley, confuso.

Al o fitou com um sorriso paciente.

— Não, não. Estou falando de aparecer em segundo plano, fazendo seu trabalho aqui. Talvez com uma ou duas falas. É que você tem... o visual certo.

— O visual certo? — perguntou Westley, constrangido, alisando a camisa de flanela macia e torcendo para que sua barba não estivesse cheia de migalhas de torrada.

— Exatamente. Vamos conseguir um contrato pra você. Vai envolver uma pequena remuneração, permissão pra usar sua imagem etc., depois você vai ler todos os detalhes. As filmagens começam em duas semanas.

Não precisa estudar nada, basta fazer o seu trabalho. — Ele estendeu a mão com unhas lustrosas para trocar um aperto de mão com Westley.

— Obrigado.

Julia, que observava toda a conversa com uma expressão extasiada, soltou um gritinho silencioso quando Al estava olhando em outra direção. Westley se deu conta de que não via Julia tão animada desde que, anos antes, um dos tuítes dela tinha sido curtido por Roxane Gay. Tudo bem, então ele aceitou o convite — bem, não chegou a dizer que aceitava, mas aquilo não pareceu importar — e participaria de um filme. Estranho... estivera esperando que alguma coisa acontecesse e tinha acabado de acontecer.

6

Laura

Já fazia quase uma semana, mas Laura não conseguia parar de pensar naquele bilhete, escrito em letra pequena e simples em papel azul--claro. Ela o havia guardado na gaveta da mesa de cabeceira, onde Olivia não o encontraria — a filha com certeza insistiria em lê-lo em voz alta, soletrando as palavras difíceis e fazendo muitas perguntas —, mas mesmo assim aquilo a preocupava. Será que alguém a estaria mesmo observando nas raras ocasiões em que ela tinha tempo para entrar na Read the Room? Laura não achava que olhava para os livros como se fossem objetos preciosos. Na verdade, geralmente estava com pressa quando ia à livraria para escolher algo para ler com Olivia antes de a filha dormir, ou para comprar qualquer best-seller sobre o qual Rebecca estivesse falando. Laura sempre amara ler e sonhava com uma vida menos ocupada, em que pudesse se cercar de livros. Seria realmente possível que alguém ali estivesse prestando atenção, reparando em algo nela que a maior parte das pessoas não via? Não parecia provável —, mas ali estava o bilhete, na gaveta.

Durante todo o dia, no trabalho, enquanto percorria a seleção de vestidos formais para auxiliar uma cliente que fora convidada para uma festa elegante com degustação de vinhos e queria vestir algo da cor de um merlot, Laura avaliou as possibilidades. O cenário mais provável, naturalmente, era que o bilhete fosse destinado a outra pessoa e tudo aquilo fosse um grande engano. Mas, ao recordar o momento, Laura se lembrou de que a livreira de cabelo azulado tinha atravessado a loja para pegar o livro e demorou um tempo. Da área de livros usados, era fácil ver o balcão de atendimento. Quem sabe alguém a tivesse visto de lá, o escrito rapidamente e guardado no livro que ela pedira? Talvez ele a tivesse visto na loja antes e tivesse o bilhete pronto? Ou será que fora a mulher de cabelo azul que tinha escrito? Não, *essa hipótese* parecia bem improvável… o modo como a livreira havia tratado Laura transmitia um desinteresse deliberado e sincero. Certamente era possível que o bilhete tivesse sido colocado naquele livro séculos antes. Mas não, a livreira dissera que aquele exemplar usado tinha acabado de chegar, e obviamente a loja checava as páginas dos livros que chegavam antes de vendê-los, certo?

E talvez, no fundo, Laura quisesse imaginar que o bilhete era para ela, mesmo que aquilo contrariasse o bom senso. Ela não tinha um relacionamento romântico, ou mesmo um encontro, desde a morte de Sam, cinco anos e meio antes. Sempre dizia a si mesma que era porque andava ocupada demais entre os cuidados com Olivia e o esforço para dar o melhor de si no trabalho, mas sabia que aquilo não era exatamente verdade. Namorar outra pessoa significaria atravessar uma porta, deixando para trás as suas lembranças com Sam. Havia uma parte dela que ainda se agarrava ao marido, que não conseguia aceitar sua partida. Às vezes, Laura ainda se pegava colocando inconscientemente os biscoitos de que ele gostava no carrinho do supermercado ou memorizando uma piada para contar a ele quando chegasse em casa. (De vez em quando, em sonhos, Sam aparecia para ela, com a aparência que tinha antes da doença, rindo carinhosamente do choque da esposa ao vê-lo. Laura acordava sozinha e tentava desesperadamente se agarrar à imagem do marido que lhe escapava.) Ela não pensava em romance havia muitos anos.

Mas talvez fosse a hora de atravessar aquela porta. Ao longo do último ano, mais ou menos, Rebecca vinha estimulando gentilmente a amiga a começar a pensar a respeito. Quem sabe aquele bilhete, que era o tipo de atitude extravagante que Sam teria apreciado, não fosse um sinal? Ela conseguia imaginá-lo fascinado por um filme com aquele enredo. Ou talvez isso tudo fosse um desastre em potencial. O amor nem sempre levava a um final feliz, como Laura sabia muito bem. Ela obviamente precisava de uma segunda opinião.

— Então, a Livvy ainda gosta do tutu? — perguntou Rebecca no caminho para a reunião do clube de leitura, naquela noite.

Rebecca levava seu papel de fada-madrinha de Olivia muito a sério e sempre aparecia com algum presente encantador que tinha encontrado on-line ou visto na vitrine de uma loja.

— Nossa — respondeu Laura. Ela tivera um embate com a filha sobre aquele tutu na noite da véspera, quando Olivia insistira que uma enorme saia de tule seria um excelente pijama. — Ela adora. Acho que a Olivia vai usar aquele tutu todos os dias pelo resto da vida. Obrigada mais uma vez! — Ela fez uma pausa enquanto observava Rebecca ao volante, e perguntou de repente: — Hum... você já teve a sensação de que a sua vida virou um filme?

— O tempo todo — respondeu Rebecca, bem-humorada, sem tirar os olhos do caminho. — Mas não é um filme muito bom. Tipo, no meu filme, sou interpretada pelo Adam Sandler ou alguém parecido e dá tudo errado o tempo todo... No meu filme, o meu ex-marido aparece e diz que eu devo pensão alimentícia a ele. O que, a propósito, ele acabou de fazer. Acho que o dinheiro dele está acabando.

— Mentira! — exclamou Laura, ultrajada.

Anos antes, Rebecca tinha sido casada com um homem absurdamente bonito que, do dia para a noite, depois de se ver em posse de um fundo fiduciário, se desapaixonara por ela e decidira, tolamente, que poderia conseguir coisa melhor. Apesar dos apelos de Laura para que a amiga voltasse a ter encontros românticos, Rebecca estava tirando longas férias de relacionamentos, o que lhe dava mais tempo para, de um jeito carinhoso, microgerenciar a vida de Laura.

— Ah, é verdade! Acho que soube da minha última promoção. Vou pedir a um dos advogados da empresa, daqueles que tocam o terror, que entre em contato. Ele vai surtar. Vai ser divertido. Mas por que você tá perguntando?

— Qual é mesmo aquele filme em que a Meg Ryan tem uma livraria e um corte de cabelo horrível?

— É *Mensagem para você*.

— Isso. Acho que sou a protagonista da sequência, mas sem o corte de cabelo ruim.

Rebecca soltou uma risadinha.

— Não tem nenhuma sequência desse filme. E você sabe que eu nunca fui muito fã dele. A personagem da Meg Ryan era cruel com o namorado.

— O Tom Hanks?

— Não, o outro. Esqueci o nome dele. Mas o que ele fez de mal pra ela? Só porque não mandava e-mails idiotas sobre buquês de lápis? Quem quer um buquê de lápis? E ela também é cruel com o namorado em *Sintonia de amor*! Larga o cara por um que nem conhece! Por que todo mundo acha as personagens da Meg Ryan tão fofas?

Laura amava Rebecca — a quem tinha conhecido em uma aula de inglês na faculdade —, por muitas razões, e as mais importantes eram a habilidade da amiga de conversar sobre qualquer coisa e de lembrar os detalhes de todos os filmes que já tinha visto.

— *Existe, sim,* uma continuação de *Mensagem para você* — retrucou Laura, respirando fundo —, e eu estou nela. Nessa semana agora, comprei um livro naquela livraria Read the Room, e alguém na loja deixou um bilhete fofo no livro que diz mais ou menos assim: "Oi, gosto do jeito que você olha para os livros, gostaria de saber mais sobre você". Isso não é muito esquisito?

— Espera, então o bilhete é pra você? Tipo, de alguém que trabalha lá? Como você sabe?

— Eu não sei. Mas, quando pedi o livro, tive que esperar um pouco, então talvez alguém que lida com livros usados na livraria pode ter colocado o bilhete dentro do meu livro, não pode? Sei que já vi um cara naquele balcão de livros usados, mas nunca prestei atenção nele.

— Tudo bem, vamos supor que seja esse cara — concordou Rebecca, claramente já formulando um plano de ataque. — Quem é ele? Você vai responder? O que vai dizer?

Laura suspirou.

— Não sei… O que eu poderia dizer? Que tenho uma filha, que o meu marido morreu e que na minha geladeira não tem muita coisa além de danoninho? Que eu sou um tédio e não sou a Meg Ryan?

— Não fala nada disso pra ele. Você não é um tédio. E ele sabe que você não é a Meg Ryan. Fala que você adora casacos vintage e azul-pavão e o filme *Feitiço da lua* e… qual era aquele livro de que você estava falando outro dia?

— *Toda luz que não podemos ver.* Por que demorei tanto para achar esse livro? É tão bom!

— Não muda de assunto! Mas, sim, diz isso pra ele. E claro, diz que você tem uma filha incrível. Isso faz parte de quem você é. — Rebecca hesitou. — Você tá pensando seriamente em responder, né?

— Talvez eu esteja? Não sei — disse Laura. — É estranho demais. Eu nem sei quem é essa pessoa. Provavelmente foi só um engano.

— Você precisa se certificar disso — insistiu Rebecca. — Quer dizer, pelo menos volta lá e dá uma olhada nos funcionários. Pode ser qualquer um, não é?

Laura deixou escapar uma risadinha sem humor.

— É. Deve ser um cara triste e patético qualquer, cheirando a mofo e com a roupa coberta de poeira dos livros.

— Ou ele pode ser legal! E bonitinho! Você sempre presume o pior.

— Bem, tenho os meus motivos — disse Laura baixinho. Elas ficaram em silêncio por algum tempo, enquanto Rebecca estacionava o carro na garagem de uma casa no subúrbio. — Mas, vamos ser sinceras, obviamente esse bilhete não é pra mim, certo? Eu nem deveria estar pensando em responder. É pra outra pessoa e recebi por engano. E ponto final.

— Tá bom — disse Rebecca, virando a chave para desligar o motor de forma dramática. — Se você tá dizendo. Não vou tentar fazer você mudar de ideia. — (Laura não acreditou nisso nem por um segundo.) — Só vou dizer uma coisinha, ok? Eu conhecia o Sam, amava o Sam e *sei* que ele não gostaria de ver você solitária. O Sam gostaria que você conhecesse alguém legal e que fosse feliz. E com certeza ele acharia que cinco anos e meio era tempo demais para manter o coração fechado desse jeito.

— Foi bem mais que uma coisinha — comentou Laura, sabendo que a amiga estava certa.

Rebecca, sentindo que havia deixado claro seu ponto de vista, se apressou a mudar de assunto.

— Muito bem. É tudo o que eu tenho pra dizer. Então, a reunião do clube de leitura hoje é na casa da Kylie, que é assistente jurídica, e as outras são...

— Não se preocupa, vou decorar os nomes delas quando for apresentada — disse Laura. — As suas colegas de trabalho são um borrão pra mim. Só estou aqui pra ver se consigo uma ou duas clientes novas.

Aquele tinha sido o argumento usado por Rebecca para finalmente convencer Laura a contratar Ashley para tomar conta de Olivia naquela noite e ir com ela à reunião do clube de leitura: que algumas de suas colegas elegantes poderiam fazer bom uso de uma personal shopper.

— Vou ser um amor, prometo. Mas, por mim, o assunto do bilhete tá encerrado.

Para Rebecca, porém, não estava. O clube de leitura era composto de oito mulheres do escritório de advocacia de Rebecca, e todas soltaram gritinhos de felicidade quando ela chegou, apesar de provavelmente terem se encontrado no trabalho naquele dia. Elas se cumprimentaram com abraços, ofertas de coquetéis em tons de rosa e bandejas com biscoitos e queijos, além de bastante entusiasmo por conhecer Laura, que rapidamente desistiu de memorizar nomes e passou a reparar no que cada uma estava vestindo.

Kylie, que usava o que parecia ser um pijama de seda estampada (era aquilo que ela usava em casa?, se perguntou Laura, impressionada), conduziu o grupo até a sala de estar.

— Vamos nos sentar, pessoal! — chamou ela, indicando com um aceno amplo a mobília no estilo dos anos 1950. — Estou tão animada por ter vocês aqui para o clube de leitura! Acho que a gente deveria começar com uma rodada em que cada uma diz se gostou do livro, que tal?

— Espera — interrompeu Rebecca, levantando a mão e se apressando a engolir um pedaço de queijo grande demais. — Tenho outra ordem do dia a tratar antes disso, se vocês não se importam. É que a minha amiga Laura precisa de alguns conselhos.

Laura sentiu o rosto ficar vermelho, frustrada por não ter proibido explicitamente Rebecca de compartilhar aquela história.

— Não, sério, não precisa — disse, sem muito empenho, pois sabia que, depois que Rebecca tinha uma ideia, não havia nada a fazer a não ser deixar que ela seguisse em frente.

Rebecca a ignorou e continuou.

— O negócio é o seguinte: outro dia desses, quando a Laura foi até a livraria comprar o livro que a gente tá lendo, ela precisou esperar um pouco no balcão de atendimento enquanto pegavam um exemplar pra ela. Então, quando ela abriu o livro em casa, achou um bilhete dentro dele.

— Que tipo de bilhete? — perguntou uma mulher que usava calças de ioga de uma marca da moda.

— Do tipo que expressava o interesse de alguém em saber mais sobre ela — explicou Rebecca em um tom dramático. — Não de um jeito assustador, mas de uma forma cativante, fofinha até. Obviamente, foi escrita por alguém que trabalha na loja e a deixou no livro. Mas a Laura está achando que foi um engano e que não é pra ela. Porque a minha amiga é uma pessoa incrível, que passou por algumas coisas muito difíceis, e agora tem medo de acreditar que pode ter algo legal esperando por ela. Mas vamos fazer uma votação? Se vocês achassem um bilhete anônimo muito fofo dentro de um livro, pedindo para que escrevessem de volta, vocês responderiam?

Todas as mãos na sala, exceto a de Laura, se levantaram.

— Com certeza — disse a mulher em um vestido soltinho chique que a própria Laura havia cobiçado quando fora ao shopping no mês anterior. — Que mal pode fazer?

— Eu também responderia — afirmou uma mulher usando um jeans vintage com um pulôver de caxemira levemente felpudo. — É melhor do que conhecer alguém em um bar, não é?

A declaração foi saudada por um coro de gemidos e exclamações em concordância.

— Eu também responderia — concordou uma mulher usando um terninho Chanel falsificado que claramente não teve tempo de passar em casa depois do trabalho para se trocar. — Qual a pior coisa que pode acontecer? No mínimo você vai ter uma boa história pra contar.

— Eu também responderia — disse a mulher da calça de ioga. — Por que tanta dúvida, Laura? Parece tão divertido!

Laura estava se sentindo um pouco atordoada com todas aquelas desconhecidas a incentivando.

— Bem… só acho que parece um pouco estranho demais, não? Mas que tal eu passar na livraria e dar uma olhada por lá? Pra ver se consigo descobrir quem deixou o bilhete no livro?

— É! Isso mesmo! — concordou com entusiasmo a mulher de vestido soltinho, para a aprovação geral de todas na sala. E puxou o coro: — Vai, Laura… vai, Laura… vai, Laura…

Laura olhou para Rebecca, que se juntara animada ao coro.

— Eu *nunca mais* vou a um clube de leitura com você — sussurrou.

Não havia mais nada a fazer: Laura teria que investigar. Talvez todas aquelas mulheres entusiasmadas do clube de leitura (a maioria das quais, diga-se de passagem, não tinha realmente lido o livro e parecia mais interessada em fofocar sobre colegas que Laura não conhecia) estivessem certas: não faria mal dar uma olhadinha rápida na livraria. Aquela certamente era a coisa mais interessante que acontecia com ela em muito tempo. Normalmente, o romance com que Laura tinha contato se resumia a apenas ouvir Ashley falar sobre o namorado, Zach, que estava estrelando uma websérie autoproduzida sobre um homem que acordou um dia e descobriu que era um gato. (Zach nunca tinha ouvido falar em Kafka. Laura tentou contar a ele sobre *Metamorfose* uma vez, mas Zach se restringiu a encará-la com a expressão vazia e murmurou alguma coisa sobre magia, inspiração e fanfic. Laura se sentiu muito velha e desistiu.) Ashley e Zach moravam juntos, e a garota estava convencida — com um nível de devoção que Laura achava fofo — de que Zach seria rico e famoso algum dia, assim que Hollywood descobrisse *Eu, Gato*.

Na hora do almoço no dia seguinte, grata por seu cabelo estar relativamente sem frizz, Laura dirigiu do centro da cidade até a Read the Room — o trânsito estava tranquilo ao meio-dia e ela não demorou muito para chegar. Quando entrou na livraria, olhou ao redor. O espaço parecia acolhedor naquela tarde de primavera, com as estantes cheias e os ventiladores de teto girando em círculos lentos e preguiçosos. Era um lugar realmente charmoso, pensou Laura, reparando nos detalhes da livraria como se fosse a primeira vez — talvez tivesse se acostumado com o prazer de ter uma livraria por perto. Quando era criança, fantasiava sobre ficar presa em uma livraria durante a noite, comendo os bolinhos que sobraram do café da loja e examinando, feliz, as estantes sob a luz do luar. Agora, ela apreciava os pôsteres de capas de livros nas paredes; as recomendações escritas à mão em uma letra pequena e elegante, presas abaixo de certos livros nas prateleiras; o modo como ninguém ali aparentava estar com pressa… ao que parecia, livrarias criavam o próprio fuso horário.

Havia alguns funcionários aglomerados no balcão de atendimento, abrindo caixas de papelão cheias de livros de capa dura e reluzentes. Um deles levantou os olhos, mas Laura cumprimentou-o com um aceno de cabeça, se apressou em desviar o olhar e seguiu caminhando determinada em direção à seção de ficção geral, como se tivesse um título em mente.

Então, *ahá*. Ali estava ele? Será? Havia um homem sentado diante do balcão onde os livros usados eram avaliados: um homem bonito, na casa dos trinta anos, usando jeans e uma camisa de flanela xadrez desabotoada por cima de uma camiseta azul. Laura, acostumada a interpretar as pessoas com base na roupa que usavam, reparou rapidamente que era um visual casual e um pouco amarrotado, mas o azul ficava bem nele. Talvez alguém estivesse lhe dando bons conselhos, ou talvez ele apenas tivesse um bom instinto. Ele tinha barba castanho-clara aparada rente e cabelo cacheado ligeiramente rebelde, não muito diferentes do cabelo de Laura, e franziu ligeiramente o cenho de um jeito encantador enquanto olhava para o computador à sua frente, como se a máquina o estivesse preocupando de alguma forma. Se fizessem um calendário de fotos com "Homens bonitos de livrarias independentes", ele apareceria em um dos melhores meses.

Mas o homem diante dela definitivamente *não* parecia alguém que enviaria um bilhete anônimo para uma mãe solo de quarenta e poucos anos, pensou Laura com severidade. Um homem daqueles não precisava disso. Ele provavelmente *recebia* bilhetes. Porém… quem mais teria a oportunidade de colocá-lo no livro? Havia apenas uma cadeira atrás do balcão, e nitidamente era a dele… era óbvio que ele catalogava e checava os livros. Seria possível que ele estivesse observando Laura daquele balcão durante suas visitas à livraria e que tivesse escrito rapidamente o bilhete assim que viu uma possibilidade de entregá-lo? Aquilo parecia loucura, mas às vezes casais se conheciam de maneiras estranhas. (Ashley e Zach, por exemplo, adoravam contar como tinham se conhecido por meio de um anúncio de "Contatos que se perderam" em um site de classificados. Na verdade, Ashley não era a mulher que Zach buscava com o anúncio — ela nem passara perto do Starbucks da Sétima Avenida onde Zach tinha se encantado por uma mulher que o ajudara a limpar café com leite derramado —, mas tinha aproveitado e respondera assim mesmo ao anúncio "porque achei que ele parecia muito incrível", como explicara a Laura. Felizmente para Ashley, a mulher para quem o anúncio tinha sido publicado nunca aparecera, e Zach pareceu muito satisfeito com a resposta que recebeu.) Seria possível que a vida pudesse realmente funcionar daquela maneira, com livreiros fofos deixando bilhetes anônimos expressando um possível interesse romântico por mães solo aleatórias? Era um pensamento vertiginoso, e Laura balançou a cabeça abruptamente, como se o movimento pudesse levá-la de volta à realidade.

— Posso ajudar você a encontrar alguma coisa?

O cara levantou a cabeça e falou com ela, sem dúvida em reação ao olhar de Laura. Ele tinha uma voz suave e olhos azuis, e dava a impressão de usar um perfume muito bom, ligeiramente amadeirado, mas Laura não estava perto o bastante para confirmar. Ele era mesmo absurdamente bonito, do tipo que poderia interpretar um secretário ou um advogado desonesto em uma série da Netflix.

— Hum, não, tô só dando uma olhadinha, obrigada — respondeu Laura automaticamente.

Houve uma faísca? Era imaginação dela ou tinha escutado uma ênfase brevíssima no "você" da pergunta dele? Laura piscou algumas vezes, sentindo-se um pouco tola.

— Tudo bem — disse ele, e sorriu... aquilo seria o reconhecimento de um segredo entre os dois? Ou era apenas uma interação educada entre um funcionário e uma cliente? Será que havia segundas intenções naquele sorriso? Era assim que funcionava? — Se precisar de ajuda, basta chamar um de nós. — O cara se virou novamente para as pilhas de livros em cima do balcão.

Perturbada, Laura se afastou rapidamente e acabou na seção de ficção de mistério/crimes, onde pegou um livro de bolso aleatório (que, coincidentemente, era um suspense sobre um stalker) e comprou sem nem olhar direito, achando que precisava justificar sua presença na livraria de alguma forma. De volta ao carro, exalou com força, sentindo-se estranhamente abalada e, talvez, só um pouco empolgada. Então pegou o celular na bolsa e pressionou um nome nas chamadas recentes.

— Oi — disse Rebecca, parecendo um pouco sem fôlego. — Estou fazendo a minha caminhada rápida. Quais as novidades? Você foi até a livraria?

— Fui. Tô no estacionamento agora — respondeu Laura. — Tem um cara no balcão de livros usados. Bonito. Bonito *mesmo*. Vou me arriscar e dizer que parecia hétero.

— Você falou com ele?

— Não muito — respondeu Laura, respirando fundo. — Quer dizer, falei um pouco, mas o cara claramente gosta dessa coisa de escrever bilhetes. Já decidi: vou escrever uma resposta. Talvez seja um erro, talvez eu esteja me expondo de um jeito muito bobo, mas quero acreditar que alguém se interessou por mim e entrou em contato comigo. Ele parece legal. Quero escrever de volta.

— Venho pensando a respeito disso desde que você me contou — comentou Rebecca. — Eu também quero acreditar, mas fiquei um pouco preocupada por ter pressionado ontem à noite. Tem certeza de que tá pronta pra isso, Laurinha? É um grande passo pra você.

— Acho que talvez esteja na hora — disse Laura. — Acho... que quero tentar. Vou passar lá antes do trabalho amanhã e deixar um bilhete.

— Tudo bem — concordou Rebecca. — Tudo bem. Tô com você. Conta comigo.

— Eu sei — disse Laura baixinho para a amiga que estivera ao seu lado o tempo todo cinco anos antes, levando sopa, preparando banhos quentes, lidando com todos os detalhes ou apenas ouvindo. — Eu sei.

Rebecca rapidamente se tornou prática, como era seu jeito.

— Como você vai entregar o bilhete pra ele?

— A mensagem dizia para deixar no exemplar do meio de *Jogos vorazes*, na seção de jovens adultos da livraria. Tô te dizendo, isso é um filme.

Rebecca riu.

— Pois é... Por que você acha que ele escolheu esse livro? É sobre a Jennifer Lawrence e um bando de adolescentes lutando até a morte ou alguma coisa assim! Ele não sabe que existe uma seção de romances naquela livraria?

— Eu não li *Jogos vorazes* — disse Laura. — E se ele tiver um senso de humor estranho? De qualquer forma, preciso voltar ao trabalho. Ligo pra você mais tarde. Te amo.

— "E que a sorte esteja sempre a seu favor" — entoou Rebecca.

Laura, que também não tinha visto o filme, encerrou a ligação intrigada.

DE: al.watson12@freemail.com
PARA: donna@donnawolfefilms.com
ASSUNTO: Livraria

Oi, DW. Acho que a Read the Room vai funcionar bem. Luz decente, espaço suficiente para montagem de cenários e o prédio tem certa personalidade. A dona está muito animada com a possibilidade de a livraria aparecer em um filme, por isso vai ficar muito feliz em nos apoiar no que precisarmos — ela não se importa com o fato de a gente estar com pressa porque a locação original não deu certo. Eles têm um livreiro que parece uma versão de Seattle do Andrew Garfield, e ele está disposto a aparecer nas filmagens. Portanto estamos prontos para começar em maio.

DE: donna@donnawolfefilms.com
PARA: al.watson12@freemail.com
RE: Livraria

Mas qual é o *cheiro*?

DE: al.watson12@freemail.com
PARA: donna@donnawolfefilms.com
RE: Livraria

Cheiro de um lugar que a gente pode pagar.

7

April

Aquela seria definitivamente a última vez que April checaria a estante da seção de jovens adultos na Read the Room. Definitivamente. Já fazia mais de uma semana, e ela era uma mulher adulta com uma carreira para planejar e uma vida para tocar. Se o cara bonito de camisa de flanela no balcão de livros usados não estivesse a fim, tudo bem. Ela seguiria em frente. Não estava sem opções. Leria Proust, seria voluntária no banco de alimentos do bairro, talvez adotasse um gatinho e fizesse um piercing inesperado, ou quem sabe experimentasse kombucha (quando descobrisse o que era aquilo). A vida tinha tantas possibilidades! Ou era isso que April repetia para si mesma a caminho da Read the Room para um último, final e definitivo "nunca mais vou pensar nisso". E eis que ali, enfiada direitinho no exemplar do meio de *Jogos vorazes* havia um bilhete. (Ela escolhera aquele livro principalmente pela grande quantidade de exemplares e pelo relativo silêncio da seção de jovens adultos.)

April olhou cuidadosamente ao redor, mas não havia ninguém ali para vê-la pegar o papel, ou para ouvir sua risadinha de alegria quando o dobrou e guardou no bolso. O cara bonito do balcão de livros usados estava reunido com outros funcionários perto do balcão de atendimento enquanto uma mulher animada de cabelo grisalho parecia orientá-los sobre alguma coisa. Não lhe pareceu certo ler o bilhete naquele momento, por isso ela saiu rapidamente da loja e foi para casa com a impressão de que o papel farfalhava promissoramente a cada passo. Era emocionante recolher algo secreto, escrito só para você, em um lugar movimentado, onde as outras pessoas não tinham ideia do que estava acontecendo. Talvez fosse apenas fruto da sua imaginação, mas os pássaros pareciam estar cantando mais alegremente naquele dia, criando uma trilha sonora carregada de esperança. Era uma tarde de maio linda e ensolarada, e as flores nos jardins bem cuidados da rua pareciam sorrir para April quando ela passava, enquanto as janelas dos prédios vizinhos pareciam guardar mistérios encantadores por trás das cortinas. Quando finalmente chegou a casa — eram apenas duas quadras, mas a caminhada pareceu levar uma eternidade, e o bilhete em seu bolso parecia cantar sedutoramente para atraí-la —, April mal fechou a porta e já foi pegando o papel para abri-lo.

Oi, A

Fiquei muito feliz em receber sua mensagem. Nunca tinha recebido um bilhete anônimo e manuscrito antes, mas adoro a ideia — muito mais legal do que as redes sociais. Parece que somos duas pessoas que amam ler. Não tenho tanto tempo para ler quanto gostaria, mas meu livro favorito é provavelmente O grande Gatsby, *ou talvez* Os vestígios do dia *— já reli os dois várias vezes —, e meu momento favorito para ler é tarde da noite, na cama, com apenas um abajur aceso e um silêncio tão profundo que parece envolver a gente como um cobertor. Não que eu tenha muito tempo para fazer isso, a vida é corrida. Mas e você? Vou checar o volume do meio de* Jogos vorazes *à espera de uma resposta e gostaria muito de receber notícias suas.*

L

Apenas sete frases, escritas em letras pequenas e elegantes em um pedaço simples de papel amarelo-claro, mas April leu e releu várias vezes, encantada, deslumbrada e se perguntando como responder. Aquele não era o tipo de relacionamento ao qual estava acostumada — normalmente se conhece alguém por meio de algum amigo ou amiga em comum, ou em um bar quando se sai com um grupo do trabalho, e as coisas vão indo bem até que deixam de ir. A sensação era de uma empolgação agradável, como durante a leitura de um romance policial realmente bom, em que o leitor não faz ideia do que acontecerá a seguir e não tem escolha a não ser continuar virando as páginas.

Até então, April tivera apenas um relacionamento longo: com Josh, seu namorado da faculdade. Acabou mal depois de quatro anos, quando os dois brigaram por causa da divisão do aluguel do apartamento. Eles não tinham exatamente decidido morar juntos, as coisas simplesmente aconteceram. April e o namorado eram dois dos oito inquilinos de uma casa grande perto da universidade, mas os vários colegas de casa acabaram se formando e se mudando, até que de repente April e Josh se viram alugando um apartamento só para os dois sem pensar muito no que estavam fazendo. Às vezes era tudo maravilhoso: April, que na época trabalhava na biblioteca pública, gostava de ter alguém em casa para quem voltar, gostava de passar no mercado e fazer compras para os dois. E ela achava que amava Josh — ele era um cara bom de conversa, que reconhecia muitas referências literárias e tinha um jeito de segurar sua mão enquanto assistiam a algum filme que a encantava, mesmo que aquilo tornasse mais difícil comer pipoca.

Mas eles não podiam viver só de momentos encantadores e, depois de algum tempo, um Josh cada vez mais mal-humorado, que estava tentando conseguir financiamento para uma startup que ajudaria startups a obter financiamentos (o plano de negócios nunca fez sentido para April), tinha ficado furioso quando ela insistira em dividir as despesas meio a meio. Não era justo, alegara Josh, equiparar o salário de April ao “dinheirinho” dele — uma expressão aparentemente usada para descrever o dinheiro que não queria gastar —, e, assim, um belo dia ele foi embora irritado, deixando para trás apenas uma camiseta do show do Foo Fighters esquecida na máquina de lavar. April agora usava a camiseta para tirar o pó da casa, sentindo-se ao mesmo tempo vingativa e indiferente. Anos tinham se passado e ela não sentia falta de Josh, apenas de uma companhia.

Mas ali estava L, com seus olhos azuis e seu jeito fofo de empilhar livros em cima do balcão para que ficassem bem alinhados. Aquela conversa sobre ler confortavelmente na cama parecia sedutora de certa maneira, pensou April. Seria L de Leo, talvez? Lawrence? Logan? Larry? Não, definitivamente não um Larry. Lenny? Liam? Tantas possibilidades. Ali, finalmente, estava um mistério que ela poderia resolver, no qual realmente tinha interesse.

April automaticamente pegou o celular para contar a Janie sobre os últimos acontecimentos — velhos hábitos custam a morrer —, mas parou no meio da mensagem. Janie estava ocupada. Era esperar demais que alguém com dois filhos pequenos estivesse constantemente disponível. Talvez tentasse de novo mais tarde, pensou April… talvez à noite, depois que as crianças já estivessem dormindo. Talvez no dia seguinte. Por ora, tinha o bilhete, e aquilo era companhia suficiente.

April deixou os pensamentos vagarem enquanto lidava com alguns e-mails de rotina do trabalho.

DE: aprild@picketfencehomes.com

PARA: bananaazul@freemail.com

ASSUNTO: Anúncio nº 503367B

Olá! Muito obrigada por anunciar seu imóvel na Picket Fence. Oferecemos um serviço de consultoria gratuito para ajudar os vendedores a maximizar o potencial de seus anúncios. Seguem algumas ideias para a apresentação do seu imóvel e para as fotos disponibilizadas on-line.

1) Que tal lavar a louça e guardá-la antes de tirar outra foto da cozinha?

2) A sua coleção de fotografias de pés é sem dúvida interessante, mas sempre aconselhamos os clientes a levarem em consideração que arte é subjetiva. Uma parede neutra e vazia vai atrair mais compradores do que uma coleção de arte que talvez não seja do gosto de todos. (Além disso, talvez seja uma boa ideia preencher aqueles buracos na parede e repintá-la.)

3) Há uma mancha escura no carpete da sala de estar. Se não conseguir remover aquela mancha, quem sabe um tapete ajude?

April se sentia estranhamente apegada àqueles vendedores desconhecidos, que compartilhavam corajosamente seu imóvel com o mundo na esperança de que talvez alguém pudesse amá-lo, com fotografias de pés e tudo.

Variety.com | Início > Cinema > Notícias | 13 de maio de 2024 8h30

Começa a produção da comédia dramática surrealista de Donna Wolfe, que se passa em uma livraria — ator local escalado para o papel principal

POR MARCEL GEORGE

A roteirista e diretora Donna Wolfe, veterana do cinema independente, cujo último filme, *Doze para jantar*, conseguiu uma boa fatia da bilheteria de cinema de arte em 2021, está pronta para começar as filmagens de seu novo filme, *Consciência na prateleira*, uma "dramédia" de humor ácido ao estilo de Charlie Kaufman, ambientada em uma livraria. O enredo acompanha um jovem que fica perturbado quando a namorada não volta para casa depois de uma ida a uma livraria e, ao procurá-la, descobre que ela foi puxada por um portal para o mundo de um livro na estante.

Wolfe, que recentemente falou em entrevistas sobre estar em uma "busca por autenticidade" em seus filmes, planeja gravar em Los Angeles e Seattle, nesta última principalmente em função da locação para as cenas em uma livraria. Embora costume ter sua base na metrópole californiana, ela diz que se cansou das "locações de sempre" e quer estender seu alcance para outros lugares. Sendo assim, se mudou para a cidade das chuvas, no estado de Washington, antes do início da produção para "mergulhar na cultura local".

Wolfe escolheu Kelly Drake, um ator de teatro de Seattle, para interpretar o papel principal. Ele vai fazer sua estreia no cinema. Descoberto durante audições locais, Drake tem "um rosto feito para filmes clássicos", declarou Wolfe.

Drake pegou um avião para LA no início da primavera para filmar algumas cenas. As gravações em Seattle vão começar no final de maio.

8

Westley

Agora que a Read the Room estava se preparando para os holofotes — as filmagens começariam em menos de uma semana —, Julia estava determinada a deixar tudo em ordem. Normalmente, os livreiros podiam contar com algum tempo livre durante o expediente, e o usavam para examinar os lançamentos e ler os prováveis grandes sucessos daquela temporada. Mas agora era esperado que todos usassem cada minuto de tempo disponível fazendo a livraria parecer perfeita como as de cinema. Julia estava muito estressada — Westley se perguntou se seria possível que o cabelo dela estivesse ainda mais espetado do que o normal devido à ansiedade... — e a equipe não tinha escolha a não ser obedecer. Produtos de limpeza misteriosos apareciam a toda hora no balcão de atendimento ou no espaço de trabalho de Westley, como uma mensagem sutil, mas clara.

Embora Al tivesse orientado Julia a não mudar nada na loja, ela queria ter certeza de que os fortes refletores do cinema não iriam expor nada que parecesse desgastado demais e, assim, dava ordens claras nas reuniões diárias de equipe: o estoque excedente há muito desnecessário nas prateleiras altas foi cuidadosamente espanado, os peitoris das janelas foram limpos com toda a atenção, os quadros de avisos se viram livres dos bilhetes amarelados presos com tachinhas e as estantes de ficção — particularmente as de ficção científica/fantasia e de romance, que tendiam a reunir os livros de segunda mão mais desgastados — foram examinadas meticulosamente e os exemplares de bolso mais surrados, removidos. Alejandra tinha pendurado discretamente luzinhas cintilantes, que Julia retirou com a mesma discrição.

A própria Donna Wolfe tinha passado pela livraria, sem nem se dignar a tirar os óculos escuros, e permitira que Julia a levasse para um tour pela loja enquanto compartilhava alguns detalhes sobre o filme, que Julia passou depois para a equipe, ofegante de empolgação. (De seu posto, Westley observou uma peculiaridade da personalidade de Donna: tudo o que ela fazia dava a sensação de ser um favor pessoal.) Ela contou que seria uma comédia surrealista sombria e sofisticada estrelada por Kelly Drake, cuja performance como Frank-N-Furter, em uma produção recente de *The Rocky Horror Picture Show* tinha sido descrita como "diabolicamente erótica" pelo jornal alternativo local. Seriam apenas alguns dias de filmagem na loja, já que a maior parte do filme já fora gravada em Los Angeles.

Julia franziu o cenho para uma vassoura deixada diante do balcão de atendimento enquanto reunia a equipe mais uma vez, e Andrew rapidamente tirou a vassoura dali.

— As filmagens aqui vão acontecer à noite, por talvez uma ou duas semanas, e nas tardes de segunda — anunciou. (Segunda-feira era o dia de menor movimento da loja.) — Vão começar na próxima quarta-feira e vamos fechar a livraria um pouco mais cedo nos dias de gravação. Vou colocar uma placa na porta. A equipe vai trazer luzes e outros equipamentos, mas me garantiram que vão tomar todo o cuidado para não danificar nada. E não vão mexer nos livros. Fui muito clara em relação a isso: nada nas prateleiras deve ser tocado.

— A gente vai poder aparecer? — perguntou Raven.

— Ora, não — respondeu Julia. — A equipe vai trazer atores para interpretar livreiros, a não ser pelo Westley. Al, o avaliador de locações, pediu que ele aparecesse como figurante.

— Por que o Westley? — Quis saber Raven.

Seguiu-se um longo e desconfortável momento de silêncio. Westley tentou não olhar para ninguém. Andrew revirou os olhos para Raven.

— Hum, talvez porque o Westley tenha a cara de alguém que deveria estar em um filme? Diferente do resto de nós?

Raven, que Westley desconfiava nutrir secretamente a fantasia de ser descoberta pelas câmeras, pareceu ofendida. Ela pegou o celular e ficou encarando com uma concentração ligeiramente excessiva uma mensagem possivelmente imaginária.

Julia continuou.

— Na quarta-feira, vamos fechar às seis da tarde. Eu mesma vou publicar isso no site da loja e vocês, é claro, podem informar aos clientes sobre a mudança no horário. Alguma outra pergunta?

Andrew levantou uma sobrancelha.

— Hum, por que a gente tá fazendo isso mesmo? Não vai dar muito trabalho?

— Não importa — respondeu Julia. — Eu só... acho que vai ser bom pra livraria.

O tom dela deixava entrever uma esperança muito tênue em vez da empolgação demonstrada quando anunciara o projeto, que parecia ter se transformado rapidamente em fonte de estresse.

Westley voltou para o balcão de livros usados tentando não se sentir constrangido por ter sido selecionado pela produção para participar das filmagens. O avaliador de locações o escolhera... não era culpa dele, e os colegas não deveriam ficar chateados com aquilo. Westley nunca havia atuado de verdade, embora tivesse interpretado um personagem coadjuvante na produção de *Nossa cidade* quando estava na escola, e a professora de teatro o encorajara a tentar um papel maior em uma próxima vez. (Ela disse a Westley para assistir a Paul Newman em *Nossa cidade*, dizendo que Newman era um exemplo de ator que superava a beleza extrema. Westley, constrangido, abandonou o teatro como atividade extracurricular e optou por circular pelo clube de xadrez, fingindo estar interessado.)

Aquilo acontecera havia muito tempo, mas Westley se lembrava de ter gostado de estar no palco, de sair da própria vida e fingir ser outra pessoa… foi como se uma luz especial o iluminasse. Ele poderia ter insistido na atuação, talvez com um professor diferente, mas a faculdade começou e terminou rápido, depois de Westley ser reprovado nas três primeiras matérias. Embora amasse ler — principalmente livros de ficção, nos quais ele podia desaparecer em um tempo e lugar muito diferentes da sua própria vida —, redigir artigos não era algo natural para ele, e depois de várias noites ansiosas encarando a tela em branco do computador e se perguntando como era possível que outras pessoas sempre parecessem saber o que dizer, acabou desistindo, e o pai ficou tão irritado que se recusou a continuar pagando a mensalidade. O desejo de permanecer na faculdade não era tão grande a ponto de Westley questionar a decisão do pai, ou a ponto de levá-lo a tentar um empréstimo estudantil. Ele tinha cogitado se formar em letras, mas, na verdade, só queria ler, o que poderia fazer independentemente de estar na universidade. Conseguiu alguns empregos em restaurantes, um dos quais aquele que ele não gostava nem de lembrar, e então começou na Read the Room. Todos aqueles trabalhos foram encontrados por acidente, nunca planejados.

Exatamente como estava acontecendo com a filmagem na livraria. Mas aquela história de fazer figuração no filme não era realmente atuar, disse Westley a si mesmo. No fundo, bastava ser ele mesmo. E achava que provavelmente conseguiria fazer isso. Afinal, era o que vinha fazendo a vida toda.

Alejandra

A melhor coisa que já encontrei dentro de um livro foi uma pequena obra de arte: um marcador de livro com uma pequena borla amarela feita à mão presa na parte de cima, feito de um papel denso para desenho e pintado em aquarela em tons suaves de azul e verde que pareciam ondular sob meu olhar. Era simplesmente a coisinha mais linda — bem, eu não deveria dizer "era", já que ainda tenho o marcador e o uso o tempo todo — e adoro imaginar alguém com um pincel criando aquela obra de arte com todo o amor do mundo, talvez para acompanhar um livro que daria de presente. O mundo está cheio de objetos gratuitos que funcionam muito bem como marcadores de página — nós damos marcadores com a logo da Read the Room a cada venda, e eles são ótimos —, mas gosto de pensar que há pessoas por aí fazendo marcadores especiais, que alguém se importou o bastante para criar uma peça linda com o único propósito de marcar uma página.

Eu me sinto muito sortuda por trabalhar em uma livraria enquanto tento escrever ficção. Escrever é difícil — não tanto quanto trabalhar como garçonete em expediente dobrado, mas ainda assim é muito desafiador. E é algo que me obrigo a fazer quando preferiria estar lendo. E algo que ajuda é olhar ao redor durante o trabalho e ver todos aqueles livros me cercando, cada um deles representando um autor que CONSEGUIU *atingir o mesmo objetivo que eu almejo. (E também conseguiu um agente e uma editora, duas coisas que ainda estão na minha lista de tarefas.) Isso me inspira, mesmo nos dias em que a Julia me deixa louca me lembrando toda hora de tirar o pó das estantes. Vale esclarecer que gosto da Julia. Mas às vezes ela é... bem, um pouco demais.*

O livro que estou escrevendo é de ficção científica e definitivamente excêntrico. Não faço ideia se alguém vai se interessar por ele quando estiver pronto, mas é meu — é algo que não existia antes, algo que eu fiz, como alguém fez aquele marcador de página. Não é meu primeiro livro. Já me arrisquei em outros gêneros e, mais recentemente, terminei um texto experimental que acho que pode dar certo, mas estou esperando uma opinião a respeito dele. As pessoas sempre ficam surpresas por eu ter escrito tanto, mas sempre quis ser escritora e, por mais desafiador que seja, é o que amo fazer. Gosto de brincar com as palavras do jeito que a Raven brinca com os fios, mas torço para conseguir resultados melhores que os dela... (Tá bom, isso foi um pouco maldoso da minha parte. A Raven é uma pessoa até bem legal quando a conhecemos melhor — acho que ela gosta que as pessoas a considerem intimidadora. Mas as bijuterias de crochê que ela cria são meio estranhas.)

Quando era criança, eu sempre inventava histórias, que escrevia com dedicação, então as lia para minha avó, que estava aprendendo inglês e adorava ouvir as narrativas sobre pássaros que falavam e ruas que mudavam de direção de repente, não permitindo que as pessoas conseguissem andar em linha reta mesmo que tentassem. Eu adorava andar pelo meu quarteirão, ou ir mais longe depois que fiquei um pouco mais velha e tive mais liberdade, procurando por algo que me fascinasse ou por uma sementinha de ideia. Eu me perguntava se as flores conversavam entre si; se as rosas no jardim da sra. Steele desprezavam as margaridas na grama ao lado. Ou ainda há quanto tempo os pássaros estavam sentados nos fios de energia, e se estavam esperando que algo acontecesse. Eu me perguntava se havia bairros em outros planetas que se pareciam com o meu, mas funcionavam de um jeito diferente. Acho que foi isso que, a princípio, me levou à ficção científica. Eu adorava pensar em um mundo com regras diferentes. E se pudéssemos ver o cabelo das pessoas crescendo? Ou olhar através da pele delas para ver seu coração? Essa é a essência do romance em que estou trabalhando atualmente. É divertido inventar essas coisas.

Trabalho cinco dias por semana na Read the Room e divido um apartamento com outras pessoas, então consigo sobreviver com o que ganho, que é um salário decente para uma livraria (Julia é uma chefe muito justa; conversei com pessoas de outras livrarias locais e definitivamente somos mais bem pagos), mas mesmo assim o dinheiro não rende muito nesta cidade cara. Gosto de ajudar clientes a encontrar livros, quer queiram algo específico ou estejam em busca de sugestões, e tenho muitos clientes habituais, que me dizem que gostaram do que recomendei, o que é basicamente o motivo pelo qual eu queria trabalhar em uma livraria, antes de mais nada. Mas gosto daqui principalmente porque é um trabalho tranquilo, que me dá tempo para ficar só pensando. Aprendi a fazer isso enquanto fico olhando para as prateleiras de ficção científica/fantasia, assim a Julia acha que estou concentrada organizando os livros em ordem alfabética.

E, claro, às vezes dou umas olhadinhas no Westley. Isso precisa ser feito com muito cuidado. Acho que ele e a Raven tiveram algum lance romântico esquisito, porque às vezes a pego olhando para ele com uma cara meio melancólica, e ela fica muito possessiva se acha que algum cliente está flertando com ele. E o Andrew observa tudo silenciosamente, ele não deixa nada passar despercebido, e não quero de jeito nenhum que ele saiba nadinha da minha vida pessoal. Não que eu realmente tenha uma... só trabalho na loja e no meu livro, e às vezes saio para tomar uma cerveja com meus colegas de casa quando não estão dirigindo para a Uber ou fazendo entregas para a Amazon, ou ocupados com o que quer que estejam trabalhando. A minha vida parece ok, mas sinto que as coisas ainda não começaram de verdade... é como se eu estivesse esperando por alguma coisa, ou por alguém.

O Westley me intriga porque ele parece ser aquela combinação rara de um cara bonito como um astro de cinema (de um jeito discreto, com a camisa de flanela, típico de Seattle), mas que é legal de verdade, embora seja tão na dele que levei um tempo para descobrir. O Westley me viu chorando um dia no café — era o aniversário de morte da minha avó e eu estava com saudade dela —, então me comprou um bolinho e se ofereceu para me substituir no balcão de atendimento pelo tempo que eu precisasse. Não conversamos muito desde então, mas eu gostaria de conhecê-lo melhor. Talvez um dia tenha coragem de chamá-lo para sair.

Uma vez escrevi um personagem que é um pouco como o Westley, e outro que é um pouco como eu. Na minha história, eles acabaram juntos. Mas ficção é assim, certo?

9

Laura

A Waterton's era a loja mais sofisticada da cidade. Em atividade desde antes da Segunda Guerra Mundial, ocupava um edifício elegante, com toques Art Déco, que tinha sido modernizado com bom gosto ao longo dos anos, mas ainda exalava o perfume clássico dos tempos antigos. O prédio era uma anomalia nas ruas do centro da cidade, repletas de arranha-céus angulares e condomínios de luxo tão novos que ainda exalavam cheiro de tinta fresca. Laura trabalhava na Waterton's havia muitos anos, desde que ela e Sam tinham chegado a Seattle quase duas décadas antes. Ela sempre amara a loja, principalmente a área de acessórios do andar principal pouco antes do horário de abertura, quando todas as bolsas, bijuterias e echarpes pareciam cintilar como tesouros sob a luz suave.

Não que ela comprasse muito ali. Mesmo com o desconto generoso de funcionária, a maior parte dos produtos vendidos na Waterton's era cara demais para seu orçamento, e, embora de vez em quando comprasse roupas para trabalhar em promoção ou economizasse para fazer uma compra especial (como aquele malfadado vestido criticado pela Ashley Um), Laura via a loja principalmente como um museu da moda — um lugar para observar e apreciar, não para levar nada para casa.

Laura amava o trabalho e com frequência pensava nele mais ou menos da forma como um artista abordava uma pintura ou colagem: ela olhava para os clientes e pensava em cor, forma e estado de espírito. A maior parte das pessoas que atendia eram mulheres com mais de quarenta anos (Laura logo estaria na mesma categoria) com dinheiro de sobra, geralmente trabalhando na indústria de tecnologia ou em alguma ocupação misteriosa e que soava glamourosa, como relações públicas corporativa, e tinham pouco tempo ou interesse em fazer compras. Como tinha sido uma criança que passava horas sem fim fazendo combinações diversas de roupas para suas Barbies (ela descobrira bem cedo que acessórios combinando eram uma péssima escolha, apesar de ser o que vinha com as bonecas), Laura nunca conseguiu entender por que as pessoas não queriam comprar para si mesmas, levando em consideração os orçamentos generosos que suas clientes pareciam ter, mas tinha prazer em ajudá-las a descobrir o que lhes caía melhor e o que as deixava confortáveis. Era empolgante ajudar uma cliente a tirar a jaqueta de fleece — por que tantas mulheres por aqui usavam algum tipo de roupa térmica esportiva e calças e sapatos básicos e sem graça? — e ajudá-la a vestir algo que a fizesse olhar no espelho e parecer se iluminar. Era uma espécie de magia, pensou Laura, a forma como a cor e o formato certos conseguiam transformar uma pessoa, e ela amava o desafio de encontrar a combinação certa para cada cliente que entrava na loja.

Aquele tinha sido um sábado excepcionalmente movimentado e Laura acabou não tendo tempo de pensar no bilhete que tinha deixado ou se o livreiro havia respondido, já que fora uma manhã cheia de clientes, uma seguida da outra, todas em busca de roupas para o trabalho que fossem apropriadas, mas não demandassem muito esforço. (Laura pensava com frequência que a profissão de personal shopper deixaria de existir se mais mulheres percebessem a magia de um blazer escuro bem ajustado e bons brincos.) E naquele momento, depois de almoçar rapidamente uma salada na mesa de trabalho, ela tinha um compromisso muito mais emocionante: a assistente da diretora de cinema Donna Wolfe havia ligado na véspera parecendo angustiada e solicitando um horário para a chefe, que participaria de uma festa e precisava de algo "formal e criativo" para vestir. Na mesma hora, Laura procurou informações sobre Donna no IMDb, e não conseguiu assistir a *Doze para jantar* até o fim na Netflix depois de colocar Olivia na cama. (A coisa do canibalismo foi um pouco demais para alguém que normalmente assistia a comédias românticas à noite enquanto navegava por blogs de moda.) Mas aquele atendimento prometia ser bem mais interessante do que convencer mais uma executiva de tecnologia a deixar de lado os sapatos com fecho de velcro.

Sydney, assistente de Laura, enfiou a cabeça no cubículo dela no momento em que Laura engolia a última garfada.

— Sua cliente chegou, meu bem — disse ele, com o sotaque da criadagem de *Downton Abbey* que vinha imitando já havia algum tempo, apesar de não ser britânico.

Naquele dia, Sydney estava usando uma camisa social de listras largas, uma saia risca de giz sobre calças justas combinando, um lenço floral enrolado na cabeça e tênis bordô brilhantes. Laura invejava a liberdade com que o assistente brincava com a moda (e, aliás, com a voz), mas achava que o trabalho dela exigia que irradiasse uma simplicidade clássica e sofisticada para que as clientes se concentrassem nas próprias roupas e não nas dela.

— Obrigada — agradeceu a Sydney. — Belo brilho. Você não comprou esses tênis aqui, não é?

— Ha, ha, ha! — A risada de Sydney era teatral, mas ainda assim genuína, assim como o desaparecimento repentino do sotaque, que tendia a ir sumindo conforme o fim do expediente se aproximava. — Você é uma graça, Laura. Como se eu pudesse comprar aqui com o que me pagam.

Laura passou a mão pelo cabelo, checou o batom e seguiu para a área de personal shopper, que a loja intitulava ateliê, mas era basicamente um lounge elegante onde as clientes examinavam araras de roupas trazidas até elas enquanto ficavam sentadas em sofás confortáveis tomando champanhe (de uma marca bem barata comprada no atacado — e parte do trabalho de Sydney era garantir que ninguém jamais visse o rótulo).

Era uma tarde tranquila e apenas um dos sofás estava ocupado: lá estava uma mulher alta, na casa dos cinquenta anos, com um corte de cabelo estilo pageboy, óculos escuros, usando um conjunto todo preto. Laura notou que, em vez de ficar no celular como a maioria dos clientes fazia, ela rabiscava alguma coisa em um caderno de capa escura, o que contribuía para o seu visual retrô. Laura se aproximou dela com um sorriso profissional bem-treinado.

— Olá, a senhora é Donna Wolfe? — perguntou, estendendo a mão. — Sou Laura Barry e vou atendê-la hoje.

A mulher se levantou, do jeito que alguém faria se estivesse prestes a se curvar em uma reverência, e estendeu uma mão pálida e cheia de anéis antigos para cumprimentar Laura. Ela estava usando uma jaqueta assimétrica que parecia se enrolar em seu corpo — Laura não entendeu muito bem como a jaqueta se fechava... talvez fosse mágica ou algum mecanismo inteligente envolvendo ímãs — e um cachecol que lembrava uma cobra muito cara. Laura se perguntou de onde viriam aquelas roupas, já que certamente não havia nada na Waterton's que fosse tão vanguardista. Será que Donna a havia comprado enquanto filmava na Europa?

— É um prazer conhecê-la — disse a mulher, dizendo a frase breve como se fosse um presente dado com relutância. — Sim, sou Donna Wolfe.

Ela fez uma pausa modesta, talvez tenha até baixado os olhos — os óculos dificultavam confirmar —, claramente esperando que Laura dissesse alguma coisa.

Laura sabia como aproveitar a deixa.

— Claro. A cineasta. Conheço bem o seu trabalho — mentiu. (Ora, talvez aquilo não fosse uma mentira completa... ver metade de um filme tinha que contar para alguma coisa, certo?) — É um prazer ter a senhora aqui na Waterton's. Soube que está procurando algo para usar em um evento formal?

— Isso mesmo — confirmou Donna, parecendo um pouco decepcionada com a reação de Laura, mas determinada a seguir em frente. — Vou receber um prêmio da Academia Americana de Mulheres nas Artes, que fará a reunião nacional aqui enquanto estou na cidade gravando meu novo filme. Vai ser um jantar no Hotel Olympic. Eu mesma teria escolhido uma roupa, mas tenho estado terrivelmente ocupada ultimamente. A pré-produção tem sido muito caótica.

— Posso imaginar — disse Laura em um tom tranquilo, embora não soubesse o que era "pré-produção" nem por que poderia ser caótica.

— Me recomendaram você — continuou Donna — como alguém que entende… — ela fez uma pausa bastante dramática, como se esperasse que uma audiência se reunisse ao seu redor antes de terminar a frase — a importância da individualidade. Não quero ficar parecida com mais ninguém no evento. Tenho certeza de que você consegue compreender.

— É claro — confirmou Laura, enquanto imaginava Donna como uma personagem interpretada por Meryl Streep, perguntando-se qual de suas clientes a teria recomendado.

Ela estava bastante satisfeita com as roupas que havia separado para Donna, todas elegantes e fora do comum — nenhum dos trajes era um vestido longo padrão para um jantar formal. Laura levantou a mão, fazendo um sinal para Sydney, que estava pairando ao redor como um elegante beija-flor.

— Você poderia, por favor, trazer a arara para a sra. Wolfe? — pediu a ele.

Sydney se afastou com um salto — o assistente, que estudava balé nas horas vagas, gostava de uma saída dramática — e voltou rapidamente com uma arara cheia de roupas. Era difícil ler a expressão de Donna, já que ela ainda estava de óculos escuros, mas os cantos de sua boca logo se curvaram para baixo, como uma cortina descendo subitamente sobre o palco.

— Hummm — disse ela, examinando a arara, pegando uma peça aqui, outra ali, com os braços estendidos, como se não quisesse se aproximar demais. — Isso não é… exatamente o que eu tinha em mente.

Laura, que se orgulhava de se dar bem com clientes exigentes, ficou consternada e sentiu seu sorriso profissional perder um pouco da força.

— Que tal algo assim, com um salto ou botas de cano curto? — sugeriu, segurando uma saia de tule volumosa e uma jaqueta curta de tweed, na qual tinha prendido com todo o cuidado um corpete de seda.

— Ah, meu amorzinho — disse Donna (que tinha a voz, embora não a pele, de uma fumante de longa data). — Não estou indo à minha formatura na escola de arte. Receio que isso não vá ficar bom. — Ela desviou o olhar, as sobrancelhas delicadamente erguidas acima dos óculos escuros, como se a saia de tule fosse o filho malcomportado de outra pessoa e fosse mais diplomático ignorá-la.

— A senhora pode ser um pouco mais específica sobre o que tem em mente? — perguntou Laura, tentando permanecer otimista. Afinal, já havia conquistado clientes difíceis antes. — Às vezes precisamos de algumas tentativas até conseguir encontrar a coisa certa.

Donna não estava interessada em conversar, claramente já tinha desistido. Aquele era o pior tipo de cliente: as que sabem exatamente o que querem, mas não dizem.

— Lamento, mas não tenho mais tempo hoje — disse Donna. — Por favor, peça para o seu assistente ligar para a minha para marcarmos outro horário no fim da semana. Não sei se vou conseguir arranjar tempo, mas vamos tentar. Obrigada.

Ela pegou sua volumosa bolsa de couro a tiracolo e saiu, deixando um leve perfume âmbar e muita confusão em seu rastro. Laura e Sydney trocaram olhares.

— Isso foi *impressionante* — comentou Sydney, com um sorriso largo no rosto, deixando de lado o sotaque falso. — Ela é assim mesmo ou tem uma câmera aqui e eu não tô sabendo?

— Não tem *nada* aqui que você não saiba — disse Laura. — É, ela é meio extravagante. É diretora de cinema. Será que todos eles são assim? A Donna está na cidade pra fazer um filme, vai gravar naquela livraria, a Read the Room.

Sydney ergueu bem alto as sobrancelhas impecáveis.

— Não acredito! Achei mesmo que esse nome soava familiar. Não contei pra você que vou trabalhar nesse filme? O meu amigo Maverick me arranjou um bico como assistente de figurino.

— Maverick é aquele com a tatuagem na orelha?

Laura tinha conhecido alguns amigos de Sydney em uma ida infeliz a uma boate, um ou dois anos antes. Na ocasião, ela percebera que o assistente fizera o convite por uma preocupação genuína com a ausência de vida social da chefe. Comovida, Luara tinha aceitado, percebendo tarde demais que seus anos de música ensurdecedora e bebidas baratas haviam ficado para trás. A noite tinha sido um fracasso, mas parecia ter consolidado uma amizade improvável com Sydney, que desde então tinha que ser impedido quase à força de tentar arranjar encontros para Laura com todos os clientes heterossexuais apresentáveis. Que, felizmente, não eram muitos.

— Esse mesmo. Não sei o que assistentes de figurino fazem em um filme, mas acho que meu trabalho vai ser garantir que as roupas estejam limpas, passadas e prontas para usar. E talvez eu consiga ver o Kelly Drake de cueca.

— Parece divertido — comentou Laura, e ficou grata ao se dar conta de que não pensava no bilhete havia horas. Talvez desse uma passada na Read the Room mais tarde. Só para dar uma olhadinha.

10

April

April, que tinha várias contas em diferentes redes sociais, mas raramente postava alguma coisa, vinha tendo a sensação de ter voltado no tempo. (Ela usava as redes principalmente para ver fotos de animais de estimação das pessoas e acompanhar o fluxo constante de atualizações sobre as aventuras de Ben no teatro local.) Era uma sensação muito estranha trocar correspondência anônima e analógica durante uma época em que todos que conhecia estavam acostumados a postar cada movimento e emoção on-line. Enquanto trabalhava, ela se pegava constantemente distraída pensando em L: Que livros estaria separando no momento? Que tipo de café estava tomando? Será que também pensava no bilhete que estava na mesa dela havia quatro dias? Será que estava pensando nela? O que ela deveria responder? Fazia muitos anos desde a última vez que April tivera pensamentos como aqueles e se sentia quase envergonhada. Ela se sentia de volta ao ensino fundamental, curiosa para saber se um garoto bonito gostava dela. Sentia-se igualmente empolgada e assustada. A vida tinha saído do roteiro, e tudo o que ela podia fazer era tentar acompanhar, aproveitar, acontecesse o que acontecesse.

O trabalho. Ela precisava trabalhar.

DE: aprild@picketfencehomes.com
PARA: bananaazul@freemail.com
RE: Anúncio nº 503367B

Olá! A nova foto da cozinha está muito melhor, obrigada. Mas aquela mancha escura no carpete da sala ainda é um problema. Se você não tiver um tapete para cobri-la, que tal mudar o sofá de lugar?

O sofá parecia ter sido submetido a experimentos científicos envolvendo substâncias corrosivas, mas não importava… algo precisava ser feito. Uma notificação de repente iluminou o topo da tela do computador de April — o sistema de mensagens interno da empresa, chamado de maneira fofa de "Pausas para o café da Picket Fence". Era um lembrete da reunião virtual geral da equipe de Seattle, que aconteceria em poucos minutos.

A fundadora da Picket Fence, Sophie McBride, era uma palestrante carismática, com uma passagem pela comédia stand-up em sua trajetória pessoal, até que (de acordo com a biografia no site da empresa), quando se preparava para vender a casa da avó, pensou que seria útil ter um banco de dados acessível com todas as propriedades e seus valores avaliados, estivessem ou não à venda. Por acaso, o primo de Sophie era engenheiro de software, e a empresa cresceu, passando de duas pessoas no porão da mãe de Sophie a um vasto conglomerado. Sophie se tornara uma celebridade local que estava naquele momento em seu quarto marido — seus acordos pré-nupciais eram manchetes frequentes no *Seattle Times*, particularmente o mais recente, pois tinha se casado com um jornalista —, embora não fosse muito mais velha do que April. As reuniões gerais da empresa, que aconteciam com frequência excessiva, eram uma mistura de linguagem profissional e comédia. Às vezes parecia que

Sophie ainda estava aprimorando sua atuação e poderia um dia voltar ao stand-up — não que ela precisasse de dinheiro. Todos sempre riam estrondosamente das piadas de Sophie (havia cascatas de "kkkkkk" na caixa de bate-papo), como se estivessem preocupados que suas chances de participação nas ações da empresa pudessem ir para o ralo se não o fizessem. (Na realidade, o stand-up de Sophie não era bom. Um vídeo pirata do antigo quadro de comédia dela no YouTube, que tinha circulado secretamente entre os funcionários, mostrava uma tendência a piadas sobre absorventes internos.)

April clicou no link, abrindo o vídeo de Sophie sentada à mesa em seu escritório, que era todo de vidro e metal cromado, com iluminação suave e elegante. (Corria o boato de que Sophie contratara um diretor de fotografia indicado ao Oscar para supervisionar a iluminação do escritório, de modo a mostrá-la da melhor forma na tela. April não tinha ideia se aquilo era verdade, mas era um fato que Sophie parecia quase assustadoramente angelical.) Na parede atrás dela havia um item folclórico da história da empresa emoldurado: a chave da porta da frente da primeira casa vendida pela Picket Fence anos antes.

Era a hora exata do começo da reunião, porém Sophie, que tinha um patrimônio líquido de cerca de oitocentos milhões de dólares, mas se orgulhava de ser pé no chão, gostava de manter tudo da forma mais casual possível. Ela estava visível na tela e com o microfone silenciado, mas ocupada em uma conversa animada com alguém fora das câmeras. Três longos minutos se passaram antes que Sophie risse ostensivamente, acenasse com a mão de unhas cintilantes, dispensando quem quer que estivesse falando com ela, e abrisse o microfone, afastando com cuidado o cabelo do rosto e o jogando para trás.

— Oi, Picket Fencers! — cumprimentou ela. — Como estão todos? Tendo uma boa segunda-feira? — Sophie tinha um jeito enervante de falar durante as videoconferências que reuniam toda a empresa, como se estivesse em uma sala lotada pela plateia e liderando algum tipo de reunião motivacional ou aula de spinning, e não à sua mesa, como uma âncora de TV. Talvez em sua mente houvesse uma multidão animada respondendo às suas perguntas.

— Então, hoje vai ser rápido, eu só queria apresentar nosso novo slogan a todos — anunciou. — Como vocês sabem, temos trabalhado com novos parceiros de marketing e agora temos um novo logotipo e um slogan que gostaria que todos usassem. Adicionem o slogan às suas assinaturas de e-mail, usem nas camisetas que vou pedir que enviem para as casas de vocês, sonhem com isso à noite e não se esqueçam de que essa agora é a nossa nova mensagem.

A imagem de Sophie então desapareceu, substituída por um logotipo amarelo-solar com o nome da empresa envolto no contorno de uma casa e as palavras "Bem-vindos ao lar" abaixo.

Jura que é o melhor que conseguiram fazer?, perguntou-se April. Um grupo de especialistas tinha sido pago para pensar *naquilo*? Ela realmente teria que usar a camiseta? (April, em geral, não aprovava roupas com palavras estampadas.) Mas aquele tipo de discurso era bem comum nas reuniões da Picket Fence. April comparecia às reuniões gerais basicamente porque (a) eram obrigatórias, e corria a história de que os gerentes checavam se os funcionários estavam conectados, e (b) ela ficava sempre na expectativa de que Sophie dissesse algo pessoal sobre sua vida bastante interessante, o que infelizmente nunca acontecia. April se perguntava como seria a vida de uma pessoa incrivelmente rica, otimista o bastante para se casar com o quarto marido antes dos trinta e cinco anos e ainda carregar o peso de uma empresa enorme sobre os ombros. Sophie nunca pareceu muito real para April — ela era como uma personagem fictícia de um romance ainda não terminado. "Bem-vindos ao lar" parecia um slogan terrivelmente sem graça, mas talvez Sophie soubesse o que estava fazendo. A não ser por alguns daqueles casamentos, ela geralmente sabia.

April perdeu o interesse na reunião e enviou seu último e-mail, então tomou um gole de café e pensou, com um pouco de inveja, no trabalho de L. Ele olhava para livros o dia todo — livros que as pessoas já haviam desejado em suas casas, mas não queriam mais — e decidia quais valeriam a pena revender e quais deveriam ser descartados. Na verdade, não era muito diferente do trabalho dela. Só que o dele parecia muito mais agradável: com um local de trabalho para onde se deslocar, que tinha o cheiro gostoso de papel novo, apesar de um pouco de poeira, e livros ilimitados para pegar emprestado. E era um trabalho em que dava para conversar, talvez até ajudar outras pessoas a encontrar um livro maravilhoso que as deixaria se sentindo um pouco mais felizes.

Depois do almoço — a mesma rotina de iogurte e frutas que April vinha seguindo havia anos — e de olhar para o nada por um pouco mais de tempo do que Sophie McBride aprovaria, April finalmente pegou uma folha de papel azul-claro (de uma caixa que ela agora admitia ter comprado especialmente para aquilo) e escreveu com todo o cuidado, em sua melhor caligrafia.

Oi, L

Eu também adoro ler — principalmente livros de mistério nos últimos tempos, porque amo a sensação que a gente tem no final, quando tudo é descoberto e o mundo faz sentido de novo. É engraçado como, no fim das contas, todos os romances de mistério são iguais — um quebra-cabeça para ser resolvido e uma solução — e, ainda assim, começar um novo sempre parece uma aventura. É difícil dizer qual é o meu livro favorito — seria como ter que escolher um prato favorito quando tantos são tão deliciosos e diferentes. Tenho passado muito tempo só ultimamente, talvez até demais, e gosto de me jogar em uma trama complicada, onde cada um tem a própria motivação. É como estar em um filme sendo um protagonista silencioso, observando todo mundo. Mas já estou cansando um pouco de só observar, sem companhia, por isso é particularmente agradável trocar ideias com alguém.

Invejo de verdade o seu trabalho. Deve ser bom passar o dia fazendo curadoria, escolhendo o que as pessoas vão amar e o que não vão. Talvez um dia possamos nos encontrar pessoalmente e você possa me contar mais a respeito.

A

11

Westley

Apesar de ter o nome de um personagem de um filme muito amado, Westley não assistia a filmes com muita frequência — e, quando assistia, geralmente era a adaptação de um livro de que gostava, ou optava por um filme de ação sem sentido, se estivesse se sentindo inquieto. (Westley raramente assistia a romances, nem mesmo *A princesa prometida*, que a mãe havia lhe apresentado orgulhosamente quando ele era pequeno e o deixara tão envergonhado que, ao longo dos seis meses seguintes, ele insistira em ser chamado de Kevin.) Quando não estava trabalhando, Westley passava a maior parte do tempo lendo em seu quarto — ele estava avançando pela série de livros Mestre dos mares, de Patrick O'Brian, aproveitando a maresia revigorante que as páginas evocavam — ou caminhando. Mesmo com a chuva frequente de Seattle, Westley gostava de dar longas caminhadas de pelo menos uma hora todos os dias, e passava olhando as casas e as pessoas em seu bairro e imaginando como devia ser a vida delas, tanto naquele momento quanto quando aquele ainda era um bairro novo.

As caminhadas eram uma fuga bem-vinda da casa dele, uma residência sem graça de três quartos de meados do século XX que alugava com outras duas pessoas. Westley gostava das pessoas com quem morava, ambas bastante legais e razoavelmente atenciosas, embora Cory nem sempre respeitasse os limites das prateleiras da geladeira e Jillian tivesse uma daquelas vozes agudas que atravessavam as paredes — principalmente quando estava ao telefone reclamando de alguma coisa, o que era frequente. Mas aquelas pessoas estavam sempre *por perto*, relaxando na sala de estar, fazendo sanduíches na cozinha e, de modo geral, ocupando sua mente. Embora ele se refugiasse no próprio quarto com frequência, era um cômodo pequeno e apertado, e parecia um tanto derrotista ficar sozinho no quarto quando não estava dormindo. Até que pudesse pagar por um lugar só para si, Westley lidava com aquilo saindo de casa, e andar pelas ruas da cidade parecia empolgante e libertador, como se ao seu redor houvesse um mundo de possibilidades e espaço. Westley via Seattle como o tipo de cidade na qual cada bairro parecia uma pessoa diferente, e ele gostava de descobrir quem seriam aquelas diversas pessoas. E, naquele dia, enquanto caminhava até a Read the Room (era uma caminhada agradável de quarenta minutos desde a casa dele e, naquela manhã quente de maio, ele nem precisou de casaco), ele pensou em Duke Munro. *Estruturas abaladas* tinha se mostrado bem mais interessante do que ele esperava: Munro tinha um jeito perspicaz e brincalhão de usar as palavras — e era agradavelmente exagerado, de um jeito inteligente e engraçado. E, embora o enredo do livro fosse um romance padrão de "garoto conhece garota", era ágil e irônico, como se uma brisa refrescante estivesse soprando através dele. Os dois bombeiros, Verity e Will, eram simpáticos e engraçados, e Westley se surpreendeu ao se pegar acordado até tarde na cama para terminar de ler, torcendo para que os dois acabassem juntos e para que o Grande Incêndio no ato final do livro não causasse muitos danos. O final o surpreendeu. Era exatamente o que ele esperava e, ainda assim, de alguma forma inesperado, como se Munro tivesse encontrado um jeito mágico de fazer uma fórmula muito batida parecer nova. Antes de ter que sair para o trabalho, ele procurou mais livros de Munro on-line durante o café da manhã, mas encontrou apenas um site do autor, antigo e pitoresco — talvez criado pelo próprio autor muito tempo antes?

O primeiro dia de filmagens aconteceria naquela tarde, e as coisas rapidamente começaram a parecer diferentes na Read the Room. Às duas horas, o pequeno estacionamento já estava cheio de vans e pessoas descarregando equipamentos misteriosos, e um trio de jovens de jeans escuro e camiseta fazia uma pausa para fumar perto da entrada da livraria, algo que Westley sabia que faria Julia ter um ataque de fúria. Assim que passou pela porta, ele já viu a chefe em uma conversa acalorada com um homem que segurava um iPad. Westley se aproximou, para poder escutar melhor.

— Disseram que não mexeriam nos livros! — argumentava Julia já um pouco agitada para o homem, que a ignorava, mantendo os olhos fixos no iPad como se o aparelho guardasse algum segredo a ser revelado.

Nos últimos dias, Westley tinha reparado que Julia vinha demonstrando estar cada vez mais estressada com o processo de filmagem, pois já tinha ficado claro que muitas promessas feitas pela produtora não seriam honradas, e que ninguém da equipe de Donna Wolfe parecia particularmente preocupado com isso.

— As estantes estão altas demais — respondeu ele, ainda sem levantar os olhos. — Precisamos tirar o que está empilhado no topo, para deixar a luz passar e também para diminuir a bagunça. Caso contrário, as cenas não vão ficar boas.

— Mas temos clientes na loja! A livraria tá aberta! Vocês garantiram que nada seria feito durante o horário de trabalho! — Julia agora estava com o rosto um pouco vermelho.

— Se a gente vai começar a filmar às cinco, precisa fazer esse trabalho agora. Vamos tentar não incomodar os seus clientes.

Os clientes, por sua vez, pareciam fascinados com aquela discussão, e um deles chegou a pegar o celular no bolso para tirar fotos da confusão, que seriam publicadas mais tarde com as hashtags #dramadecinemanalivraria e #readtheroom. Atrás de Julia, várias pessoas já faziam a limpa em uma prateleira, onde os livros excedentes estavam empilhados. Julia jogou as mãos para o alto e saiu bufando, o tipo de saída dramática que poderia ter funcionado bem em um filme — se ela não tivesse esbarrado em uma pilha de livros de bolso usados, fazendo com que voassem para todo lado. Alejandra, que observava a cena do balcão de atendimento, correu para recolher tudo, abafando uma risadinha. Julia desapareceu atrás da porta com a placa "Acesso restrito a funcionários", deixando que batesse com força atrás dela.

Westley achou que era melhor se afastar da cena e foi até seu local de trabalho, no balcão de livros usados, pendurando a bolsa nas costas da cadeira. Alguém havia limpado o balcão, empilhando os livros usados no chão atrás dele sem se importar com a ordem. Quando Westley começou a pegá-los, o homem do iPad de repente se materializou à sua frente.

— Você pode, por favor, manter esse balcão livre? — perguntou ele, os olhos ainda fixos na tela.

— Sinto muito, mas esse é o meu espaço de trabalho — retrucou Westley, em um tom educado, mas irritado. — E não posso fazer meu trabalho se não puder empilhar os livros aqui em cima.

— Bem, nós preferimos um visual mais organizado. — O homem finalmente levantou os olhos do iPad e viu Westley, aparentemente pela primeira vez. Ele ergueu as sobrancelhas e pareceu subitamente interessado. — Ah, era de você que o Al estava falando — comentou o homem, e estendeu a mão. — Westley, certo? Sou Joe Byrne, gerente de produção. Você vai aparecer no plano de fundo das cenas que vamos filmar hoje à noite. Alguém do figurino vai te procurar.

Westley se sentiu constrangido de repente.

— O que eu tô usando não tá bom?

Ele estava com a calça jeans de sempre, uma camisa de flanela xadrez e uma camiseta de cor lisa, basicamente a mesma roupa que usava havia anos, desde que uma antiga namorada lhe ensinara quais cores caíam bem nele e o ajudara a combinar as camisas e camisetas. E Westley tinha feito questão de usar a melhor combinação possível naquele dia, escolhendo roupas recém-lavadas em vez de pegar alguma do chão.

— Ah, provavelmente está bom. A Gayle só vai querer dar uma olhada em você, talvez aplicar um pouco de maquiagem.

Aquilo soou um pouco extremo aos ouvidos de Westley.

— Os atores vão vir hoje à noite?

— Vão, o Kelly vai estar aqui. — Joe de repente se distraiu com um trio que acenava do outro lado da loja e parecia estar discutindo com Andrew sobre mover uma mesa de exposição de mercadorias. — Com licença. Que tal então só limpar o balcão antes de começarmos a filmar, pode ser? Obrigado.

Ao que parecia, o negócio do cinema era mais estranho do que a ficção literária. Uma mulher de aparência teatral, usando um avental com vários bolsos dos quais saíam pincéis de todos os tamanhos, correu até Westley, chegando mais perto do que parecia necessário.

— Oi — cumprimentou ela, enquanto examinava detidamente o rosto dele com os olhos escuros. — Eu sou Gayle, a responsável pela maquiagem. Você parece… ótimo, pra dizer a verdade. Ótimo mesmo. Sério. Você tem poros excelentes.

— Obrigado — disse Westley, sem saber qual seria a resposta apropriada diante daquele elogio. A mulher parecia parada demais, examinando o rosto dele como se estivesse checando cada detalhe, então recuou um passo. — Oi — disse ele, sem jeito. — Sou o Westley. Acho que vou aparecer no filme.

— Isso — confirmou Gayle, com os olhos fixos na testa de Westley, como se pudesse haver um código secreto gravado ali. — Você pode se abaixar um pouco pra eu conseguir te alcançar melhor? Não sei se você vai ser filmado hoje, mas só quero que tenha uma ideia de como vai ficar.

Ela sacou o que parecia ser uma paleta de pó compacto de um dos bolsos volumosos, avaliou as opções com uma expressão crítica, então passou um pincel sobre uma das cores e aplicou no rosto de Westley, como se estivesse espantando uma mosca. Gayle cantarolava um pouco enquanto trabalhava, claramente se divertindo. Se seguiram mais pincéis de tamanhos e cores diferentes, então ela segurou um pequeno espelho diante do rosto de Westley, satisfeita.

— O que acha? — perguntou.

Era estranho, como se ele estivesse olhando para um espelho mágico e se vendo perfeito: a pele impecável e os olhos de alguma forma maiores e mais azuis.

— Tá ótimo, eu acho — respondeu Westley. — Obrigado. Gayle, não é?

— Isso. Westley, certo?

— Aham.

— Como se escreve?

Gayle claramente não era fã de *A princesa prometida*, ou talvez só quisesse estender a conversa.

— W- E- S- T- L- E- Y. — Ela ainda o encarava de um jeito que pareceu tão familiar a Westley que o desanimou. E, como sempre, ele não soube o que dizer. — Bem, tá certo, então — falou depois de algum tempo. — Obrigado mais uma vez. Acho que é melhor eu começar a trabalhar.

— Vou mandar a Inez aqui — anunciou Gayle. — Ela vai dar uma olhada no seu cabelo.

— No meu cabelo?

— Não se preocupa — respondeu Gayle, piscando para ele de um jeito bastante desconcertante. — Acho que o seu cabelo tá ótimo.

— Mas eu vou ficar só no plano de fundo, não vou? As câmeras nem vão me notar. Precisa mesmo disso tudo?

— Aproveita — disse Gayle. Ela parecia surpresa com a reação dele. — Muitas pessoas adorariam aparecer diante das câmeras.

12

Laura

As coisas na loja estavam calmas naquela quarta-feira à tarde e, como tinha trabalhado na hora do almoço, Laura saiu às 16h, despedindo-se de Sydney com um aceno discreto. Ele respondeu com uma piscadela nada sutil, claramente presumindo que ela estava indo para algum encontro romântico. Um dia desses contaria a ele sobre o bilhete, mas não por enquanto — tinha a sensação de que pessoas demais já sabiam da história (Laura estremeceu quando se lembrou do clube de leitura). O trajeto até a Read the Room pareceu levá-la a outro mundo. Da agitação do centro da cidade para percorrer as ruas residenciais tranquilas, com crianças em uniformes esportivos voltando para casa em grupos dispersos pela calçada. Era um dia agradável, inesperadamente quente para o fim de maio, e Laura se perguntou por que tinha se dado ao trabalho de usar um casaco. O clima de verão em Seattle parecia sempre surpreender os moradores da cidade como um convidado que, embora esperado para o jantar, chega na hora errada. Laura amava aquele bairro arborizado a alguns quilômetros do dela, embora tivesse certeza de que jamais conseguiria pagar por um imóvel ali — as casas perfeitamente alinhadas naqueles quarteirões eram grandes e antigas, e pareciam ter lareiras e talvez bibliotecas com painéis de madeira. Quem sabe um dia…

O pequeno estacionamento da Read the Room estava mais movimentado do que o normal, com uma variedade de pessoas que pareciam concentradas, andando para cá e para lá com determinação, em vez do passo vagaroso normal dos clientes. Quando entrou na loja, Laura sentiu o ambiente diferente da tranquilidade habitual. A iluminação parecia mais forte do que a de costume e as pessoas estavam agitadas, carregando livros de um lado para o outro e apressadas. Uma mulher de cabelo grisalho usando roupa de seda sintética reciclada verde-sálvia (provavelmente de 2014, segundo o olhar experiente de Laura; aliás, uma boa escolha para ela, embora tenha ficado um pouco volumosa) estava parada perto da porta, de olhos fechados e murmurando baixinho, as mãos cerradas parecendo se movimentar em um ritmo tranquilizador. Os livreiros na recepção estavam agitados.

— O que tá acontecendo? — perguntou Laura a um deles, um rapaz de blazer que observava atentamente a ação.

O telefone da livraria tocou ao fundo e ninguém pareceu notar.

— Vão gravar um filme aqui hoje! — respondeu ele, parecendo se sacudir como um cachorro molhado pra sair do transe. — Vamos fechar cedo, às cinco. Posso ajudá-la a encontrar alguma coisa?

— Não, obrigada — respondeu Laura. — Tô só dando uma olhada. É aquele filme da Donna Wolfe, né?

— Aham, se chama *Consciência na prateleira* — disse o cara. — Sabe que eu vi *Doze para jantar* e não achei grande coisa? Mas quem sou eu, né... E o Kelly Drake tá nesse filme. Ele tá aqui agora.

O livreiro apontou para os fundos da loja, onde um homem bonito de cabelo cuidadosamente cacheado posava para fotos, conseguindo encarar a câmera entre olhares performáticos para o celular.

— Ah, claro — comentou Laura, tentando parecer imperturbável. — É, eu conheço uma pessoa que está trabalhando na parte dos figurinos. E a Donna Wolfe é minha cliente.

Não importava que ela fosse sua cliente apenas por alguns dias, era divertido, pensou Laura, fazer parte da situação mesmo que minimamente, porque isso a fazia se sentir como se o filme a pertencesse, mesmo que só um pouquinho. Parecia estranho que Donna Wolfe estivesse gravando um filme em uma livraria bonitinha de bairro — os interesses dela pareciam tender muito mais para lugares sombrios e artísticos —, mas Laura não sabia nada sobre a indústria cinematográfica. Talvez ela estivesse fazendo algum tipo de sátira sombria de *Mensagem para você* e, se fosse o caso, aquela livraria charmosa seria o lugar certo. O livreiro de blazer perdeu o interesse em Laura e se virou para atender o telefone fixo da loja assim que ele parou de tocar.

— Você ligou para a Read the Room. Alô? Alô?

Laura foi até a seção de jovens adultos, onde os três exemplares de *Jogos vorazes* permaneciam na prateleira como sentinelas silenciosos. Ela olhou casualmente ao redor — sem necessidade, já que, com toda aquela comoção, ninguém estava prestando a mínima atenção nela —, pegou o exemplar do meio e folheou rapidamente as páginas. Um pedaço de papel dobrado caiu no chão e Laura logo o guardou na bolsa e recolocou o livro no lugar, com a sensação de estar cometendo algum tipo de crime literário de menor potencial ofensivo. Apressada para sair, ela contornou uma prateleira e... deu de cara com A, que estava guardando alguns livros. Talvez a vida fosse, de fato, uma comédia romântica. Ou quem sabe... será que ele a estava observando? Será que, na verdade, estava *tentando* esbarrar nela?

— Ah, desculpa! — disse Laura, e recuou, agitada. — Sinto muito!

— Não, eu é que peço desculpa — retrucou ele, muito educado. Será que estava olhando para ela com interesse? — A culpa foi minha... eu deveria estar prestando mais atenção. Você encontrou o que precisava?

Ah, pensou Laura, rapidamente somando dois mais dois. Ele claramente estava perguntando sobre o bilhete. Aquele homem era bom naquilo. Muito bem, ela também sabia jogar aquele jogo.

— Aham — respondeu Laura, no que esperava ser um tom descolado e sexy, carregado de nuances. — Encontrei.

— Ótimo — respondeu, parecendo... confuso? Intrigado? — Muito bem. Se cuida. Com licença. — E se afastou.

Foi uma interação estranha e não totalmente satisfatória, mas havia algo de encantador em saber que dividia um segredo com aquele belo estranho. Quem sabe ele estivesse falando com ela em código, sugerindo que preferia manter as coisas em segredo por ora? Será que livreiros podiam flertar com clientes? Talvez fosse isso... bem, o problema era que Laura não tinha a menor ideia de como as pessoas começavam relacionamentos atualmente.

Ela e Sam tinham se conhecido na faculdade, em uma festa organizada por amigos, e logo estabeleceram uma conexão por meio de livros, comédias pastelão e musicais antigos, e se tornaram praticamente inseparáveis — os amigos riam por considerarem que os dois tinham se conhecido quando eram praticamente crianças. Era verdade: Sam e Laura basicamente enfrentaram a vida adulta como uma dupla, avançando juntos pelos vinte anos, se mudando juntos para Seattle e construindo uma vida do zero. Laura vira com compaixão as amigas tentando encontrar parceiros para a vida por meio de sites de namoro, de encontros às escuras e de amigos em comum, ciente da sorte que tivera pelo fato de o amor ter caído em seu colo. Mas a sorte não dura para sempre, de modo que ali estava ela, dormindo sozinha e deixando bilhetes em uma livraria para um homem cujo nome nem sabia. Laura não tinha ilusões de se apaixonar novamente — nem pelo cara da livraria, nem por qualquer outra pessoa. Não havia outro Sam por aí, disso tinha certeza. Mas talvez fosse legal ter só um relacionamento simples e tranquilo, que envolvesse sair para jantar e assistir a um filme de vez em quando. Laura de repente se lembrou de estar sentada à mesa da cozinha pouco antes de Olivia nascer, tarde da noite, depois de Sam ter preparado um queijo-quente para satisfazer seu desejo de grávida, conversando com ele sobre a vida. Se um amigo deles estivesse naquela situação, Sam teria adorado ouvir a respeito e teria dado muitos conselhos. Se ao menos ela pudesse conversar com ele...

13

April

A Picket Fence tinha cerca de mil funcionários em Seattle, quase todos trabalhando remotamente. Por isso, não havia motivos para April acreditar que Sophie McBride, a CEO da empresa, tinha a mínima ideia de quem ela era. Sendo assim, foi com certa surpresa que ela recebeu um e-mail da própria Sophie — bem, certamente escrito por uma assistente, mas a mensagem fora enviada do e-mail de Sophie — convidando-a para uma confraternização dos funcionários da Picket Fence naquela tarde, às cinco. As confraternizações da Picket Fence eram uma das ideias supostamente inovadoras de Sophie: encontros regulares de cinco ou seis funcionários, que se juntavam a Sophie em uma cervejaria próxima e falavam sobre o prazer de trabalhar na Picket Fence. (Ou poderiam falar do que não gostavam na empresa, mas circulavam rumores nos eventos sociais da Picket Fence, como jogos de beisebol e noites de filmes, de que as reclamações contavam como um ponto negativo na hora da avaliação dos funcionários.) Em seus seis anos na empresa, April nunca tinha sido convidada para uma confraternização antes, mas sabia que a presença era obrigatória e que a verba para despesas de Sophie garantiria comida e bebida em quantidades generosas — e que talvez, para variar, pudesse ser agradável sair e conhecer algumas pessoas sem que o encontro tivesse sido orquestrado pela Janie.

Mas a grande vantagem daquela confraternização, pensou April, era que a distrairia um pouco da situação da livraria — afinal, o último bilhete deixado por ela tinha sido recolhido, mas ainda não havia qualquer resposta. April, que adquirira o hábito de passar na livraria toda tarde só para conferir, lembrou a si mesma que fazia apenas alguns dias que o havia deixado lá. Assim, talvez sair e conhecer algumas pessoas de verdade, pessoalmente, não on-line ou no papel, fosse a distração de que ela precisava — quem sabe acabaria fazendo uma amiga ou um amigo na Picket Fence, alguém que ainda não conhecia. April dedicou algum tempo para pensar na roupa que usaria (ou seja, uma calça de verdade, em vez da legging de sempre), arrumou o cabelo e tirou da gaveta um par de brincos raramente usados. Era bom ter um motivo para se arrumar mais.

April chegou alguns minutos adiantada ao Gastronome — um daqueles lugares genéricos no centro da cidade onde a cerveja era servida em jarros de vidro e cada item do menu parecia incluir abacate, couve ou ambos — e logo avistou Sophie sentada a uma mesa alta, com os olhos fixos na tela do celular e ocasionalmente acariciando o aparelho com uma expressão apaixonada, acompanhada apenas por um jovem assistente de expressão preocupada, que estava parado ao seu lado com um iPad em mãos. April havia imaginado que a chefe chegaria depois da hora marcada, acompanhada por uma comitiva, então se surpreendeu ao vê-la ali. Quando April se aproximou da mesa, Sophie levantou os olhos com uma expressão atenta, do tipo "o que posso fazer por você?", os cachos loiros cheios refletindo a luz que entrava pela janela. (O lugar dela à mesa parecia ter sido escolhido para garantir a melhor iluminação de fundo.)

— Oi — cumprimentou April, tentando parecer descolada e sociável, como se tomar uma cerveja com a CEO da empresa fosse parte da sua rotina. — Sophie, certo? Sou April Dunne, analista de conteúdo, vim pra confraternização.

— Ah, sim, claro! — confirmou Sophie, entusiasmada. — É um prazer conhecê-la! Sente-se! Aceita uma cerveja? Vamos pedir uma jarra pra começar? E uns petiscos também!

Ela olhou com uma expressão significativa para o assistente, que na mesma hora acenou para um garçom de avental e fez o pedido. Era incrível a rapidez com que o rapaz reagia, como se fosse um robô programado para atender a todas as necessidades de Sophie assim que ela pensasse em alguma coisa.

April se sentou, sentindo-se um pouco desconfortável, desejando que a cerveja já estivesse lá. Tinha sido mais simples imaginar aquela saída do que estar ali de verdade. Ela não chegara a cogitar a possibilidade de ter que bater papo casualmente com a pessoa que, no fim das contas, era sua chefe. Embora tivesse quase a mesma idade de April, Sophie parecia viver em um mundo diferente, e April se pegou subitamente preocupada com a possibilidade de falar besteira sobre a empresa ou sobre o trabalho — será que o cara com o iPad estaria tomando nota?

— Acho que os outros devem chegar logo, né? — comentou e, tarde demais, lamentou o tom de interrogação que imprimiu à voz.

— Ah, sim! — respondeu Sophie em um tom animado. — Eu nunca sei quem vem. Edward é quem cuida da lista. Da minha parte só gosto de conhecer as pessoas que fazem da Picket Fence o que ela é. Me conta, você gosta do seu trabalho? Tá feliz fazendo o que faz? A gente pode fazer alguma coisa pra tornar o seu trabalho mais fácil?

April olhou de relance para a porta e ficou aliviada ao ver alguns caras que claramente trabalhavam com tecnologia — camisas polo, calças cáqui que não caíam bem, cabelos rebeldes… quase dava para ver os crachás pendurados no pescoço — entrando na cervejaria, parecendo confusos e vagamente alarmados diante da perspectiva de se juntarem a uma mesa grande ocupada apenas por duas mulheres. Todos pareciam caras com quem April já havia saído em algum momento, embora ela nunca tivesse conhecido nenhum daquele grupo específico. Quanto às perguntas de Sophie, parecia melhor responder de maneira vaga.

— Tá tudo bem! Eu tô bem. Hum… não consigo pensar em nada pra dizer além de agradecer a sua pergunta. E você, está bem?

Sophie riu exageradamente, exibindo um trabalho odontológico que parecia caro, da forma como uma comediante de stand-up reagiria a um comentário da plateia.

— Eu tô bem! A vida tá uma loucura! A Picket Fence não para de crescer, graças a todos vocês! — Ela acenou para os caras da tecnologia, chamando-os, agitando as mãos para indicar que deveriam se sentar. — Sejam bem-vindos! Se acomodem! Digam seus nomes!

Os caras se entreolharam, sem saber quem deveria começar.

— Sou o Derek — falou um deles, finalmente. — Trabalho na TI.

— Rob. Desenvolvedor de software.

— Rishi. Também sou desenvolvedor.

— Sou o Will, do marketing.

— Sejam bem-vindos! — gorjeou Sophie. — E essa é… — Ela se voltou com uma expressão atraente, mas inexpressiva para April, que gentilmente respondeu seu nome, apesar de ter se apresentado segundos antes. — April! Mas não deveria haver mais uma pessoa? — perguntou Sophie ao assistente, que checou alguma coisa no iPad e murmurou uma resposta. — Ah — disse ela. — Obrigada, Edward. A sexta pessoa não pôde vir. Teve que ir para o pronto-socorro com uma apendicite supurada. Acho que *essa* é uma desculpa que posso aceitar! — Ela riu e olhou ao redor esperando uma reação.

Todos riram também, obedientemente, com alguns "ha, ha" forçados. A jarra de cerveja foi passada ao redor da mesa e logo estava vazia. Sophie acenou para o garçom pedindo outra. Os quatro homens pareciam extremamente interessados no conteúdo de seus copos. April se lembrou de que talvez houvesse uma razão para ela raramente namorar colegas de trabalho ou mesmo sair com eles. (Rob se parecia assustadoramente com um dos caras que tinha conhecido recentemente em um daqueles encontros orquestrados por Janie, e que falava sem parar sobre a TV dos anos 1990, confessando, perto do fim do encontro, que estava testando um novo sistema para fazer as roupas que usava durante o dia funcionarem como pijamas e que já usava a mesma roupa havia três dias.)

— Então! — voltou a falar Sophie, a única pessoa à mesa que parecia confortável com aquela confraternização. — Vamos fazer uma rodada e gostaria que cada um de vocês dissesse o que mais gosta no trabalho na Picket Fence! E o que menos gosta também. Quero ouvir o bom e o ruim! É assim que avançamos com solidez e melhoramos cada vez mais!

Era fascinante, pensou April, como as falas de Sophie eram uma mistura em partes iguais de líder de torcida, palestrante motivacional e vendedora de infomercial, com aquela pitada sempre presente de comediante de stand-up como um eco do passado. Não importava se estivesse falando para uma empresa inteira ou só para algumas pessoas.

Sophie apontou para Derek, sorrindo.

— Muito bem, você começa!

Derek engoliu a cerveja, parecendo levemente em pânico e como se estivesse com medo de arrotar.

— Hum… Acho que o que mais gosto é, hum, ter liberdade para fazer meu trabalho dentro dos meus próprios critérios? Poder trabalhar em casa? E o que menos gosto… bem, sinto falta da Coca-Cola grátis que podia pegar quando trabalhava no escritório da Microsoft.

— Edward! Anotou isso? — disse Sophie, ouvindo com atenção enquanto Edward digitava rapidamente no iPad. — Ótimo! Obrigada, Derek! Estamos pensando em um programa-piloto em que vamos enviar refrigerantes para as casas dos funcionários e talvez outras coisas também! Vocês pedem o que quiserem e nós entregamos! Como se fosse o site da Amazon, mas grátis para os funcionários! — Sophie parecia ter um ponto de exclamação embutido em cada frase que dizia. — Muito bem! Agora, que tal você… — ela se inclinou para Edward, que sussurrou um nome em seu ouvido — Rishi!

— Acho que a melhor coisa são meus colegas de trabalho, que são todos inteligentes, incríveis e muito engraçados pelas conversas no Slack — afirmou Rishi. — E o pior é que talvez eu ainda não tenha condições de comprar uma casa em Seattle, mesmo com um emprego em tempo integral e a oferta de ações da empresa.

— Muito bem! Entendi! — disse Sophie, com uma risada que parecia ligeiramente um zurro. — A gente tá trabalhando nisso! Queremos que todos os funcionários da Picket Fence possam comprar uma casa, se quiserem. Estamos colocando em andamento um programa especial! Edward, você anotou isso, certo?

— Anotei — respondeu Edward, com um sorriso tenso. April tinha ouvido um boato de que o posto de assistente de Sophie era tipo uma porta giratória, havia sempre um novo jovem, que raramente ficava mais do que alguns meses no cargo, mas qualquer um que sobrevivesse por um ano tinha a garantia de uma posição muito confortável no RH. Edward claramente tinha planos de longo prazo. — Devo pedir alguns nachos de abacate com chips de couve? — perguntou ele.

— Aaah, sim! April, agora é a sua vez! Conta pra gente o que você ama e o que não ama em trabalhar na Picket Fence.

Embora tivesse tido algum tempo para pensar, April se sentiu igualmente desconfortável em dar a resposta.

— Bem — disse ela lentamente —, gosto da ideia de ajudar os usuários a encontrar um lugar pra chamar de lar. Gosto de examinar os imóveis no site e tentar descobrir a melhor forma de encontrar a pessoa perfeita pra eles. Gosto de imaginar as pessoas nas suas casas, depois que são vendidas, dando o seu toque pessoal ao lugar.

— Ai, meu Deus! — Pela reação de Sophie, era como se April tivesse contado uma piada particularmente boa. — Ha, ha! Eu não tinha me dado conta de que você era uma poeta! Isso é muito fofo! E o que você não ama no seu trabalho?

April não demorou muito para responder... sabia exatamente a resposta.

— Sinto falta do escritório. Acho que alguma coisa se perde quando todos nós trabalhamos de casa todos os dias e não nos encontramos, não trocamos energia uns com os outros. Todos aqueles aplicativos de comunicação ajudam, é claro, mas acho que a maioria das pessoas trabalha melhor quando está perto de outras. Pode ser... um pouco solitário trabalhar de casa. — Ela se interrompeu, preocupada com a possibilidade de a última frase ter soado um pouco pessoal demais.

Derek, Rob, Rishi e Will encaravam April com uma expressão esquisita, como se ela tivesse começado a falar em um idioma que não compreendiam. Sophie percebeu o silêncio constrangedor e entrou rapidamente na conversa.

— Que interessante! Sempre segui a filosofia de que as pessoas são mais eficientes trabalhando em seus próprios espaços. Afinal, isso é o que fazemos na Picket Fence... encontrar espaços próprios para as pessoas, né? O que vocês acham? — Esta última pergunta foi dirigida aos demais integrantes do grupo.

Os quatro homens pareciam desconfortáveis.

— Eu acho, hum, que gosto de trabalhar de casa? — respondeu Rob timidamente, como se estivesse testando as palavras.

Os outros três, ainda parecendo hipnotizados por alguma imagem pairando acima de suas cervejas, assentiram vagamente, sem chegar a olhar um para o outro. Era óbvio, pensou April, que não estavam acostumados a estar perto de colegas de trabalho. Eles eram como os cães não socializados que ela tinha visto uma vez em um vídeo na internet: quando levados a um parque para socializar, os animais não tinham ideia do que fazer na presença de outros cães e ficavam apenas parados, sem jeito, sem saber como interagir com seus iguais.

Will, do marketing, parecia o mais à vontade dos quatro, embora até ele desse a impressão de que preferiria estar em outro lugar.

— Acho que todos nós entendemos — disse ele baixinho — as pressões que a Picket Fence está enfrentando e a difícil decisão, analisando métricas e tendências, de reduzir drasticamente o espaço de escritório comum. Estamos todos, é claro, comprometidos em encontrar soluções criativas e em garantir o bem-estar dos funcionários e a excelência dos resultados financeiros.

Uma salada de palavras, pensou April, grande o bastante para uma refeição.

— Exatamente! — concordou Sophie, acenando com o copo de cerveja e derramando um pouco de espuma. — Eu não poderia ter dito melhor! E o que vocês acham do nosso novo slogan corporativo, "Bem-vindos ao lar"?

Silêncio. Todos dedicados aos seus copos de cerveja.

— Eu gostei? — disse Rishi, hesitante.

Todos assentiram silenciosamente.

Edward pigarreou baixinho, parecendo nervoso.

— Sophie, acho que já está na hora de a gente ir — comentou ele. — Você tem um jantar no Museu Wing Luke hoje à noite, e depois uma festa no SoDo. Como disse que queria tempo para se trocar, é melhor a gente ir logo.

— Certo! — Sophie sorriu para os cinco funcionários enquanto descia da banqueta, o que se mostrou um movimento complicado, já que envolvia muita perna à mostra. — Obrigada a todos por terem vindo! Tenham uma ótima noite e peçam o que quiserem, é por minha conta. O Edward já acertou tudo. Agradeço muito o ótimo trabalho de vocês! Continuem assim! Tchau!

E, de repente, ela se foi, afastando-se em uma nuvem de cabelo loiro e perfume cítrico, como um desenho animado na TV que de repente dá lugar a um comercial sem graça. O garçom chegou com uma segunda jarra de cerveja e um prato de nachos. Antes mesmo que April pudesse se oferecer para servir, os quatro homens já estavam checando os celulares e descendo das banquetas.

— Desculpem, preciso ir, tenho que terminar uma coisa do trabalho — disse Rishi, sem fazer contato visual com ninguém.

— Meu Uber chegou — afirmou Will, que não parecia ter pedido um carro de aplicativo.

— A minha esposa tá me esperando. — Foi a vez de Rob, que não estava usando aliança.

— Hum, tenho que passear com o cachorro — avisou Derek, que não parecia muito bom em inventar desculpas.

Os quatro saíram, então, constrangidos, deixando bastante espaço entre cada um e seguindo em direções diferentes.

April permaneceu à mesa vazia, observando-os ir. A confraternização inteira tinha levado uns dez minutos, provavelmente. Ela se perguntou por que tinha ficado animada com aquele evento. Então, serviu-se de uma cerveja e brindou à mesa vazia. Às vezes, estar sozinha não era tão ruim.

14

Westley

Como acabou ficando claro, fazer um filme era um processo muito lento. Na primeira noite de filmagem, Westley foi cuidadosamente avaliado pelo departamento de figurino, representado por uma pessoa muito dramática chamada Maverick, que tinha alfinetes de segurança presos em toda a roupa e declarou de forma grandiloquente que a camisa de flanela de Westley era “icônica”. Westley não sabia se a sua camisa tinha sido elogiada ou insultada, mas pelo menos não precisou trocar de roupa. Então Gayle, mais uma vez chegando mais perto do que talvez fosse necessário, passou pó no rosto dele, desta vez para “minimizar o brilho”, explicou ela (sua pele estava brilhante demais? Aquilo era algo com que se preocupar?), e a cabeleireira, Inez, passou um produto qualquer em seu cabelo, com um cheiro estranhamente doce, deixando Westley com a sensação de estar andando no meio de um bufê de sobremesas. Era tudo muito estranho, e ele se viu um pouco nervoso e quem sabe até animado. Talvez fosse exatamente daquilo que precisava: de alguma coisa que não tivesse feito um milhão de vezes antes, alguma coisa cujo começo, meio e fim ele não soubesse de cor.

Finalmente as coisas pareciam prontas para começar, e uma mulher que, sabe-se lá por que, usava um chapéu Fedora — seria ela talvez, pensou Westley, uma assistente de direção? Será que aquele cargo existia? — o orientou a ficar de pé diante de seu balcão de trabalho, que alguém tinha enfeitado com uma mistura pitoresca de fotos emolduradas e bibelôs de cerâmica, o tipo de coisa que Westley nunca teria.

— É só fazer o seu trabalho — disse a mulher.

— Você quer dizer, classificar os livros?

— Isso. Tente não se mexer demais e não faça barulho. Os microfones captam tudo. E não olhe pro Kelly.

— Mas como vou fazer o meu trabalho sem me mexer? Não dá pra classificar os livros sem...

Era tarde demais. O chapéu Fedora tinha ido embora.

Não parecia possível fazer o trabalho dele sem pegar os livros — afinal, o que aquela mulher achava que era o trabalho dele? E será que deslizar um livro pelo balcão contava como barulho? —, mas Westley tentou obedecer e ficou encarando as capas dos livros, como se houvesse algo muito interessante escrito ali. Era difícil não olhar para Kelly Drake, que estava parado a poucos metros do balcão e tinha aquele jeito típico dos atores de parecer gerar o próprio efeito de iluminação. Westley fora brevemente apresentado a Kelly e estendera a mão para apertar a dele, mas o ator parecia perdido em seu próprio mundo e não retribuíra o cumprimento.

Westley, que andara procurando qualquer notícia que pudesse encontrar sobre a produção do filme na internet, leu sobre o golpe de sorte que foi para um ator local conseguir um papel de destaque no filme de Donna Wolfe. O que diziam era que Ethan Thompson, que tinha chamado a atenção nas premiações do Emmy do ano anterior por sua interpretação de um bibliotecário que solucionava crimes na popular série da Netflix *Morte nas estantes*, tinha sido contratado para o papel, mas desistiu no último minuto. Então os produtores decidiram que seria uma ótima publicidade fazer uma busca por talentos em Seattle. A verdade era, ao que parecia, que eles sabiam que nenhum outro grande nome aceitaria o papel pela ninharia que Ethan tinha concordado em receber — porque Donna de alguma forma o havia convencido de que fazer um filme de baixo orçamento naquele momento da carreira aumentaria muito o cacife dele. Mas Ethan tinha desistido depois de receber a oferta para interpretar um super-herói de segundo escalão em um filme menor da Marvel, o que provocou alguns comentários cáusticos da parte de Donna nas redes sociais sobre cinema comercial *versus* cinema de arte.

Westley achou decepcionante Kelly ser tão hostil — afinal, nunca tinha conhecido um ator profissional e estava ligeiramente curioso para saber como ele seria —, mas aquilo provavelmente era inevitável, talvez atores tivessem algum tipo preparação que não pudesse ser interrompida por amenidades. Kelly, cujo figurino era composto de jeans e uma camisa xadrez não muito diferentes das roupas do próprio Westley, era extremamente bonito, como se tivesse sido esculpido, com um queixo que parecia copiado de uma estátua clássica. Até o cabelo dele parecia esculpido em mármore.

Westley tentou manter os olhos longe do ator e concentrados em seu próprio "trabalho", conforme as instruções. À distância, ele podia ver uma Raven surpreendentemente chocada parada perto da porta: uma figurante, posicionada junto ao balcão de atendimento, tinha sido arrumada para se parecer muito com Raven, até mesmo a mecha azul do cabelo. (Ao que parecia, o avaliador de locações que tinha visitado a Read the Room havia sido muito meticuloso, ou talvez Donna Wolfe estivesse tentando atingir algum tipo de metarrealismo.) A falsa Raven, no entanto, usava muito mais maquiagem e tinha um sorriso muito doce — como se a Raven de verdade estivesse sendo transmitida por uma lente mais suave.

— Ação! — gritou alguém, assustando Westley, que não fazia ideia de que gritar "ação" não era apenas coisa dos filmes sobre produção cinematográfica, mas um comando real.

Donna Wolfe, com seus óculos escuros e usando uma roupa que estranhamente parecia uma toga preta, observou com atenção enquanto Kelly dava alguns passos por um corredor de livros, olhando ao redor furtivamente. Westley, que não havia recebido uma cópia do roteiro, não sabia exatamente o que estava acontecendo, mas parecia que talvez houvesse algo importante escondido entre as prateleiras.

— Corta! — gritou a mesma pessoa.

Donna Wolfe — ela era uma daquelas pessoas em quem era impossível pensar sem usar nome e sobrenome — caminhou até a mesa de Westley, as roupas flutuando atrás dela como a vela de um barco.

— Meu bem — disse ela em uma voz áspera como um apontador de lápis antigo —, não olhe pra câmera. Apenas faça o seu trabalho. Seja você mesmo.

— Eu não estava olhando pra câmera — retrucou Westley, surpreso.

Na verdade, ele tinha lançado, sim, uns olhares furtivos… quem poderia culpá-lo? Mas tinha se preocupado em manter a cabeça baixa, na direção dos livros.

— A gente consegue ver os seus olhos. Concentre-se no seu trabalho. Você é uma graça.

Westley não sabia muito bem como responder àquilo.

— Tudo bem.

— Posso tomar um pouco d'água? — pediu Kelly em voz alta.

Uma jovem apareceu na mesma hora com uma garrafa d'água em que estava escrito KELLY com caneta escura, e outra mulher passou uma esponja com pó compacto no rosto do ator depois que ele tomou alguns goles. A ausência de ar-condicionado na Read the Room era um ponto sensível para a equipe já havia muito tempo. Normalmente, haveria alguns ventiladores ligados (embora ainda fosse maio, as temperaturas tinham subido dramaticamente de uma forma que alarmou os moradores de Seattle, preocupados com a chuva), mas o barulho e o vento dos aparelhos tinham sido considerados inaceitáveis pela equipe de filmagem. Alguém já tivera que secar as axilas de Kelly com um secador de cabelo portátil entre as cenas, e houve muitas reclamações sobre a temperatura da loja, que Julia ouviu com o maxilar cerrado. Depois de retocarem a maquiagem de Kelly e rearrumarem seu cabelo com todo o cuidado, ele retomou a sua pose inicial.

— Ação!

Kelly passou mais uma vez pelo corredor de livros e, mais uma vez, parecia furtivo e assustado. Mantendo os olhos fixos em seu balcão, Westley se perguntou, não pela primeira vez, o que exatamente estava acontecendo naquele filme. Por que alguém sentiria medo em uma livraria?

— Corta! Obrigado! Tirem exatos cinco minutos, pessoal.

Westley, grato por deixar seu posto, correu até Raven. Não que ela fosse sua pessoa favorita, mas pelo menos era alguém que ele conhecia, algo familiar naquele ambiente.

— Meio impressionante, né? — comentou ele.

— Acho que sim. Mas é uma pena a gente ter precisado fechar hoje à noite, mandei vários clientes embora. Não sei quanto estão nos pagando pra manter a livraria fechada, mas duvido que a Julia tenha sido uma grande negociadora.

Raven parecia determinada a ser totalmente negativa em relação àquela experiência, mesmo que não estivesse em seu turno naquele momento e, portanto, não estivesse perdendo nenhuma hora de trabalho.

— Você sabe alguma coisa sobre o enredo? — perguntou Westley. — Além do fato de que se trata de uma livraria mágica ou algo assim?

— Ninguém leu o roteiro, mas parece que o cara da locação disse a Julia que, nessas cenas, o personagem do Kelly Drake perdeu a namorada e acha que ela desapareceu em um portal mágico na livraria.

— Por que ele acharia isso?

— Talvez ela tenha deixado uma mensagem pra ele. Tipo, ela se transformou em um livro e os livros se transformaram em pessoas? Aquela ali na recepção aparentemente é Jane Eyre nos dias atuais. É tudo bem conceitual.

— Hum… entendi.

Westley pensou um pouco a respeito. Ele volta e meia devaneava sobre livros ganharem vida — talvez tivesse visto muitos filmes de fantasia quando criança — e aquele enredo parecia estranhamente interessante.

— Você deveria perguntar ao pessoal do figurino e da maquiagem se eles sabem de mais alguma coisa quando forem retocar você — sugeriu

Raven em um tom ligeiramente melancólico. — Deve ser meio divertido fazer parte disso.

Westley notou que, mesmo sem querer, a colega parecia animada, o que o fez se sentir um pouco culpado por estar tão pouco entusiasmado. Era surreal, pensou ele, assistir a uma versão da própria vida profissional, na qual todos pareciam mais radiantes e belos do que suas personalidades reais.

— Aos seus lugares, por favor! — gritou quem quer que fosse, cujo trabalho era gritar... a mulher do chapéu Fedora, talvez?

Westley assumiu a posição atrás do balcão. E tentou parecer outra pessoa.

15

Laura

Era importante para Laura não ser o tipo de mãe que estava sempre levando a filha à sorveteria, à loja de brinquedos ou ao parque aquático. Com Olivia, ela se sentia frequentemente tentada a compensar de algum modo o fato de que a filha tinha apenas a ela — uma mãe que trabalhava o dia todo e normalmente estava apressada e cansada demais — e que havia perdido o pai fantástico que deveria ter tido. (Sam havia se dedicado a Olivia desde o momento em que a menina nascera e estava sempre inventando musiquinhas engraçadas para cantar para ela enquanto a ninava. Laura às vezes lamentava não ter pensado em pedir ao marido que colocasse as letras daquelas músicas no papel, mas, por outro lado, ficava satisfeita por não ter feito isso. Ela sabia que jamais conseguiria cantá-las. E se lembrava de que havia uma em particular que falava de "meninas", "cachos" e "carrosséis".)

Mas Laura precisava se lembrar com frequência de que a garotinha com os olhos castanhos de Sam não tinha nenhuma lembrança dele. Olivia não tinha nem dois anos quando Sam morreu. A menina, é claro, sabia que houvera um "papai" muito tempo antes, e gostava particularmente de uma foto que havia em seu quarto, em que era uma menininha de bochechas rechonchudas no colo de Sam, mas suas perguntas ocasionais sobre o pai não eram melancólicas. Para ela, Sam era apenas uma abstração agradável, uma história que ela gostava de ouvir. Aquilo era difícil para Laura, mas ela repetia a si mesma com firmeza que a vida seria muito mais difícil se Olivia tivesse lembranças tristes de Sam. Era melhor que apenas uma delas sofresse, que apenas uma delas ficasse pensando em como Sam teria se divertido com uma filha de sete anos inteligente e alegre, que amava livros, parquinhos e piadas bobas de "toc, toc, toc, quem é?". Para Olivia, a vida só com a mãe era perfeitamente normal.

Mas conforme aquela tarde de verão fora de época se estendia ao longo do dia de folga de Laura, a casa começou a parecer quente e abafada, e ela não conseguia tirar da cabeça aquele pedaço de papel azul-claro no qual um belo estranho tinha confessado se sentir solitário e sugerira que, talvez, eles pudessem se encontrar pessoalmente algum dia. Aquilo fez Laura se sentir ao mesmo tempo animada e em pânico — as coisas não estariam indo rápido demais? —, por isso, uma expedição à sorveteria do bairro depois de buscar Olivia na escola pareceu uma boa distração.

Olivia, que sempre se recusava a se sentar na cadeirinha, embora fosse um pouco baixa para sua idade, olhou para a mãe por trás de um sundae tamanho infantil. Ela tomou uma colherada grande demais e a tirou da boca com um resto de sorvete ligeiramente derretido ainda sobre ela. Inspecionou a colher avidamente, como se o talher guardasse alguma surpresa extra.

— A Ashley Dois é *intolerante à lactose*, então ela não pode tomar sorvete — anunciou Olivia com certa satisfação, do tipo que crianças pequenas expressam quando um adulto tem que lidar com alguma regra arbitrária restritiva que não se aplica a elas.

Ela disse a frase com todo o cuidado, como se a tivesse ensaiado, o que provavelmente era o caso. Laura se divertia com o quanto Olivia adorava Ashley, cuja juventude e beleza loira a tornavam a coisa mais próxima que Olivia já tinha encontrado na vida real de uma princesa da Disney, embora uma princesa com vários piercings.

— Pois é, que pena — respondeu Laura automaticamente.

Ela estava bastante familiarizada com as restrições alimentares de Ashley. Havia prateleiras especiais na geladeira e no armário apenas para as comidas dela, que eram orgânicas, ricas em soja e muitas vezes pareciam feitas de partículas de poeira. Ashley era muito detalhista no controle de seu estoque e sempre avisava a Laura quando alguma coisa precisava ser reposta, assim como fazia com os alimentos que Laura e Olivia mais consumiam. (Laura tinha aprendido cedo que uma maneira de induzir uma boa babá de meio período a continuar no emprego, especialmente quando não se podia pagar altos salários, era mantê-la bem alimentada com qualquer que fosse o alimento misterioso de que ela gostasse.)

— Ela precisa ter cuidado com o que come — acrescentou Laura. — Eu não sabia que você sabia o que significa "intolerante à lactose".

— A Ashley Dois me contou — disse Olivia, orgulhosa da própria sabedoria. — Significa que a pessoa não pode tomar sorvete nem comer palitinhos de queijo, nem tomar o iogurte que eu gosto. Se ela comer qualquer uma dessas coisas, fica muito doente. Eu não quero ser *intolerante à lactose*. Deve ser nojento.

— Provavelmente é meio nojento mesmo — concordou Laura. — Mas não precisa se preocupar com isso. Você e a Ashley se divertiram no parque ontem?

— Aham — afirmou Olivia, categórica. Ela dizia a maioria das coisas de forma categórica, desde a sua primeira palavra ("lá", pronunciada como "lhá" e acompanhada pelo dedinho apontando) aos dez meses de idade.

Laura com frequência se pegava encantada com o fato de ter produzido uma criatura tão cheia de certezas quando ela mesma se questionava tantas vezes. Que Olivia tivesse emergido do seu corpo e ainda assim fosse tão diferente dela lhe parecia um pequeno e lindo milagre.

— O Zach foi ao parque com a gente — continuou Olivia. — A gente apostou corrida pra ver quem chegava primeiro ao balanço, e eu ganhei.

— Que legal — comentou Laura.

Ela achava Zach meio bobo — o rapaz uma vez tinha dito a frase "para todos os defeitos", em vez de "para todos os efeitos" —, mas era gentil com Olivia e contava aquelas piadas fofas e bregas, típicas de pai. E, de qualquer forma, quem era ela, uma pessoa patética que ficava esperando feito boba por bilhetes anônimos, para julgar o relacionamento dos outros?

— Você acha que a Ashley Dois e o Zach vão se casar? — perguntou Olivia. — A gente pode ir ao casamento? Posso comprar um vestido novo e sapatos bem bonitos? E usar flores no cabelo?

Olivia nunca tinha ido a um casamento, mas tinha assistido a algumas comédias românticas cuidadosamente selecionadas com Laura, e volta e meia encenava elaboradas celebrações matrimoniais com seus bichos de pelúcia. A menina olhava para Ashley e Zach com a curiosidade de alguém cujo maior sonho era ver um vestido de noiva sendo usado na vida real.

— Ah, eu não ficaria muito animada com isso, pelo menos não por enquanto — aconselhou Laura. — Se os dois se casarem, tenho certeza de que vão nos convidar, mas eles ainda são meio novos pra isso. Acho que a Ashley tem só uns vinte e dois anos.

— Isso é ser *velha* — declarou Olivia, com firmeza, enquanto perseguia um rastro de calda de chocolate com a ponta da colher.

— Só é velha para alguém que tem sete anos.

Olivia fez uma careta, que ficou absurdamente fofa por causa do sorvete ao redor de sua boca. Ou foi o que pareceu a Laura. A maternidade, para ela, era algo de um nível assustador de dever e responsabilidade, facilitado pelo fato de que a filha era claramente a pessoa mais adorável do mundo. Laura às vezes sentia um amor tão forte por Olivia que quase parecia visível, como fitas douradas a ligando à menina para sempre.

Olivia ainda estava pensando em casamentos.

— Você acha que vai se casar de novo, mamãe? — perguntou. — Você vai querer usar o mesmo vestido de novo? E a mesma coisa na cabeça?

Olivia conhecia bem as fotos do casamento dos pais. O pai era, para ela, uma espécie de personagem de filme antigo ou de um livro de histórias amado, uma imagem para guardar.

— Aquela coisa na cabeça é um véu — explicou Laura, e respirou fundo antes de continuar. (Ela acreditava que sempre devia responder às perguntas de Olivia, mesmo quando não sabia exatamente a resposta.) — E eu não sei, se casar é uma decisão muito importante. Eu teria que conhecer alguém perfeito. E você teria que gostar muito dele. E ele teria que se encaixar nas nossas vidas, na sua e na minha. Só não sei se existe alguém assim por aí. Talvez um dia, mas agora não conheço ninguém com quem eu gostaria de me casar. Estou bem feliz só com você. — Ela fez uma pausa e se deu conta de que havia deixado de fora o que provavelmente era a parte mais importante da pergunta para Olivia. — E não, eu não usaria o mesmo vestido. Compraria um novo.

— A mãe do Hayden se casou de novo — contou Olivia, e comeu outra colherada do sundae lentamente. (Laura ficara sabendo por Olivia, que por sua vez ouvira de Hayden, de muitos detalhes do divórcio dos pais do menino, que parecia envolver os dois comprando muitos presentes para o filho. Laura teve que explicar a uma Olivia levemente invejosa que, não, Laura não podia se divorciar, porque é preciso estar casada para pedir o divórcio.) — Ela arrumou uma babá para ele e foi pra um lugar chamado Das Begas. Onde fica isso?

— É Las Vegas — corrigiu Laura, automaticamente. — Eles foram mesmo? Lá é um lugar para onde as pessoas vão quando querem se casar rápido. Fica meio longe daqui.

— Eles foram de avião — explicou Olivia —, e a mãe do Hayden estava usando um vestido branco e sapatos brilhosos. Eu vi uma foto. O novo padrasto do Hayden é legal. E tem uma moto. Você pode se casar com alguém que anda de moto? Aí a gente vai poder passear.

— Acho que não — disse Laura.

Ela não conseguia imaginar o belo A, da livraria, em cima de uma moto... ele parecia mais do tipo que usava transporte público. Mas será que seria um padrasto gentil? Será que os três se sentariam naquela sorveteria algum dia para saborear uma sobremesa juntos? Mas não faria aquele tipo de especulação com Olivia... ao menos não naquele dia.

— Muito bem, termina logo esse sorvete — disse Laura, que já dera cabo do dela há muito tempo. — Acho que a gente precisa passar na livraria no caminho pra casa. Você precisa de um livro novo, não é?

Olivia, que amava a Read the Room e o alegre cantinho das crianças, concordou prontamente. Sim, era importante passar na loja naquele dia, pensou Laura de forma prática. Por causa de Olivia.

16

April

April tinha adquirido o hábito de se sentar com o notebook no café da Read the Room no fim da tarde. O lugar, um canto ensolarado nos fundos da loja, que cheirava a café e canela quente, se chamava Charlotte's Web (em homenagem ao livro *A teia de Charlotte*). O cardápio se inspirava de forma peculiar no enredo. Era possível, por exemplo, pedir um "wrap de falafel da Fern" ou uma "salada de atum do Templeton". Apesar da atmosfera não muito corporativa, que lembrava um curral, era bom mudar de ambiente ao fim de um dia de trabalho e saborear um café com leite e às vezes um bolinho, enquanto observava as pessoas entrando e saindo. Aquilo fazia April se lembrar dos tradicionais almoços de sábado que por muito tempo tivera com Janie naquele mesmo café, uma tradição que desapareceu em algum momento por volta da chegada do segundo filho da amiga. Janie vivia dizendo que as duas deviam retomar o hábito, só que nunca parecia ter tempo. Mas April não se importava em ficar sozinha na Read the Room —, na verdade, sempre fantasiara com trabalhar em uma livraria, cercada por livros e pessoas que os amavam. Ela gostava de ver outras pessoas fazendo aquilo na vida real, imaginando a vida dos clientes e como os livros que eles escolheram os fariam se sentir.

A caminho do café, April tinha notado uma mulher de cabelo grisalho no balcão de atendimento — ela parecia estar sempre na livraria, e April se perguntava se aquela seria a dona, já que tinha um ar ligeiramente possessivo em relação ao lugar — e ouvia atentamente enquanto uma cliente descrevia um romance de que tinha tomado conhecimento por meio de uma resenha na NPR, a rádio pública, talvez na semana passada ou na anterior àquela... a cliente não sabia o título do livro nem o nome de quem tinha escrito, mas sabia que falava de uma viagem de carro, uma herança perdida e um peeling químico que tinha dado terrivelmente errado. A livreira assentiu na mesma hora, caminhou até uma prateleira próxima e entregou um exemplar à cliente, que ficou encantada. Aquela era mesmo uma habilidade notável, pensou April, era como ter um catálogo on-line completo na mente, disponível a qualquer momento.

A livraria estava bem movimentada naquele dia — talvez estivessem filmando algum anúncio ali, pois parecia haver muitas câmeras e pessoas vestidas de preto por perto —, mas ela conseguiu uma mesa no café com vista para o balcão de livros usados e, portanto, para L, seu homem barbudo que escrevia bilhetes. Ele era tranquilo, observou April, e parecia passar a maior parte do tempo sozinho. Quem sabe estivesse pensando no que escreveria no próximo bilhete? Era tão estranho, pensou, ficar ali sentada, observando a pessoa com quem estava se correspondendo... Ele ainda não sabia que era ela e não faria a menor ideia de por que a mulher sentada a uma mesa do café o encarava. Naquele dia, até a loja parecia um pouco diferente: mais iluminada de alguma forma, e mais movimentada, com pessoas equipadas com pranchetas e iPads, que não pareciam clientes da livraria, andando de um lado para o outro. Até o café parecia mais cheio do que o normal, com pessoas assistindo a toda aquela atividade.

Uma mensagem surgiu no celular de April.

Oi!!! Tenho uma 9dade importante!!

Era o irmão dela, Ben, cujo hábito de escrever errado de propósito nas mensagens irritava April profundamente (embora, estranhamente, ela não se importasse tanto quando eram os amigos que faziam). Ela pousou o celular na mesa. A novidade, palavra que ela escreveria corretamente quando respondesse a Ben, podia esperar. Provavelmente envolvia a necessidade de que ela lhe emprestasse algum dinheiro. Era o que geralmente acontecia. Naquele momento, April estava ocupada — precisava stalkear seu admirador misterioso. De um jeito inofensivo, de classificação livre, no estilo "filme da sessão da tarde ", é claro.

— Com licença — disse uma jovem a April, forçando-a a desviar o olhar do livreiro. — Você se importa de dividir a mesa comigo? — Ela indicou o café cheio com um gesto. — Só tenho quinze minutos de intervalo.

— Ah, sem problemas! — respondeu April, e afastou o notebook para abrir espaço. — Fique à vontade. Você trabalha aqui?

— Trabalho, na livraria — disse a mulher. Ela colocou a xícara de café sobre a mesa, assim como um caderno com uma caneta enfiada na espiral de arame, virando a página escrita para baixo. — Esse filme atraiu um monte de gente pra cá. Não sei por quê. Nem tem muita coisa pra ver.

— Ah, é um filme? — perguntou April, curiosa.

— É, sim. — A mulher revirou ligeiramente os olhos. — A minha chefe ficou toda animada com isso, mas os clientes parecem mais interessados nas câmeras do que em comprar livros.

April, que estava acostumada a se sentar sozinha, se pegou intrigada com aquela mulher de cabelo escuro, olhos atentos e um jeito despreocupado e simpático.

— Você tá escrevendo alguma coisa? — perguntou, indicando o caderno. — Desculpa, não quero ser intrometida.

— Não, tudo bem — disse a mulher. — É, tô tentando escrever. Alguns dias são melhores que outros. De qualquer forma, hoje tá bem corrido... acho que não vou conseguir escrever muito.

— Sobre o que é o filme? — perguntou April.

Ela estava gostando daquela conversa com uma desconhecida. Não chegava a ser o desconhecido certo da livraria, mas era uma pessoa próxima ao *seu* desconhecido. Se aquilo fosse uma comédia romântica, as duas se tornariam amigas instantaneamente e logo se veria uma edição divertida de várias cenas em que faziam compras juntas. Na vida real, um bate-papo rápido já era bem legal.

— A gente não leu o roteiro, pelo menos eu não li, mas parece que é alguma coisa sobre uma livraria mágica. Adoro essa ideia. Livrarias são meio mágicas mesmo, não acha? — A mulher olhou muito séria para April, depois de fazer a pergunta em um tom que pareceu encantadoramente conspiratório.

— É, também acho — respondeu April. Ela não costumava entrar em confidências imaginativas com estranhos, mas havia alguma coisa naquela mulher que parecia acolhedora e interessante. Aquilo era muito melhor do que uma conversa mole forçada. — Acho que coisas mágicas acontecem em livrarias. Todos aqueles livros nas prateleiras... talvez eles ganhem vida depois que todos vão embora e as luzes se apagam.

— Eu sempre pensei nisso — comentou a mulher. Ela virou o caderno e anotou alguma coisa rapidamente. — Acho que acontece isso, sim.

— Eu sempre quis trabalhar em uma livraria — confessou April. — É divertido trabalhar aqui? A propósito, me chamo April.

— Alejandra — apresentou-se a mulher, e deu um gole no café. — Aham, é divertido. Adoro trabalhar aqui. Gosto de estar perto dos livros e meio que ouvir o que eles têm a dizer. E os meus colegas são legais. — Ela acompanhou o olhar de April até o outro lado da loja e abriu um sorriso cúmplice ao ver Westley salvando por pouco uma pilha de livros de desmoronar. — Não é uma vista ruim daqui. Bem bonitinho, né?

Aquele foi um típico momento "só entre mulheres" — algo muito raro para April naqueles tempos.

— Com certeza! — April sentiu que falar sobre L poderia dar muita bandeira (e se Alejandra também gostasse dele? Aquela era uma ideia problemática demais para sequer pensar no momento), por isso mudou abruptamente para um assunto menos comprometedor. — O que mais você sabe sobre o filme? É importante? Tem alguém nele que talvez eu conheça?

— Você sabe quem é o Kelly Drake? Ele esteve aqui ontem! Consegui ver pouco antes de a gente fechar a loja. Ele tem todo o jeito de um astro do cinema — contou Alejandra. Ela parecia prestes a dizer mais quando seu olhar pousou na mulher de cabelo grisalho espetado, que parecia estar hiperventilando enquanto falava com duas pessoas vestidas de preto que tentavam mover uma estante de livros. — Ah, não — disse Alejandra. — A minha chefe tá surtando de novo. Desculpa. Preciso ir lá ajudar. Foi um prazer conhecê-la, April, quem sabe a gente se vê novamente na livraria? — Ela pegou o caderno e saiu apressada.

April sabia quem era Kelly Drake — pouco tempo antes, ele tinha aparecido na capa de várias revistas locais e um perfil dele tinha sido publicado no *Seattle Times*, retratando-o como uma espécie de namoradinho bad boy da cidade, depois que seu strip-tease exuberante no palco durante uma apresentação local de *Hair* viralizou no Instagram. ("Eu só me deixei levar pelo momento", dissera ele na época... era curioso como "o momento" sempre parecia ocorrer quando havia câmeras por perto.) O rosto de Drake, inclusive, estampara a lateral de um ônibus recentemente, aparecendo com uma expressão saudável e pensativa em um campanha de conscientização sobre a vacinação contra a gripe. Ele era mesmo bem bonitinho, de um jeito cuidadosamente planejado, e era provavelmente a coisa mais próxima de uma estrela de cinema em ascensão que existia em Seattle. April não viu nenhum sinal dele ali naquele dia, mas se permitiu olhar um pouco mais para L — Leonard, Lloyd ou Lincoln, ou o que quer que fosse — trabalhando, checando o computador e arrumando livros em pilhas organizadas. Ele levantou a cabeça, encontrando o olhar observador de April, e assentiu educadamente antes de se voltar novamente para o computador.

Por quanto tempo, se perguntou April, ela deveria estimular aquele joguinho epistolar? L ainda não havia respondido ao segundo bilhete dela, embora sem dúvida tivesse pegado o de cerca de cinco dias antes — April havia checado. Será que ela tinha sido muito direta ao sugerir que eles se encontrassem? Talvez ele simplesmente estivesse com dificuldade de decidir o que responder. Ela deveria simplesmente ir até lá, começar a conversar e fazer as coisas andarem? Não, não faria aquilo. Por mais estranho que fosse, April estava gostando da lentidão das interações entre os dois, do jeito analógico bem antiquado como estavam se comunicando. Ela não estava com pressa. Talvez L também estivesse gostando daquele ritmo.

April tomou o último gole do café, que já fizera durar o máximo possível. Tomar um café ali era tão diferente de tomar café em casa... Ali, a pessoa se sentia parte de um mundo. Era como se o cheiro dos livros nas prateleiras — aquele aroma empoeirado e levemente fermentado de histórias — se infundisse de alguma forma na bebida. Depois do estranho happy hour da Picket Fence, aquilo parecia mais confortável — um lugar onde ela fazia parte de uma história, um lugar a que ela pertencia, e onde em breve aconteceria um desfecho. Talvez até um final feliz.

DE: julia@readtheroom.com
PARA: Todos os funcionários da Read the Room
ASSUNTO: Filmagens

Boa tarde a todos. Estou enviando este e-mail para garantir que todos os funcionários, incluindo os de meio período, fiquem cientes. Como vocês devem ter notado, o pessoal do cinema começou a trabalhar e as coisas estão bem mais tumultuadas do que eu imaginava. Assim, vamos precisar implementar algumas regras temporárias, de efeito imediato e aplicáveis a todos:

1) NÃO ajudem ninguém da equipe da produção do filme a mover livros, prateleiras ou qualquer item pela loja. Entendo que vocês queiram ser úteis e que haja certo componente de glamour nessa filmagem, mas não vou permitir que os livros meticulosamente organizados da livraria e os mostruários fiquem desorganizados. Disse a eles várias vezes para não tocarem nos livros, uma vez que esse tinha sido o acordo inicial. Por favor, não desrespeitem minhas instruções. Se pedirem a vocês para ajudar a mover qualquer coisa, me informem na mesma hora, por mais ocupada que eu esteja.

2) Os membros da equipe de filmagem não estão mais autorizados a usar o banheiro dos funcionários após um infeliz incidente que prefiro não descrever. Não liberem a chave. Eles podem usar o banheiro do café ou ir até o posto de gasolina do outro lado da rua e, se reclamarem disso, digam que toda ação tem consequências. Ou peçam que me procurem.

3) De modo geral, repassem para mim qualquer pergunta sobre as filmagens. Não aceitem fazer trabalho extra para eles. Como

já tive que explicar a alguns de vocês, ser legal com o pessoal da produção não vai garantir um papel diante das câmeras. Há regulamentos sindicais envolvidos.

4) Os que tiverem interesse podem ficar na loja para assistir às filmagens ao fim do turno, mas certifiquem-se de que sua presença não perturbe o andamento das coisas. Ou seja: não deem sugestões sobre como tornar o filme melhor. Já recebi reclamações a esse respeito. Os que fizeram sabem quem são.

Agradeço a atenção de vocês em relação a todos esses temas. Torço para que as filmagens terminem logo. Infelizmente, não consigo que o gerente de produção, que por sinal começou a me evitar, me passe uma data específica para o encerramento. Vou continuar tentando. Enquanto isso, continuem fazendo o trabalho de vocês com a maior alegria possível.

Julia

17

Westley

Westley sempre soube, embora não gostasse de admitir, que as mulheres o achavam atraente. (Os homens também, mas ele nunca sabia como reagir àquilo. Quando um cara começava a flertar, Westley geralmente inventava uma desculpa e se afastava.) Clientes da livraria sempre pediam dicas de livros românticos — ou eróticos, no caso de pessoas particularmente ousadas — e olhavam dentro de seus olhos enquanto falavam, ou tocavam no braço dele de uma maneira mais íntima do que o necessário. Naquele dia mesmo houve uma mulher no café que o encarou por cima do notebook e pareceu nervosa quando ele a olhou de volta. Westley geralmente tentava não olhar nos olhos de mulheres desconhecidas exatamente por aquele motivo. As amigas do pessoal com quem dividia a casa viviam encontrando desculpas para conversar com Westley, geralmente perguntando a respeito do nome dele (sim, era mesmo por causa do filme; não, ele não gostava do nome) ou sobre como era trabalhar em uma livraria, enquanto brincavam com o próprio cabelo. Aquelas mulheres nunca pareciam particularmente interessadas no que ele pudesse ter a dizer.

Mesmo no trabalho, aquilo às vezes era um problema. A situação com Raven continuava desconfortável meses após a breve aventura que tiveram (ou o "beijo de língua consensual que trocaram em um corredor escuro durante uma festa, depois de muito vinho — vinho o bastante para derrubar alguns livros de autoajuda de capa dura da prateleira"). Nada mais aconteceu entre os dois desde aquela malfadada festa de fim de ano, mas às vezes Westley pegava Raven encarando-o com uma expressão que parecia indicar que ainda esperava algo.

E naquele momento, quando o que quer que as mulheres vissem nele tinha feito Westley acabar naquele filme, como uma parte sem sentido do cenário que provavelmente seria cortada, aquilo se mostrava um verdadeiro incômodo. Ele sabia que tinha sido escolhido por causa da aparência, e aquela aparência era um chamariz que Westley muitas vezes não desejava.

Embora as mulheres estivessem sempre se aproximando dele, e Westley tivesse namorado muitas delas, só havia se apaixonado uma vez, breve e loucamente, e de modo muito, mas muito errado. Aquilo tinha acontecido havia muito tempo, no trabalho sobre o qual ele não gostava de falar, nem de pensar — no entanto, aquilo estava sempre em sua mente, um erro terrível que cometera muito tempo antes e que o assombrava. Westley tinha trabalhado no Chapeleiro Maluco, um restaurante elegante e exótico no centro da cidade, cujo dono era um antigo amigo de colégio, Mark. Embora tivessem perdido contato por um tempo — Mark tinha ido para uma faculdade distante e cheia de prestígio, enquanto Westley vagava por Seattle se perguntando qual seria seu próximo passo —, eles se reconectaram quando Mark voltou para a cidade depois da formatura, para trabalhar em uma empresa de tecnologia. (Westley sempre se perguntava, sentindo-se desconfortável, por que ninguém nunca havia oferecido a *ele* um emprego em uma empresa de tecnologia, principalmente na época em que todo mundo em Seattle parecia estar fazendo exatamente aquilo.) O trabalho provou ser lucrativo, e Mark logo conseguiu realizar seu sonho de abrir um restaurante e ofereceu a Westley um trabalho como garçom.

Westley trabalhou lá por vários anos, desfrutando do ambiente caloroso e teatral. Os garçons do Chapeleiro Maluco tinham que usar combinações elegantes de camisa-colete-calça, além de chapéus extravagantes — aquele era o traje mais formal que Westley já havia usado, e ele ficou surpreso ao se dar conta de como gostava daquilo... era como usar um figurino antes de uma apresentação muito esperada. Embora normalmente não se sentisse confortável diante de estranhos, ele também ficou surpreso com o quanto gostava de conversar com os clientes de sempre, de conhecer seus gostos e saber do que não gostavam, de apreciar os elogios que faziam à comida. E enquanto isso, Westley estava aprendendo com Mark sobre sabores e técnicas de culinária, e a fazer um empratamento adequado (algo que ele nem sabia que existia). Acabou sendo um emprego dos sonhos, e ele trabalhava duro para chegar a gerente do restaurante, esperando talvez até se tornar sócio algum dia... até que Bridget, a noiva de Mark, se juntou à equipe como chef confeiteira.

Embora Westley não gostasse de refletir sobre o que tinha acontecido em seguida — ele se esforçava para não pensar naquilo, preferia se imaginar trancando a lembrança atrás de uma porta —, a memória vinha à sua mente com muita frequência, principalmente quando ficava solitário à noite em seu quarto ou em alguns dias mais parados no trabalho. Em pouco tempo, Westley e Bridget se apaixonaram perdidamente — ela tinha cabelo curto, era baixinha, sarcástica e charmosa, e olhava para Westley como se ele fosse o mais delicioso dos macarons — e tiveram um caso discreto, mas apaixonado, por cerca de um mês. A relação era diferente de qualquer coisa que Westley já experimentara. Ele pensava em Bridget o tempo todo, se perguntava o que ela estaria fazendo, não se sentia vivo a não ser que estivesse com ela. Era como se, na presença de Bridget, ele se tornasse uma pessoa mais viva, mais confiante... como se ela realmente tivesse visto, de alguma maneira, a pessoa que ele poderia ser.

Era errado, dizia Westley a si mesmo todos os dias, e uma terrível traição ao amigo de longa data. Mas ele não conseguia se conter e acreditava que seus sentimentos intensos por Bridget eram, finalmente, amor. O tipo de amor de que ele apenas ouvira falar antes de conhecê-la, o tipo de amor diante do qual uma pessoa se vê impotente. Então, um dia, Mark flagrou Westley e Bridget na despensa, em uma tarde em que os dois acharam que Mark estaria se reunindo com um fornecedor. E, de repente, Westley perdeu a amante, o amigo e o emprego. Foi como se a corda que sustentava sua vida tivesse sido cortada de repente com uma faca de cozinha afiada, lançando-o abruptamente sobre o chão duro e hostil.

Já fazia muitos anos desde que tudo aquilo acontecera, e Westley tivera tempo de sobra para refletir a respeito e se sentir péssimo pelo que tinha feito a Mark, um amigo que confiava nele e que respondera com silêncio total a todas as tentativas hesitantes de Westley de entrar em contato com ele e se desculpar. Westley havia desistido de tentar falar com Mark e fizera questão de nunca mais procurar Bridget — ele soube, por meio de um conhecido, que ela havia se mudado para a Califórnia para assumir outro emprego. Mas às vezes ele ainda pensava nela tarde da noite, revivendo, cheio de culpa, as horas roubadas dos dois, como se fossem cenas de um filme a que ele adorava reassistir sem parar. Westley sabia que ele e Bridget jamais estiveram destinados a ficar juntos, mas se perguntava se algum dia conheceria a pessoa certa para ele — alguém com quem se sentisse confortável, alguém que não fizesse alarde sobre a sua aparência ou sobre seu nome, mas que conseguisse enxergar quem ele era: tímido, inseguro, eternamente à espera.

Embora se sentisse frustrado com o ritmo lento das filmagens — e com o fato de que, apesar de ter um papel incrivelmente sem importância, aquilo ainda exigia mais esforço do que ele estava acostumado a fazer —, pelo menos era uma distração. Diante de seu balcão, Westley arrumou as pilhas de livros e tentou se concentrar, para afastar todos os pensamentos indesejados. As coisas não correram muito bem nas filmagens da véspera, e ele estava determinado a fazer melhor naquele dia. Será que era mesmo tão difícil assim simplesmente ficar parado e não olhar para uma câmera? Mas a diretora, Donna Wolfe, tinha tornado as coisas ainda piores: no dia anterior, depois de encará-lo por algum tempo, ela anunciara que ele teria uma fala no filme. Não era grande coisa — deveria dizer "Ali, à sua esquerda", depois que um ator/cliente pedisse instruções para chegar à seção de biografia/memória —, mas Westley logo descobriu que havia infinitas maneiras de dizer uma fala de cinco palavras, e nenhuma delas parecia muito correta.

— *Ali*, à sua esquerda. (Tom decidido.)

— Ali, à sua *esquerda*. (Dito em um tom de correção ligeiramente crítico.)

— Aliàsuaesquerda. (Uma espécie de resmungo dramático.)

— Ali à sua esquerda? (Em tom de pergunta.)

Ele havia tentado todas aquelas variações, e inúmeras outras, sussurrando para o espelho do quarto, mas aparentemente não havia mantido o tom baixo o bastante, já que as pessoas com quem dividia a casa certamente ouviram. Cory piscou significativamente para ele naquela manhã — Westley nunca havia levado ninguém para passar a noite na casa, e obviamente as pessoas que moravam com ele acabaram entendendo tudo errado —, e Jillian continuou olhando na direção do quarto de Westley com uma expressão de expectativa durante o café da manhã, achando que logo veria alguém que, na verdade, não estava lá. Westley não tinha contado aos colegas sobre o filme, já que se sentia um pouco envergonhado por ter sido escolhido para interpretar um papel. Talvez contasse mais tarde, quando o filme estreasse. Se aquilo realmente acontecesse. Por ora, que pensassem o que quisessem.

Na Read the Room, Julia expulsava os últimos clientes que restavam no final da tarde — a livraria estava fechando mais cedo para as filmagens novamente, e as pessoas relutavam em ir embora, esticando o pescoço para dar uma olhada no movimento de preparação das câmeras.

— Muito obrigada pela compreensão em relação às filmagens — dizia Julia. — Sinto muito, não, você não pode ficar para assistir. Abriremos de novo amanhã, às nove.

Westley ficou olhando enquanto uma mulher de cabelo cacheado, cuja filha em idade escolar lhe mostrava um livro da prateleira de Pequenos Leitores, atendia o celular que tocava ao mesmo tempo em que indicava com gestos que a filha precisava guardar o livro. (Elas já estavam carregando uma sacola de compras da Read the Room e, ao que parecia, a garotinha tinha visto outro livro ao sair.) A garota correu de volta para a seção infantil, mas hesitou, sem saber onde colocar o livro. Como o balcão de Westley ficava próximo, os olhos da menina o encontraram.

— Oi, pode deixar o livro aqui, se quiser. Eu guardo. — disse ele, apontando para o balcão.

A garotinha caminhou até o balcão, mantendo os olhos fixos em Westley com uma expressão séria, como se o avaliasse.

— Oi — cumprimentou ela. — Essa loja é sua?

— Não — respondeu Westley. — Eu só trabalho aqui.

— Você gosta de livros?

— Gosto. — Era bom ouvir uma pergunta tão fácil de responder.

— E já leu *todos* os livros daqui?

De olhos arregalados, ela indicou com um gesto amplo as prateleiras cheias atrás de si.

— Já li alguns — disse Westley, em tom conspiratório. — Já li muitos, na verdade. E você?

Ela sorriu, encantada por estar sendo tratada de igual para igual.

— Eu li *muitos* deles — respondeu. — Agora já consigo ler livros com capítulos.

A mãe da menina, que estava perto da porta, encerrou a chamada no celular e, quando levantou os olhos, pareceu um pouco assustada ao ver a filha conversando com Westley.

— Olivia — chamou — a gente precisa ir!

A garotinha — Olivia, um nome shakespeareano de que Westley sempre gostara — lançou um último olhar melancólico para o livro que estava segurando e o deixou no balcão de Westley.

— Tchau — disse, já correndo em direção à mãe, que pegou a mão da filha e saiu com ela para o estacionamento.

Elas eram parecidas — a criança, uma pequena cópia da mãe, com o mesmo cabelo cheio e de cachos castanho-escuros. Westley tinha certeza de que já tinha visto mãe e filha na loja antes — apenas duas entre muitos clientes habituais.

Assim que a porta da livraria se fechou atrás do último cliente, a agitação das filmagens recomeçou. A equipe dispôs eficientemente um labirinto de cabos de extensão pelos corredores, posicionou os equipamentos de iluminação, instalou trilhos nos quais a câmera rodaria. Kelly Drake saiu do camarim improvisado em um canto do café — durante o horário comercial, aquele espaço havia atraído a atenção de uma multidão de clientes que rondavam casualmente as araras, esperando, quem sabe, encontrar Kelly sem camisa. O ator agora estava pronto para as câmeras, daquele jeito estranho que havia chamado a atenção de Westley: parecendo ele mesmo, só que mais do que isso, era como se cada detalhe de seu rosto tivesse sido sutilmente enfatizado com maquiagem, o cabelo meticulosamente arrumado como um buquê de flores escuras, a roupa deliberadamente casual, mas perfeita. Kelly tinha os olhos fixos no celular, claramente não gostando nada do que via.

— Aos seus lugares — gritou alguém, assustando Westley.

O processo de filmagem lhe dava a sensação de estar participando das reuniões de um clube do qual não era realmente membro. Além de Donna Wolfe, Al, Joe e da assistente de direção, uma jovem que parecia um pouco sobrecarregada chamada Erica (a que estava sempre com o chapéu Fedora), ele não sabia o cargo nem o nome de mais ninguém. Só que havia um pequeno exército de pessoas eficientes que sabia como fazer as coisas funcionarem.

Westley se posicionou atrás do balcão, pronto para dizer sua fala. Como não recebera nenhuma orientação da direção, decidira por conta própria enfatizar "ali". Kelly, que ainda estava olhando para o celular, não se moveu.

— Kelly? — chamou a moça do chapéu Fedora em um tom ansioso, coçando a cabeça por baixo do chapéu e parecendo um pouco ruborizada. Ela era jovem e parecia um pouco assustada com Kelly, que tinha gritado com ela e com todos os outros mais cedo porque o café com leite que lhe serviram aparentemente tinha espuma demais. — Você poderia ir para o seu lugar, por favor?

Ele a ignorou, apertou algumas teclas e levou o celular ao ouvido.

— Ramona! — chamou Kelly. Ele parecia não se importar que uma plateia assistisse à chamada, pensou Westley... na verdade, parecia estar projetando a voz para que todos ouvissem melhor. — Aham, acabei de receber o e-mail. Como assim a produção foi adiantada? Eu não tô disponível! Tô preso aqui em Seattle, fazendo o tal filme da livraria!

Todos na loja pareciam paralisados, como se tivessem colocado em ação algum efeito especial. Houve silêncio absoluto enquanto Kelly ouvia quem estava do outro lado da linha. Westley se inclinou, tentando ouvir, mas não conseguiu distinguir a voz.

— É claro que eu quero fazer! É um comercial nacional! — disse Kelly. — Diga que não posso ir até julho, como a gente combinou. Não é pra isso que eu pago você?

Mais silêncio.

— Ramona, eu tô no set de filmagem neste exato momento — continuou Kelly. — Não posso falar. Você precisa dar um jeito nisso... Tá certo. Me liga mais tarde. — Ele entregou o telefone para o assistente apressado que o seguia constantemente e se deu conta de que havia uma multidão olhando para ele. — O que foi? Não se pode nem atender a um telefonema?

Que engraçado, pensou Westley... Kelly Drake nem era *tão* famoso assim, era só um cara da região que deu sorte. O que o fazia pensar que podia se comportar como uma superestrela? Westley se lembrou do dia em que um ator famoso de verdade que morava em Seattle entrou na livraria para comprar um presente para a esposa. Ele não conseguia se lembrar do nome dele, mas lembrava que Alejandra, que era uma grande fã dos filmes desse ator, tinha feito um alvoroço e insistira em fazer o cara posar para fotos, e o ator, um senhor de certa idade com um brilho simpático nos olhos, que muito tempo antes recebera algumas indicações ao Oscar, não poderia ter sido mais gentil. Kelly, por sua vez, vinha sendo um babaca com todo mundo durante as filmagens, ao menos até onde Westley podia ver. Será que não havia muitos outros jovens atores talentosos por aí que soubessem se comportar melhor? Se um funcionário da

Read the Room tivesse aquele tipo de atitude, poderia perder o emprego, ou pelo menos levar uma bronca da Julia.

Gayle, a maquiadora, correu para checar se o rosto de Westley estava brilhando e passou um pincel na ponta do nariz dele com um gesto sedutor. Westley mal percebeu.

— Aos seus lugares!

18

Laura

Laura não conseguia parar de pensar no bilhete. Como era possível que A (Alex? Andy? Arthur? Aidan?) soubesse tanto sobre ela? *Deve ser bom passar o dia fazendo curadoria, escolhendo o que as pessoas vão amar e o que não vão.* Laura sempre tinha pensado no próprio trabalho como uma curadoria, embora a descrição de seu cargo fosse apenas "personal shopper". Vestir-se era uma obra de arte — ou, pelo menos, tentava ser — e o trabalho dela consistia em separar o joio do trigo e encontrar a peça certa para cada cliente: algo com que a pessoa se identificasse e que se sentisse bem usando; algo que não fosse necessariamente da última moda, mas que fizesse a cliente se sentir como si mesma, só que aprimorada. Na semana anterior, por exemplo, ela havia encontrado a peça perfeita para uma de suas clientes favoritas: um vestido amarelo-sol com saia rodada que fez Cicely, uma assistente jurídica que se vestia discretamente durante o dia e se transformava em uma extravagante cantora de bar à noite, rodopiar de alegria. Aquilo provocava uma sensação de satisfação que ia muito além do modesto salário e da comissão que Laura recebia — saber que alguém estava andando pelo mundo um pouco mais leve, feliz com a própria imagem.

Mas como Aaron, Andre ou Alan sabia sobre o trabalho de Laura? Será que ele estava pesquisando sobre ela na internet? Talvez tivesse descoberto o nome dela por alguma compra feita com cartão de crédito na Read the Room? Provavelmente… Seria fácil encontrar Laura on-line se soubesse seu nome completo, já que ela constava na lista da "Equipe de atendimento personalizado" no site da Waterton's. A foto em preto e branco era bem mais glamourosa do que a aparência cotidiana de Laura — o pessoal do setor de maquiagem da loja tinha feito um belo trabalho com as sobrancelhas dela, e ainda recomendaram um batom escuro que fez Laura parecer uma heroína de filme noir —, mas ainda assim ela estava razoavelmente reconhecível.

— Me conta uma história, mamãe — pediu Olivia, sonolenta, aconchegada em seus lençóis na cores rosa e roxo.

Aquele era o ritual noturno delas: ler um livro em voz alta desde que Olivia tinha idade suficiente para entender contos de fadas. Aquilo parecia ajudá-la a se acalmar e dormir, e Laura gostava daquele tempo tranquilo com a filha, mesmo que contar histórias sob demanda às vezes se fosse desafiador.

— Tá certo — concordou Laura baixinho. — Agora feche os olhos. Então… era uma vez uma linda princesa chamada, hum… Fifi Annabella, e ela era absurdamente inteligente e também a melhor jogadora de xadrez do reino.

— Que roupa ela tava *usando*? — murmurou Olivia.

Aquela era uma das perguntas favoritas da filha. Laura sentiu uma estranha sensação de orgulho pelo amor da filha por roupas cheias de estilo, que parecia ter sido herdado magicamente.

— Ah, ela tinha um armário enorme, cheio de roupas lindas, e estava usando um vestido de baile roxo com brilhos. Ele tinha uma saia rodada e mangas que iam até o cotovelo, com detalhes prateados. Só que o vestido era curto, então ela estava usando uma calça jeans por baixo, porque era importante que as princesas pudessem subir em árvores se quisessem. E ela adorava ler livros de contos de fadas, até que um dia, hum… ela encontrou um bilhete dentro de um dos seus livros. — (A narrativa noturna com frequência se inspirava no que quer que tivesse acontecido com Laura recentemente, ela adorava compartilhar sua vida com Olivia daquele jeito.) — Um príncipe tinha deixado o bilhete, dizendo que queria conhecer a princesa, mas ele não assinou.

— Por que não?

— Talvez ele fosse tímido? Até os príncipes podem ser tímidos. No fim das contas, a princesa descobriu quem era por causa do símbolo especial do príncipe no papel timbrado em que ele escreveu, então ela procurou por ele no, hum… Facebook Real. E então a princesa convidou o príncipe para ir ao castelo, para uma tarde de rodízio de sorvete, e eles se tornaram muito bons amigos.

— Eles se casaram? — A pergunta foi quase inaudível, porque Olivia estava meio adormecida agora, apagando de um jeito muito fofo.

— Não, porque ninguém precisa se casar pra ser feliz pra sempre. E foi assim que ela e o príncipe viveram. Eles tiveram doze gatos, moraram em uma casa na árvore e usaram vestidos de noiva, comeram sorvete todos os dias e foram muito felizes. Fim. — Laura acariciou o cabelo da filha e deu um beijo em sua testa. — Boa noite, meu amor. Te amo. Dorme bem.

Olivia, que tinha um sorrisinho doce no rosto, não respondeu. Laura saiu do quarto na ponta dos pés e fechou a porta. Rebecca esperava na sala de estar. Ela tinha passado para tomar uma taça de vinho e dar uma olhada no bilhete mais recente.

— Pronto, ela apagou — anunciou Laura. — Não quero que ela saiba disso ainda. A menos que algo importante aconteça. Então, acho que ele talvez tenha me encontrado on-line, não acha?

— É claro que encontrou — respondeu Rebecca, impaciente. — Hoje em dia é fácil encontrar qualquer pessoa, e você mais ainda porque faz compras naquela livraria o tempo todo, né? Ele provavelmente sabe tudo sobre você. — Ela abaixou os olhos mais uma vez para o papel azul-claro, que estava começando a ficar um pouco mole de tanto ser manuseado. — Escolha interessante de papel. Parece algo que uma mulher escolheria. Será que ele pensou que você ia gostar? E o cara tem uma caligrafia bonita. Uma letra pequena e elegante.

— Bem, pelo que notei do balcão de trabalho dele, ele parece bem organizado. Limpinho. Mas sem neura de limpeza nem nada disso. Só alguém que sabe colocar cada coisa em seu devido lugar.

— Parece promissor — comentou Rebecca com um sorriso malicioso.

Laura enrubesceu e desejou que isso não tivesse acontecido. Embora ela e Rebecca conversassem sobre tudo, não se sentia pronta para falar sobre como seria dormir com alguém que não fosse Sam. Ainda não.

— Não foi *isso* que eu quis dizer!

— Eu sei — retrucou Rebecca. — Eu sei, desculpa. Vamos nos concentrar na situação virginal, estilo Jane Austen, que você tem aqui. Então, esse é o segundo bilhete dele, certo?

— É. O primeiro dizia só oi e que ele gostava do jeito que eu olhava para os livros. Eu olho para os livros de algum jeito específico?

— Nunca reparei. Mas é claro, por que não? Talvez você olhe assim mesmo. Tem jeitos diferentes de olhar para os livros?

— Bem, eu gosto de livros, né? Gosto de dar uma olhada na livraria quando tenho tempo e quando a Livvy não está choramingando atrás de mim, me pedindo pra comprar alguma coisa. O que acontece... bem, quase nunca. Mas é uma coisa engraçada de alguém perceber. Como se ele realmente estivesse me observando e pensando em mim. Mas por quê? Por que um cara gato daqueles olharia pra mim?

Rebecca tomou um gole de vinho e examinou Laura com os olhos semicerrados.

— Bem — começou a falar, em tom afetuoso — você até que é gostosa. Para uma mulher da sua idade, quero dizer.

— Para uma mulher da *nossa* idade, né? — lembrou Laura, com o tipo de risadinha que mais parecia um bufo. Laura sempre tinha achado Rebecca bonita... a amiga tinha um cabelo longo e escuro de comercial de xampu e um jeito de usar roupas elegantes e caras como se tivesse apenas se vestido para ir à padaria. — E por falar em pessoas gostosas, o que aconteceu com o Colin e a pensão alimentícia?

Colin era o ex-marido de Rebecca, que parecia um George Clooney mais jovem, mas que, não obstante, era uma cobra. Laura tinha gastado muito tempo desejando um infortúnio terrível para ele, depois que Colin largara Rebecca anos atrás, e, ao que parecia, o universo tinha ouvido suas preces. Colin, em pânico, tinha acabado com todo o fundo fiduciário e estava tentando conseguir dinheiro da ex-esposa bem de vida.

Rebecca fez um gesto de desprezo com as mãos.

— Ele não vai receber pensão alimentícia *nenhuma*. Coloquei um dos advogados, sócio lá do escritório, atrás dele. Ameacei processar o Colin, confiscar os bens dele e o escambau. Não vou fazer nada disso de verdade, mas ele ficou bem assustado. Que idiota. Não sei como cheguei a acreditar que ele fosse uma pessoa legal. Acho que aquele rosto bonito me tirou o juízo.

Laura estendeu uma das mãos para apertar a da amiga, e ergueu um brinde com a outra.

— Ao fim do Colin. Que ele descubra o que é ser pobre. E que vá pra cama toda noite se arrependendo de ter perdido você.

— Tim-tim! — Rebecca encostou a taça na de Laura. — Tadinho. Mas vê se para de mudar de assunto! Me conta mais sobre o cara da livraria. Ele é tão bonito quanto o Colin? Por favor, diz que não.

— Ele é bonito de um jeito diferente — respondeu Laura. — Mas muito fofo. E parece ser um cara legal. Ele falou com a Olivia quando a gente estava na livraria ontem. Eu estava no telefone e ele a ajudou a colocar um livro no lugar ou alguma coisa assim… não consegui ouvir o que ele disse, mas pareceu gentil.

Rebecca continuou a abordar a situação do seu jeito analítico.

— Acho que você deveria falar logo com ele. Dizer oi, que tá interessada em dar um passo adiante com essa história… ou seja, falar cara a cara. Se apresenta pro cara! Descobre o nome verdadeiro dele! Se joga!

Laura balançou a cabeça.

— Ele tá fazendo questão de levar as coisas devagar, com cuidado. Você reparou em como esse bilhete é curto? É assim que ele quer que seja. E eu meio que gosto disso. É um jogo. E pra mim tá tudo bem que a gente vá devagar.

Ela desviou brevemente o olhar na direção de uma foto emoldurada em uma prateleira próxima, em que ela e Sam riam juntos na festa de casamento dos dois. As fotos posadas do casamento já tinham sido guardadas havia muito tempo (embora Olivia adorasse pegar os álbuns de vez em quando para folheá-los, para ver a mãe usando um vestido delicado ao lado do belo pai usando óculos de quem ela não conseguia se lembrar), mas Laura era profundamente apegada àquela foto espontânea em preto e branco tirada por uma amiga. Na foto, nem ela nem Sam pareciam cientes da câmera, apenas um do outro.

Rebecca reparou no olhar da amiga. (Rebecca notava tudo, uma característica muito satisfatória em uma melhor amiga.) Ela assentiu com compaixão.

— É difícil, eu sei. Mas você não tá sendo desleal com o Sam. Sei que não é a primeira vez que falo isso, mas você não acha que ele gostaria que você fosse feliz?

— Bem — disse Laura lentamente —, sim, mas o Sam gostaria que eu fosse feliz com *ele*. Quer dizer, no fim das contas, acho que você tá certa. Ele gostaria, sim.

— Mesmo desse jeito esquisito, por bilhetes?

— Especialmente desse jeito. Você se lembra de todas aquelas cartas que o Sam escreveu pra mim, quando foi fazer aquele estágio fora, antes de a gente se casar? Cartas escritas à mão, enviadas todos os dias pelo correio! Com desenhinhos. Ele ia gostar disso.

Rebecca assentiu. Houve uma pausa, do tipo que amigas fazem para que o silêncio dure o tempo que for necessário. Rebecca olhou para Laura com uma expressão meiga nos olhos.

— Você tem certeza de que tá pronta?

Laura, sentiu uma lágrima súbita brotando, piscou com força e assentiu.

— Sim. E não. Mas só tem um jeito de descobrir. Talvez seja a hora de fazer isso? Se é que algum dia vai ser a hora. Eu não acho que esse cara vá ser o próximo amor da minha vida ou coisa parecida, mas talvez seja um passo que eu precise dar.

— Tudo bem — concordou Rebecca. — Então faça do seu jeito. Vai devagar. O que você vai escrever pra ele agora?

— Não sei! Preciso pensar. — Laura mudou de assunto. — Você chegou a comprar aquela jaqueta xadrez Vivienne Westwood que eu deixei separada na loja? Seria ótima pra usar no tribunal, com uma saia reta escura.

Rebecca estava sempre reclamando que os advogados do escritório onde ela trabalhava no centro da cidade não se vestiam tão bem quanto os da TV, e Laura vivia tentando ajudar.

— Custava mais de mil dólares! Quanto você acha que eu ganho? — balbuciou Rebecca.

— Mais do que eu!

Laura levantou a taça, rindo. Ao menos naquele momento, tudo estava perfeito.

19

April

Nos filmes, principalmente nas comédias românticas, as mulheres costumam ter irmãos adoráveis: belas versões masculinas delas mesmas, que aparecem nos momentos certos com seus lindos suéteres de tricô e cabelo meticulosamente desarrumado, oferecendo conselhos másculos, apoio familiar e aquele charme de menino. O irmão de April, Ben, não era daquele tipo. Ele era charmoso, claro, quando queria, mas na maioria das vezes era só menino, e geralmente não no bom sentido. Ben tinha quase trinta anos, e ainda assim parecia não ter crescido. Ele se apegava ao sonho de ser ator, embora nunca tivesse sido escalado para uma produção profissional e mal parecesse estar conseguindo trabalho nos teatros comunitários. Só aparecia na casa de April quando precisava pedir dinheiro emprestado, chamando-a de "mana" de um jeito bajulador, um hábito que, ela suspeitava, Ben tinha adquirido inspirando-se nos roteiros de séries de comédia que estudava on-line. April geralmente cedia, se não fosse muito dinheiro, por um senso de dever em relação ao único irmão e uma vaga sensação de que a mãe gostaria que ela o ajudasse (Ben não gostava de pedir ao pai, que nunca dava dinheiro sem um sermão junto), e tentava não se ressentir do fato de que Ben não trabalhava tanto quanto ela. Ela sempre tinha sido a irmã mais velha, a responsável.

April se esforçava muito para apoiar Ben. Ela havia até comparecido a uma produção de baixo orçamento de *Esperando Godot*, que misturava espetáculo com jantar, para a qual Ben tinha sido escalado no inverno anterior. A peça tinha sido encenada em um armazém cheio de correntes de ar, localizado em um bairro industrial ao sul do estádio de beisebol, e "espetáculo com jantar" era um nome grandioso demais para a realidade: a comida, servida em caixas de papelão, tinha gosto de caixa de papelão. A longa peça era encenada em diferentes locais da propriedade, com o público sendo levado para um lugar novo a cada cena, arrastando os pés e carregando as tristes caixas de comida junto. A constante movimentação, pensou April, na verdade, não era uma má ideia — a julgar por alguns membros da plateia, as pessoas talvez tivessem cochilado se não fosse por isso. Ben estava orgulhoso do trabalho, e April tentou elogiar a performance do irmão — que interpretava Lucky, o criado, e quase não tinha falas — sem mentir, o que foi um desafio.

— Parecia tão… real. — Foi o melhor que ela conseguiu dizer. E não fez qualquer comentário sobre a comida.

Mas não era só o senso de dever em relação à mãe que mantinha April "refém" de Ben. Por mais frustrante que fosse o irmão, ele ainda era companhia.

Naquele dia, April tinha passado tempo demais tentando escutar a misteriosa conversa entre o sr. Jackson e a Tangueira, que pareciam ter feito amizade e cochichavam no saguão quando April voltava de uma caminhada. Era uma distração do último contato de Ben. Quando ela finalmente respondeu à mensagem da "9dade", descobriu que o irmão estava planejando uma viagem a Londres para poder ouvir "caras comuns" e melhorar seu sotaque britânico. E, claro, ele queria que April o ajudasse com a passagem de avião. Claramente, era hora de fazer uma coisa que April sempre tinha dificuldade de fazer em relação a Ben: dizer não. Ela começou a digitar uma resposta, então suspirou e resolveu ligar para ele.

Ben atendeu rapidamente.

— Fala, parceira! — disse ele no que pareceu um sotaque australiano terrível, como Hugh Jackman em um dia ruim.

— Você não estava melhorando seu sotaque britânico? — perguntou April sem nem se preocupar em cumprimentar o irmão. — Isso foi meio australiano com um toque de patricinha de Hollywood.

— Muito obrigado — disse Ben. — Quero que você saiba que estou trabalhando em uma verdadeira miscelânea — ele deixou a palavra rolar na língua, como se fosse uma pastilha para a tosse — de sotaques. É isso que os atores fazem.

— Ah, tá — disse April, que já tinha ouvido tudo aquilo antes. — Tá certo, tudo bem. Só queria falar com você sobre a mensagem que você mandou. Se quer ir pra Londres, tudo bem, vá e se divirta. Mas não tenho dinheiro pra ajudar. Você vai precisar se virar sozinho.

— Ah, qual é! — apelou Ben. — Você sabe que vou te devolver o dinheiro.

— Eu com certeza não sei disso — falou April, que tinha certeza de que era mais fácil o inferno congelar, descongelar de novo e se liquefazer do que Ben pagar as dívidas que tinha com ela. Ela sempre se certificava de só emprestar ao irmão quantias de que não fosse precisar.

— Ah, você sabe, sim, que eu vou pagar você. Assim que aparecer um trabalho de verdade. Mas, enquanto isso, preciso continuar me aprimorando. Eu já contei pra você que vou ter uma oportunidade em um filme? Estão precisando de figurantes para uma produção independente que estão filmando em uma livraria aí… Acho que é aquela que fica perto da sua casa. Eu pareço alguém que frequenta livrarias, né?

April hesitou enquanto se perguntava se Ben já teria entrado por livre e espontânea vontade em uma livraria alguma vez na vida.

— Com certeza — respondeu com paciência. — Por que não? Parece promissor. Mas voltando ao ponto: não vou financiar suas férias em Londres. Não me incomodo de ajudar com o aluguel ou com as compras do supermercado quando você tá apertado de grana, você sabe disso. Mas não é justo me pedir dinheiro pra coisas supérfluas, como uma viagem internacional. Você tem que se sustentar. Já vai fazer trinta anos, pelo amor de Deus.

— Bem, nem todo mundo consegue um emprego confortável em uma empresa da área de tecnologia — comentou Ben, parecendo estar fazendo biquinho.

Nunca dava para saber se Ben estava expressando uma emoção real, ainda mais ao telefone. Ele podia muito bem estar apenas imitando Jesse Eisenberg em *A rede social*.

— Nem vem com essa de falar do meu emprego confortável em tecnologia. Você precisa ter um projeto pra sua vida — insistiu April.

— Eu tenho um plano! Só que você não aprova. Porque é chata.

Ele com certeza estava fazendo beicinho. April, um pouco magoada, já se preparava para encerrar a ligação.

— Chamar alguém de chato não é uma boa maneira de fazer com que essa pessoa te empreste dinheiro — comentou. — Preciso ir. A gente se fala mais tarde. Te amo.

Droga, ela não tinha a intenção de que aquelas duas últimas palavras escapassem. Mas realmente amava Ben, mais do que estaria disposta a admitir, apesar do tanto que o irmão a irritava. Ele ainda era o irmãozinho que ela tanto desejara ter quando criança.

— Também te amo, mana. Tchau.

Rapidamente, antes que perdesse a coragem, April fechou o notebook, calçou os sapatos e saiu, atravessando a curta distância até a Read the Room. Era hora de agir: ia convidar L para um café. Ben estava certo: ela era chata e tediosa, mas tinha o poder de mudar aquilo. A luz do fim da tarde parecia emanar bons presságios, como se o bairro estivesse se preparando para brilhar sob os holofotes.

Embora o estacionamento estivesse cheio e a livraria, bem iluminada e movimentada, April foi recebida por uma placa na porta da frente: "Fechamos mais cedo para as filmagens — reabrimos amanhã". Ah, aquele era o filme do qual a livreira tinha falado, o mesmo que Ben mencionara. Um pouco aliviada por poder escapar — o convite para o café teria que ficar para outro dia — April espiou pela janela. Os equipamentos de iluminação tornavam a loja uma versão mais cintilante e feliz de si mesma. Ela reconheceu Kelly Drake pelo cabelo ondulado impecavelmente penteado, parado em um corredor com a cabeça inclinada sobre o celular. De repente, a porta da frente da loja se abriu, e April quase foi derrubada por uma mulher alta vestida com um terninho vintage e calças largas que balançavam com o passo apressado. Ela não viu April, ou então escolheu ignorá-la, enquanto corria porta afora, digitando com força no celular com um dedo longo e pesado de anéis.

— Aqui é Donna. Donna Wolfe. O que você quer dizer com Kelly Drake *não está disponível*? — sibilou ela ao celular.

Donna, quem quer que fosse, tinha uma voz que April associava a vilãs de novela. Curiosa, April pegou o próprio telefone e fingiu se ocupar com alguma coisa enquanto escutava.

— Não interessa que seja um comercial de alcance nacional. Ele está comprometido com o *meu* filme. Em Seattle. Que está sendo filmado *agora*. Você precisa dar um jeito nisso. AGORA.

A conversa toda parecia o roteiro de um filme em que uma Katharine Hepburn da vida falava rápido e não tolerava bobagens. April não gostaria de ser a pessoa do outro lado da linha, que ela imaginou estar segurando o telefone bem longe da orelha.

Não que importasse o que aquela pessoa estava dizendo, Donna Wolfe não estava nem aí.

— Não é problema meu — declarou ela, com a confiança de alguém acostumada a inspirar medo nas pessoas. (April fez uma nota mental para tentar usar aquele tom e aquela frase com Ben na próxima vez que ele pedisse dinheiro.) — Só resolva. Agora. Tchau.

Ela apertou a tela com força para encerrar a chamada, soltou o ar, ajustou o babado na barra da jaqueta e entrou novamente na livraria, pisando firme, sem dar o menor sinal de ter notado April, que assistia à cena admirada. Aquela mulher, quem quer que fosse, tinha atitude, uma palavra de que April gostava por seu ar vintage. April caminhou lentamente de volta para casa, saboreando o momento e esquecendo por um momento o suposto café com L, o bilhete no livro… Era como se, por mais rápido que tivesse sido, ela tivesse se tornado parte de uma história maior do que si mesma, uma história na qual a heroína estava no comando.

Andrew

A melhor coisa que já encontrei em um livro foi basicamente um romance inteiro em um pequeno pedaço de papel: uma lista, escrita na letra trêmula de alguém não muito jovem. Tinha nomes (Eileen, Sybil, Justin, Clare) e lembretes ("roupas de inverno", "filmes novos") e observações curiosas ("campos de abóboras", "esquilos batendo nas janelas"). Levei para casa, prendi o papel na moldura do espelho do meu quarto e penso muito a respeito: quem a tinha escrito, por que a lista era tão aleatória (a palavra "chuva" aparecia sozinha), por que havia algo estranhamente assombroso na forma como foi escrita? Nunca vou descobrir as respostas — eu jamais teria como descobrir quem escreveu aquela lista — e meio que gosto disso. Geralmente, abordo a vida de forma metódica, como se ela estivesse cheia de problemas que podem ser resolvidos se nos esforçarmos, e me comovi com esse lembrete de que a vida é cheia de mistério. Espero que quem quer que tenha escrito aquela lista ainda esteja por aí, fazendo listas e depois perdendo-as dentro de livros. Talvez um dia eu encontre outra lista dessas.

De qualquer maneira, não sei por que todo mundo ficou tão animado com o filme. Até agora, parece que só serviu para dar mais trabalho para todos. Alguns anos atrás, quando eu era novo na loja, Julia concordou em deixar uma equipe local filmar algumas cenas para um comercial e foi um fiasco completo — era para uma ótica, e acho que eles queriam mostrar uma atmosfera cheia de livros para seus clientes com problemas de visão. Embora tenha sido apenas por um dia, foi muito mais problemático do que disseram que seria — a equipe fez uma bagunça enorme e deixou marcas permanentes no piso de madeira. Eles mandaram flores no dia seguinte, mas não adiantou muito. A Julia ficou irada na época, mas parece ter se esquecido completamente disso. Ela está agindo de um jeito muito estranho em relação à coisa toda... eu fico me perguntando se ela não contou alguma coisa para a gente... Será que a livraria está com problemas? A Julia tem parecido mesmo *bem estressada ultimamente, e outro dia murmurou alguma coisa sobre mandar alguém disfarçado à The Book-Up — nossa concorrente, a um bairro de distância — para ver se algum dos nossos clientes habituais passou a ir lá.*

Os outros membros da equipe parecem estar bem interessados em toda essa coisa de filme — Raven e Alejandra, em especial, parecem achar a filmagem um negócio glamouroso, não importa o que aconteça. Já eu bem que poderia passar sem. Mas até que é divertido dar uma espiada no Kelly Drake. Nunca tinha visto um ator de perto. Adoraria perguntar qual hidratante ele usa — a pele do cara é realmente incrível —, mas ele não parece muito simpático.

Trabalho na livraria há quase três anos, mas acho que não vou ficar aqui por muito mais tempo. Vou prestar o vestibular neste verão e espero poder me inscrever em uma faculdade de direito no outono. As pessoas acham que quero ser advogado porque assisti a muitos dramas jurídicos, e não estão totalmente erradas. É verdade que assisti a The Good Wife *mais vezes do que gostaria de admitir, e basicamente quero ser a Christine Baranski de gravata. (Ensaiei aquele jeito dela de tirar os óculos no tribunal e encarar as pessoas. Funciona muito bem na loja com clientes que querem saber por que não podemos oferecer os mesmos preços da Amazon.) Mas é mais do que isso. O que me atrai é a ideia da lei como algo gravado em pedra, algo estabelecido, que pode ser estudado e aprendido, que vai permanecer firme — ao menos em teoria — para o bem de todos nós e para garantir que consigamos coexistir em sociedade. Sei que as leis, e aqueles que as interpretam, podem ter problemas profundos, mas quero fazer parte dessa conversa. Talvez, quando me formar, eu possa trabalhar para o Innocence Project, que advoga gratuitamente para reverter casos de pessoas condenadas injustamente, ou na defensoria pública. Espero fazer alguma coisa boa, em algum lugar.*

Enquanto isso, há lugares piores para se estar do que a Read the Room, mesmo durante o "Armagedon das filmagens", como Raven está chamando, de forma não muito inteligente, na minha opinião. A livraria costuma ser um lugar muito calmo, com exceção desta semana. Quando comecei a trabalhar aqui, eu tinha uma quedinha pelo Westley — quem não tem? Pelo amor de Deus, olhe só pra ele... um rosto como aquele está sendo totalmente desperdiçado atrás de um balcão de livros usados —, porém, quando descobri que ele não apenas era hétero, mas também meio lento para entender as investidas, deixei para lá. Contudo, ainda gosto dele como colega de trabalho. O Westley é bastante atencioso e está sempre disposto a assumir o balcão de atendimento se um de nós precisar de uma pausa. Mas, acima de tudo, adoro ficar olhando para ele de longe. O cara é um colírio para os olhos, sim, mas também é divertido ver as clientes jogando charme para cima dele. Outro dia, escutei quando uma mulher se aproximou do Westley e pediu ajuda para encontrar um livro cujo título eu tenho 98% de certeza de que ela inventou na hora, só para poder passar o número de celular dela pra ele quando o Westley não encontrou o tal livro no sistema. Comentei com ele a respeito, mas o Westley apenas deu de ombros, como se aquele tipo de coisa acontecesse com ele o tempo todo. Deve ser legal.

Ontem mesmo reparei que um dos membros da equipe de filmagem estava encarando o Westley: um homem de vinte e poucos anos bem bonitinho (vestido como se estivesse prestes a entrar no set de gravação de Bridgerton*), cujo trabalho parecia ser ficar parado ao lado de algumas araras de figurino, embora de vez em quando ele ajudasse a mover luminárias ou estantes quando alguém gritava pedindo ajuda. (Essas pessoas estão acabando com a Julia. Parece que ela concordou com a filmagem na livraria sem se dar conta de que haveria equipamento pesado, com grandes chances de arranhar o piso, mesmo depois do fiasco que foi a gravação daquele comercial lá.) O cara ficou tentando puxar assunto com o Westley, o que é difícil de fazer mesmo que você não esteja flertando — o Westley simplesmente não é muito de falar —, e me senti* *mal por ele. Então, quando estava arrumando uma das seções, tentei chamar a atenção do cara.*

— Oi — cumprimentou ele. — Vocês têm uma loja bem bonitinha aqui. Perfeita pras câmeras. Nesse estilo chique empoeirada.

Não sabia se deveria ou não me sentir ofendido, principalmente depois do tempo que passamos limpando as prateleiras sob as ordens da Julia.

— Ha! — Eu ri. — E aí, qual é o seu trabalho?

— Sou assistente de figurino — respondeu em um tom afetado, mas sarcástico, e praticamente ouvi as letras maiúsculas em sua voz. — O que não quer dizer muita coisa. Só ajudo com o que precisarem, no quesito roupas. Está sendo divertido pra vocês aqui na loja?

— Acho que está sendo diferente — respondi. — Os clientes estão meio que curtindo. — Aquilo estava começando a parecer uma conversa de verdade, por isso respirei fundo. — Meu nome é Andrew.

— Sydney — disse ele, e estendeu a mão. — Prazer. Você trabalha aqui há muito tempo?

Sei quando ouço uma cantada sem entusiasmo, principalmente quando é uma que quero ouvir.

— Já faz alguns anos — respondi. — É um lugar legal. Espero que a dona esteja sendo simpática durante a filmagem.

— A senhora de cabelo grisalho espetado? A que sempre parece que vai começar a lançar raios laser pelos olhos?

— Sim, essa é a Julia.

A descrição era realmente muito boa.

Sydney balançou a cabeça.

— Ela é meio intensa — comentou ele. — Todo mundo da equipe tá tentando ser o mais discreto possível, mas não tem como filmar em uma livraria sem mexer em alguns livros, entende?

Eu entendia e assenti. A Julia era meio obcecada com a organização da loja, mesmo quando nada estava sendo filmado. Se dependesse dela, as prateleiras seriam arrumadas a cada hora, e eu achava que talvez ela sonhasse com algum sistema eletrônico que emitisse um bipe alto sempre que um livro saísse do seu devido lugar, na ordem alfabética. A Alejandra gostava de falar sobre a glória da descoberta, e como poderia ser bem significativo para um cliente encontrar um livro que estivesse fora do lugar (porque, segundo o raciocínio dela, esse era o livro que ele estava destinado a encontrar — a Alejandra tinha uma abordagem espiritual para vender livros, que todos nós concordamos tacitamente em achar fofinha), mas a Julia não comprava a ideia. Ela queria tudo perfeito.

— Então — continuou Sydney —, como se chama o carinha no balcão ali atrás? Aquele de camisa de flanela.

As camisas de flanela do Westley me irritavam, em parte porque era verão e... quem usa camisa de flanela quando está calor? (Talvez eu não estivesse em condições de criticar, afinal usava blazers o tempo todo, porque achava que me deixavam elegante. Ninguém mais se vestia assim para trabalhar na Read the Room. Mas eu gostava de parecer um pouco diferente, e descobri que dava para encontrar ótimos blazers no brechós dos bairros chiques.) De qualquer forma, alguém deve ter dito uma vez ao Westley que ele ficava bem em camisas de flanela — ele tinha uma coleção e tanto delas, em cores suaves. E parecia um garoto-propaganda de Seattle vestido assim — sério, se colocassem o Westley para estampar um calendário da cidade, todo mundo se mudaria pra cá, apesar da chuva.

— Aquele é o Westley — respondi. — Ele é o único da equipe bonito o bastante pra ser escalado para o filme.

— Ah, eu não diria isso — retrucou Sydney, me avaliando de cima a baixo, o que era extremamente desnecessário, mas gostei mesmo assim. — Você sabe se ele é solteiro?

— É, sim — respondi. Sydney não era o primeiro homem gay a me fazer essa pergunta em tom esperançoso... já tive que decepcionar vários clientes da Read the Room com as palavras que disse a seguir. — E hétero também. Sinto muito.

— Sério? — Sydney olhou mais uma vez para o balcão onde Westley estava tomando um café e franzindo o cenho para alguma coisa na tela, daquele jeito fofo que sempre fazia. — Hum... bem, talvez eu conheça uma pessoa que gostaria de conhecê-lo. Uma colega minha. Ela está precisando de... bem, de alguma coisa assim. — Ele ergueu uma sobrancelha na direção do Westley.

— Bem, boa sorte com isso — falei. — Até mais.

— Espera — chamou Sydney, e soltou um suspiro baixo antes de desviar o olhar de onde Westley estava. Ele olhou pra mim, então, e abriu um sorriso. — Será que você tomaria um café comigo um dia desses? Ou eu já estraguei tudo?

— Não — respondi, retribuindo o sorriso lentamente. Nunca tinha pegado as sobras do Westley antes, mas, bem, por que não? — Meu próximo intervalo é às três. Quer me encontrar no café? Pra falar de algum outro assunto que não seja o Westley?

— Combinado — disse Sydney. — Até mais.

Ele sorriu uma última vez e se afastou, assoviando uma música que poderia ser de Cats. *Escolhi ignorar isso. Eu disse que a filmagem na livraria era irritante? Alguns dias não são tão ruins.*

20

Westley

Era estranho, pensava Westley com frequência, que as pessoas amassem comprar livros, mas também amassem se livrar deles. Parecia acontecer em ciclos. Todo mês de janeiro uma pilha de livros de culinária impecáveis chegava ao balcão de livros usados da Read the Room, muitos deles com uma mensagem escrita à mão na página de rosto dizendo algo como: "Feliz Natal! Vai encontrar algumas refeições deliciosas aqui! Bjs". Livros de mistério, lidos avidamente durante os meses de inverno (particularmente os de enredo mais leve em cenários aconchegantes), chegavam em grande número na primavera, quando as pessoas costumavam esvaziar suas prateleiras lotadas. Best-sellers — longas sagas familiares, biografias populares de celebridades, tramas românticas — apareciam no outono, às vezes cheirando um pouco a mofo, como se tivessem passado noites dentro de uma bolsa de praia junto com uma toalha úmida e quem sabe até um pouco de areia. E, durante todo o ano, certos livros da moda — aqueles que ocupavam o topo das listas do *New York Times* e sobre os quais todo mundo parecia falar por apenas alguns dias ou semanas — apareciam regularmente, as páginas ainda novas, mas já sem utilidade.

O próprio Westley, apesar de seu amor pela leitura, não tinha muitos livros. Ele gostava de ter poucas coisas, de modo que coubessem facilmente em um quarto ou no porta-malas de um carro emprestado e, assim que terminava um livro, geralmente não via muita necessidade de mantê-lo por perto. Guardava apenas alguns favoritos, como o seu exemplar da infância de *O mágico de Oz* e alguns livros mais recentes como *Um cavalheiro em Moscou* e *Diácono King Kong*, que ficavam aguardando o momento prazeroso em que seriam relidos. Mas, juntando seu desconto de funcionário da Read the Room ao crédito que recebia pela devolução de livros já lidos, a loja basicamente funcionava como uma biblioteca de empréstimos para ele. Mais ou menos uma vez por mês, Westley levava uma pequena pilha de livros para a livraria e comprava — gastando pouco ou quase nada — outra pequena pilha. Aquilo fazia com que se sentisse rico. Estava convencido de que tudo de que uma pessoa precisava era muitos livros.

Participar do filme envolvia ficar muito tempo parado esperando as coisas acontecerem, e como o trabalho da produção estava parado naquela quarta-feira à tarde, Westley aproveitou a oportunidade para acessar a internet e dar uma olhada, mais uma vez, no site de Duke Munro. *Estruturas abaladas* tinha marcado Westley, e ele percebeu com certo desconforto que parte do motivo era que, incêndios florestais à parte, o livro o fazia se lembrar de seu relacionamento com Bridget, principalmente o modo como os dois protagonistas pareciam ter uma conexão imediata e intensa. A diferença, claro, era que o relacionamento fictício tinha um final feliz. O protagonista masculino, Will, parecia um pouco com o próprio Westley: um homem que falava pouco e não era muito seguro de si, mas que se apaixonava perdidamente por Verity "do mesmo jeito que um nobre carvalho desmorona depois do toque da lâmina de um homem determinado". Westley não teve sorte na tentativa de encontrar outros livros de Munro, mas se perguntou se não existiriam por aí em algum lugar, e se também poderiam lhe dar aquela estranha sensação de encontrar um pouco de si mesmo em suas páginas.

Parecia estranho para Westley que aquele autor, que claramente tinha talento e estava preenchendo um raro nicho de livros de romance masculinos, fosse tão obscuro. O site de Munro tinha aquele visual nostálgico, como se tivesse sido criado nos primórdios da internet. As cores eram estranhamente opacas e tinha palavras demais (escritas em uma fonte que parecia ao mesmo tempo séria e involuntariamente retrô), além de poucas imagens. Mas, na seção do site "Fale com Duke", havia um endereço de e-mail: dukemunro@hotmail.com. Westley nem tinha certeza se os endereços do Hotmail ainda funcionavam — já fazia tempo que não via um —, mas como não tinha nada melhor para fazer enquanto a equipe de filmagem discutia sobre ângulos de câmera, clicou no hiperlink e começou a digitar.

DE: westleybooks@freemail.com
PARA: dukemunro@hotmail.com
ASSUNTO: Seu romance

Olá, sr. Munro.
O senhor não me conhece, mas trabalho na livraria Read the Room, em Seattle, e recentemente descobri seu romance, *Estruturas abaladas*. Gostei muito dele e fiquei curioso para saber se o senhor escreveu outros livros. Seu site parece não ser atualizado há muito tempo, portanto não sei se esta mensagem chegará até o senhor, mas achei que valia a pena tentar. De qualquer maneira, obrigado pela boa leitura.

Westley não costumava escrever para desconhecidos, mas, naquele caso específico, a tentativa parecia valer a pena. Às vezes, durante seu expediente na Read the Room, ele sonhava em se tornar uma espécie de super-herói das livrarias, alguém que encontrava algum romance obscuro, talvez de um autor local, e ajudava a torná-lo reconhecido. Mas assim que clicou em "enviar", sua atenção foi desviada para o drama do filme em andamento (para além do drama do roteiro de fato). Kelly Drake e Donna Wolfe tiveram uma discussão breve, mas acalorada, e na sequência Donna saiu irritada pela porta da frente, já ligando para alguém no celular, enquanto Kelly ficou fazendo uma cara sexy e emburrada na seção de ficção científica. Um assistente correu até Kelly com uma garrafa de água que o ator recusou de forma dramática, enquanto Gayle, a maquiadora, pairava por perto, com o pincel de maquiagem sempre a postos.

Donna voltou para a livraria, pisando firme e com o maxilar cerrado.

— Vamos continuar — disse ela à assistente de direção, Erica, que parecia aterrorizada como sempre. — Kelly, por favor, assuma o seu lugar.

— Sinto muito, Donna — retrucou Kelly, como se estivesse falando com uma criança pequena. — Preciso ir hoje. Não posso filmar todas essas cenas curtas antes de ir. Peça a um figurante para fazer isso, ou eu mesmo posso fazer quando voltar. Mas vou pegar um avião às duas horas e você não pode me impedir. Esse comercial paga mais do que dez dos seus filmes e preciso do dinheiro. Vou comprar uma casa em Queen Anne. Com ar-condicionado.

(Queen Anne Hill, pensou Westley, interessado, era um bairro muito caro de Seattle, um bairro em que ele nunca tinha sonhado em morar... os comerciais deviam pagar bem mesmo.)

Donna fechou os olhos e disse por entre os dentes semicerrados:

— Você assinou o contrato. Não pode deixar essa produção. Se fizer isso, vou processá-lo.

Kelly, ao que parecia, tinha feito por merecer seu diploma da Escola de Artes Dramáticas da Universidade de Washington.

— Então me processa — disse, e deixou as palavras pairarem no ar por algum tempo. — Tenho que pegar meu voo.

Ele pegou a mochila de couro da mão do assistente atordoado, se despediu com um aceno e saiu a passos determinados porta afora, em uma atuação tão boa quanto qualquer coisa que já tinha feito diante das câmeras.

Todos ficaram em silêncio — Julia, por exemplo, parecia ter engolido um sapo —, como em uma peça que tinha perdido o rumo de repente e ninguém encontrava sua marcação no roteiro. Donna e Erica pareceram paralisadas por um breve instante. Westley, fascinado, precisou controlar a vontade de explodir em aplausos. Mas percebeu rapidamente que Donna havia rompido o silêncio e estava olhando diretamente para ele de uma forma desconcertante.

— Você — disse ela, em tom bem pausado, como se estivesse pensando em alguma coisa. — Atrás do balcão. O bonitão.

— Quem, eu? — perguntou Westley.

Donna não falava diretamente com ele desde o primeiro dia de filmagem. De vez em quando ela apontava em sua direção e murmurava alguma coisa para um assistente, que se aproximava correndo para passar instruções vagas e nada úteis como "deixa a gente ver o seu silêncio" ou "faz os seus olhos capturarem a luz", algo assim, mas na maioria das vezes ela o ignorava. Westley tinha a impressão de que Donna o via como um livro na estante, apenas parte do cenário.

— Isso, você mesmo. Você pode assumir o papel do Kelly.

— O quê? — questionou Westley.

— O quê? — perguntou o assistente de direção.

— *O quê?* — disse também Julia, dando a impressão de ter digerido aquele sapo e colocado algo inesperadamente picante na boca.

— O QUÊ??? — Foi a vez de Raven, que vinha observando tudo de um canto, em silêncio, e não conseguiu conter sua exasperação.

— Isso mesmo — disse Donna lentamente, já não mais olhando para Westley, mas com o olhar distante, imaginando algo ou alguém. — Ele tem a altura certa. Não precisamos ver o rosto dele. O Kelly está certo, nós já terminamos a maioria das cenas dele aqui e as restantes foram filmadas no estúdio. Podemos usá-lo, filmar sem mostrar o rosto dele e dublar a voz do Kelly. Só precisamos de um corpo, e esse aqui serve.

— Hum, mas eu não sou ator... — lembrou Westley, um pouco irritado por ter sido chamado de "esse aqui" e "um corpo".

Ninguém prestou atenção nele. Donna e a assistente de direção estavam traçando estratégias em voz baixa. Raven lançava olhares sombrios para ele do outro lado da sala. Westley se lembrou, rapidamente, de sua professora de teatro do ensino médio, que provavelmente teria dito a ele que aproveitasse a oportunidade. Mas não tinha certeza se era exatamente aquilo que ela tinha em mente.

21

Laura

Laura nunca havia enviado um bilhete anônimo para ninguém na vida. Desde a infância, ela tinha a sensação de que aquilo era o tipo de coisa que não tinha como dar certo. Ela não tinha um diário nem um caderno pessoal com medo de que alguém pudesse descobri-los e ler seus pensamentos mais íntimos. (O fim de *A espiã* pode muito bem ter influenciado isso — Laura amava o livro, que tinha lido muitas vezes quando criança, mas não conseguia passar pelo último terço, nem mesmo pensar nele, sem que uma sensação de pavor se alojasse em seu estômago. Que horrível passar pela situação de pessoas encontrarem seu caderno pessoal, privado, e saberem o que você pensava delas, como se pudessem ler sua mente! Felizmente, Olivia ainda não tinha idade suficiente para ler *A espiã* — Laura não se achava pronta para ler o livro em voz alta para a filha… não sabia se seu estômago reagiria bem.) Depois de mais de uma semana, ela ainda não havia respondido ao último bilhete de A e não sabia por onde começar. Era um pouco estranho que A soubesse sobre o trabalho dela… seria ele um stalker? Ou só um cara fofo?

— Oooiii! — cantarolou Sydney melodiosamente, interrompendo o devaneio de Laura. — Você parece estar em outro planeta. Acorda. A diretora vintage tá aqui, pronta pra você.

— Você tá falando da Donna Wolfe?

— Aham. Acho que está usando um Saint Laurent dos anos oitenta hoje. Perguntei se ela aceitava alguma coisa pra beber e ela me olhou como se eu fosse uma mancha na seda. E nem me reconheceu pelo trabalho duro que tô fazendo na produção do filme, longas horas por pouco dinheiro. Se eu não fosse tão tranquilo, ficaria ofendido.

— Você é o oposto de tranquilo — comentou Laura com carinho.

Ela via Sydney como o irmão caçula divertido, embora exigente, que não tinha nem ideia que sempre quisera ter. Mas estava nervosa com aquele atendimento. Conforme o prometido, a assistente de Donna Wolfe havia marcado uma segunda visita depois da primeira malsucedida, e Laura mais uma vez vasculhou cada canto da loja em busca de roupas. Agora que já tinha visto Donna pessoalmente, tinha uma ideia melhor do gosto único da cliente, que parecia se encontrar em uma intercessão dramática entre colecionadora de roupas vintage, professora de artes ligeiramente pretensiosa e empresária poderosa. Enquanto selecionava as peças, Laura se perguntava por que alguém com opiniões tão fortes não comprava as próprias roupas. Mas fato é que Laura tinha algumas outras clientes assim: mulheres que amavam moda e tinham opiniões bem definidas sobre o que gostavam, mas simplesmente não tinham tempo ou energia para comprar as peças que desejavam. Tudo bem, desde que elas fossem boas em explicar o que queriam — o que infelizmente não era o caso de Donna Wolfe. Laura conferiu o que havia na arara para garantir que tudo estava perfeitamente passado e limpo, retocou o batom no espelho do escritório, respirou fundo e caminhou a passos seguros até a sala de espera.

Donna Wolfe, que naquele dia estava usando um terninho de brocado meio antiquado e segurava uma bengala de modo ligeiramente teatral, estava de pé, parecendo impaciente (embora fosse difícil julgar sua expressão por trás dos óculos escuros de sempre) e remexendo na enorme bolsa de couro que carregava.

— Bom dia, sra. Wolfe — disse Laura. — Fico muito feliz que tenha voltado. Por favor, me acompanhe até o provador.

Depois de acomodar Donna em uma cadeira confortável, Laura se posicionou em frente à arara. Assim como havia acontecido com Sydney, a oferta de Laura de alguma coisa para beber foi afastada com um gesto de mão, como um inseto irritante.

— Sinto muito por não termos conseguido chegar a um consenso da última vez — disse. — Desde então, venho estudando cuidadosamente seu estilo e acho que encontramos algumas coisas do seu gosto.

Donna aparecia com frequência em eventos de gala em Los Angeles e Nova York, e Laura havia dedicado um tempo a olhar na internet, examinando o que a cliente tinha escolhido usar naquelas ocasiões: de um modo geral eram roupas escuras, dramáticas e que davam a impressão de talvez terem sido encontradas no fundo de um baú em um sótão muito chique.

— Espero que sim — disse Donna. — Tenho pouquíssimo tempo hoje. — O celular dela apitava constantemente, como o monitor cardíaco em um hospital. — Por favor, prossiga.

Laura respondeu com um sorriso automático. Já havia lidado com clientes rudes antes, mas pelo menos Donna representava um mundo interessante. Ela optou por começar pela peça mais forte e tirou da arara um vestido reto de seda preta extremamente simples, com mangas longas e um decote discreto.

— Pensei nesse vestido — disse — com algumas joias de impacto bem grandes. Sei que tem uma coleção notável de peças vintage. Esse vestido vai ser apenas um pano de fundo elegante… — Ela olhou para Donna, que tinha os olhos fixos no celular. Laura não conseguiu entender a expressão da cliente, mas acima dos óculos escuros suas sobrancelhas se ergueram como se quisessem sair de seu rosto. — sra. Wolfe? Desculpe, precisa de um momento?

Donna soltou um suspiro pesado e pressionou a tela do celular, então levantou o olhar, fixando-o no vestido por uma fração de segundo antes de deixar de olhar para Laura, perdida nos próprios pensamentos.

— Sim, sim. Vai funcionar. Por favor, peça no tamanho quarenta. Vou mandar a minha assistente aqui para tirarem as medidas e fazerem os ajustes. Ela é exatamente do meu tamanho.

— Mas… a senhora não quer ver as outras peças que eu separei? — perguntou Laura, ainda sem acreditar que fosse ser tão fácil (e consternada por ter investido tanto tempo no caso).

— Não. Esse aí vai funcionar. Lamento, mas tenho que ir. Obrigada pela ajuda.

E, assim, Donna Wolfe se foi, distraída demais para se lembrar de usar a bengala.

Sydney observou a cliente se afastando.

— Bem, esse atendimento durou uns noventa segundos, no máximo — comentou ele. — Por que você acha que ela foi tão exigente da última vez e tão tranquila agora? E será que é comum essa coisa de as mulheres ricas terem uma assistente exatamente do mesmo tamanho delas? Você acha que isso tá na descrição do cargo?

— Não sei — respondeu Laura, confusa, mas achando até engraçado. — Ela estava com alguma coisa na cabeça… gostaria de saber o quê.

Laura estava acostumada a clientes voluntariosas, mas havia certa teatralidade em Donna que a fascinava, como se um holofote cintilasse em sua direção e somente Donna conseguisse ver. Talvez as pessoas do cinema fossem mais dramáticas do que as outras, de um modo geral… talvez elas perdessem um pouco a noção de em que lado da câmera estavam.

Sydney devolveu o vestido preto à arara.

— Acho que você tá certa, como sempre — observou ele. — O vestido vai cair bem nela. Combina com os óculos que a Donna usa e a vai fazê-la parecer uma bruxa extremamente chique. O que é bastante apropriado.

— Não fale dos clientes desse jeito — repreendeu Laura, sorrindo. — Então… como estão indo as filmagens? Está divertido?

— Bem… posso dizer que sim — respondeu Sydney em um tom dramático, que era o que costumava usar na maioria das vezes. — Conheci um cara. Ele trabalha lá e é uma graça. A gente vai sair para comer sushi amanhã.

Laura parou, o dedo erguido acima de uma tecla no computador onde estava pedindo o vestido para Donna.

— Nossa, é mesmo? — disse ela, o mais casualmente possível. — Hum… o que ele faz lá?

— O que faz quem trabalha em livrarias. Sabe como é, vende livros. Por quê?

— Só curiosidade — respondeu Laura, tomando o cuidado de não olhar para Sydney. — Estive lá outro dia. E tinha… um cara bem bonito no balcão de livros usados. É esse cara?

— Ah, você tá falando do irmão mais velho do Timothée Chalamet, que ama camisas de flanela? Quem me dera! — disse Sydney, lançando um olhar exageradamente casual para Laura. — Não, é claro que eu sondei, mas dizem por aí que ele é hétero. O *meu* cara trabalha no balcão de atendimento. Ele é um amor, mas se veste mal… o pobrezinho usa uns blazers velhos e desgastados, grandes demais pra ele. Mas consigo lidar com isso.

Laura, agora relaxada, sorriu para Sydney. A Read the Room realmente era cheia de histórias. Naquela noite, depois que Olivia estivesse na cama, ela responderia ao bilhete de A.

DE: julia@readtheroom.com

PARA: Todos os funcionários da Read the Room

ASSUNTO: Notícias sobre as filmagens

Bom dia a todos. Só queria confirmar as notícias que alguns de vocês já devem ter ouvido: o nosso Westley agora tem um papel maior em *Consciência na prateleira*, graças à ausência inesperada do ator Kelly Drake (como muitos de vocês devem saber se estiveram presentes durante as conversas lamentavelmente barulhentas sobre a referida ausência). Disseram que não vai levar muito tempo, já que a maior parte das cenas envolvendo Kelly já foram filmadas. Mas, por favor, ajudem o Westley com as tarefas dele se puderem, porque ele talvez não tenha tanto tempo para se dedicar ao trabalho nos próximos dias.

Agradeço a todos pela paciência ao longo da filmagem. Lembrete: NÃO ajudem a equipe de filmagem a mover livros ou estantes e me avisem IMEDIATAMENTE se virem alguém fazendo isso. Fizemos um acordo. Ainda não consegui falar com o gerente de produção, que me deixou uma mensagem de voz vaga sugerindo que eu relaxasse. Acho que ele não entende que não está no comando da livraria. Por favor, continuem atentos.

Julia

22

April

Não havia ninguém para quem April pudesse contar sobre a correspondência anônima, o que parecia estranho — afinal, era o que mais ocupava sua mente nos últimos tempos. Talvez, no passado, ela pudesse ter falado com a mãe. A tristeza havia diminuído ao longo dos anos, mas aquela ainda era uma ferida aberta: perder a mãe bem na idade em que as duas poderiam ter sido adultas juntas, aproveitando a companhia uma da outra. April mantinha em seu apartamento uma foto na qual a mãe aparecia jovem e sorridente. Embora as duas certamente tenham tido sua cota de desentendimentos durante sua infância e adolescência, April preferia se lembrar da mãe como estava naquela foto, feliz para sempre.

Ou talvez pudesse ter contado a Janie, quando a amiga estava mais disponível emocionalmente para a amizade das duas. April não culpava Janie nem um pouco, ou pelo menos dizia a si mesma que não a culpava, e com frequência se perguntava como é que uma pessoa conseguia dar conta de um parceiro, vários filhos pequenos, um emprego e uma casa sem desmoronar completamente. April não tinha parceiro nem filhos, seu trabalho não era muito exigente e o apartamento em que morava não era próprio, mas, ainda assim, mesmo para ela, a vida às vezes parecia bastante opressiva, com um excesso de coisas para se lembrar de fazer. (Ela tinha uma vaga sensação de que seu seguro fiança precisava ser renovado, mas não conseguia encontrar energia para descobrir como fazer aquilo.) A amizade com Janie estava em uma fase diferente agora, mas April acreditava firmemente que elas voltariam a se aproximar em algum momento.

Com sorte, não demoraria muito. Ela amava os filhos de Janie e gostava de comprar presentes para eles e de comemorar seus aniversários, mas por que era tão difícil para uma pessoa com e uma pessoa sem filhos serem amigas? Será que melhoraria quando as crianças crescessem? April sabia que sua vida era menos complicada do que a de Janie, portanto fazia sentido que ela tivesse mais disponibilidade, mas ficava irritada mesmo assim. Então ficava irritada por se sentir irritada. April estava determinada a levar tudo aquilo numa boa. Na verdade, ia mandar uma mensagem para Janie naquele exato momento.

Oi! Saudades! Ia amar se a gente pudesse se encontrar um dia desses.

Na verdade, adoraria contar uma coisa pra você. Acho que conheci alguém. ♡

April não recebeu resposta.

Sempre dava para contar com Ben, que retornava suas mensagens na hora, embora com erros gramaticais. Mas dividir qualquer informação mais íntima com Ben normalmente se mostrava um equívoco. April se lembrava de, anos antes, ter feito confidências ao irmão depois que ela e Josh terminaram. Ben fez muitas perguntas e pareceu sinceramente preocupado e solidário na época — até que, alguns meses depois, April descobriu que ele havia transformado toda a história em um monólogo para sua oficina de atuação, e que os membros da turma queriam perguntar como a história tinha terminado.

— Achei que você ia gostar — dissera Ben ao ser confrontado por ela na época. — Normalmente, ninguém presta atenção o bastante para fazer perguntas. É óbvio que eu interpretei bem de verdade.

De todo modo, não havia ninguém com quem comentar que L (Logan? Lee? Liam? Ludwig?) ainda não respondera depois uma semana. Claro, ele dava a impressão de estar bem ocupado — aquele filme que estavam gravando na Read the Room parecia ter ganhado vida própria. (Visitar a livraria agora era uma experiência estranha… ela sentia que estava em uma cópia mais radiante e menos real do lugar de sempre.) Mas se ele realmente estivesse interessado — e deveria estar, certo, já que havia respondido tão rápido depois do primeiro bilhete? —, April imaginava que não teria esperado tanto tempo. Ela se voltou para a pilha de romances policiais de segunda mão que havia comprado na Read the Room antes do fim de semana — estava determinada a não o pressionar. Aquela história precisava fluir na velocidade certa. Ela podia esperar. Podia ler. Os livros sempre tinham tempo para ela.

Uma notificação de mensagem iluminou a tela do celular de April. Janie? Não, era aquele número desconhecido de novo, e April ficou triste quando se deu conta de como tinha ficado empolgada durante aquele meio segundo em que achara que era a amiga.

Pq vc não volta? As crianças estão com saudades.

Aquilo já vinha acontecendo havia algum tempo. A princípio, April achou que era algum tipo de golpe, mas agora começava a se perguntar se haveria algum drama real por trás daquela história (outras mensagens faziam referência a um carro, uma possível traição e algum tipo de fraude fiscal; na verdade, era praticamente a história de um livro se desenrolando em sua caixa de mensagens). Até então, April nunca havia respondido, mas, de repente, sentiu pena da pessoa que continuava enviando aquelas mensagens. Talvez fosse hora de acabar com aquele mal-entendido. Então digitou uma resposta.

Sinto muito, mas você está enviando essas mensagens para o número errado.

April não botava fé em mensagens que usavam abreviações como "vc", em vez de "você", e sempre digitava frases com a pontuação completa — ao contrário de Janie, cujas mensagens pouco frequentes eram, às vezes, quase impossíveis de ler: apenas uma sopa de consoantes e emojis.

A resposta foi rápida.

É vc, Henry? Eu sei q é! Volta pra casa e a gente não fala mais sobre o carro.

April se perguntou o que exatamente Henry teria feito com o carro, e como uma pessoa que demonstrava conhecê-lo tão intimamente errava o número de celular dele. Ela sabia que não deveria se envolver (por que não simplesmente bloquear o número?), mas agora que tinha começado, se sentia incapaz de parar. Por isso, respondeu.

Não é o Henry, sou só uma pessoa aleatória com esse número. Você mandou mensagem para o número errado.

A resposta chegou em poucos segundos.

Tudo bem, Henry. Faz do seu jeito. Só volta AGORA, pf.

April bloqueou o número. Aquela história de repente tinha se tornado real, e ela achou melhor não saber o final.

23

Westley

Por mais incrível que pudesse parecer, Duke Munro havia respondido a Westley muito rapidamente, chamando-o de "meu irmão" e dizendo que, sim, ele havia escrito outros dois romances (aos quais se referia como "histórias modestas"), mas que estavam fora de catálogo naquele momento. O escritor assinara o e-mail com a frase "Até o riacho secar, Duke". Westley não sabia se estava diante de uma pessoa real — poderia aquela persona estranhamente bucólica fazer parte de uma elaborada identidade fictícia? —, mas estava interessado a ponto de fazer uma anotação mental para, quando tivesse um tempinho livre, pesquisar no banco de dados da loja aqueles dois outros livros.

Seria até uma distração agradável para o que estava se tornando um problema cada vez maior. Kelly Drake havia abandonado o filme e Donna Wolfe decidira que ele, Westley, poderia ficar de stand-in do ator — Westley achava que aquela tinha sido a expressão que a diretora usara, mas como não havia sido consultado, era difícil saber — até o retorno de Kelly. Ao que parecia, poderiam gravar com Westley, e então dublar as cenas na voz de Kelly, e havia ângulos de câmera capazes de esconder seu rosto. Os dois homens tinham altura e proporções semelhantes, mas mesmo assim Westley não conseguia ver como aquilo poderia dar certo, e por que não faria mais sentido esperar Kelly voltar. Ele fez aquela mesma pergunta a Joe, o gerente de produção, e Joe respondeu usando muitos jargões sobre custos de produção, despesas operacionais e datas de filmagem definidas, sendo que nenhuma das justificativas fez sentido algum. De qualquer maneira, Westley estava em uma situação delicada. Talvez ele até pudesse recusar, mas então seria responsável por atrasar as filmagens e causar problemas financeiros para a produção e, portanto, para a livraria. Ao menos esse ponto Joe tinha deixado bem claro. E, bem, ele ganharia um pouco a mais por isso — tinham adicionado um pequeno bônus ao seu contrato de figurante —, portanto não deveria reclamar.

— Ei, Leonardo DiCaprio, você já tem alguma coisa separada para colocar nas prateleiras?

Era Raven, com seu sarcasmo habitual um pouco mais afiado — ela estava com um sorriso um pouco feliz demais no rosto. Algo claramente a estava incomodando. Westley se perguntou se a colega estaria chateada por não estar no filme. Aquele era exatamente o motivo pelo qual Westley estava relutante em assumir um papel maior: a possibilidade de aquilo causar ressentimento entre os seus colegas, pessoas de quem ele gostava e com quem podia contar. Embora Andrew e Alejandra parecessem satisfeitos em apenas assistir ao processo e tivessem parabenizado Westley pelo papel com entusiasmo, Raven claramente tinha alguma questão com aquilo, e até mesmo Julia volta e meia parecia desejar que o filme inteiro simplesmente desaparecesse. Ela agora se referia à produção nas reuniões de equipe como "o filme do Westley", o que o irritava profundamente. Sinceramente, só devia faltar mais alguns dias de filmagem à noite, então tudo acabaria. Não era grande coisa.

— Aham, esses aqui — respondeu Westley, deslizando uma pilha de livros pelo balcão. — Vou pegar um café. Quer alguma coisa?

— Você não tem um assistente pra fazer isso pra você? — perguntou Raven, impassível.

Não parecia valer a pena responder àquilo. Westley caminhou pelo labirinto de estantes de livros e foi até o café, onde o barista dos dias úteis,

Oscar, acenou para ele e preparou seu café favorito (com leite e espuma extra) sem que precisasse pedir. Westley havia notado que era muito frequente que as pessoas fizessem coisas para ele sem que precisasse pedir. E tinha uma vaga noção de que aquilo se devia à sua aparência, o que era bastante injusto, por isso sempre tentava ser extremamente educado (e dar a melhor gorjeta possível) para compensar.

Alejandra estava no café em seu horário de intervalo, quase terminando um doce e com um caderno à sua frente, as folhas preenchidas com sua letra. Ela tinha o olhar distante, mas saiu do seu devaneio quando Westley se aproximou, fechando rapidamente o caderno.

— Oi — cumprimentou ela. — Os bolinhos estão gostosos hoje. Limão com framboesa.

O café Charlotte's Web operava como um universo paralelo à livraria: tinha um proprietário diferente e suas próprias equipe e regras. Os funcionários da Read the Room usavam o espaço como sala de descanso — ali compravam doces e salgados com desconto, enquanto imaginavam como seria vender café e doces em vez de livros. Cada grupo de funcionários olhava para o outro com curiosidade, do jeito que acontece quando se está diante de uma sociedade fechada, mas cada um se mantinha na sua — raramente havia um envolvimento romântico, ou mesmo uma conversa profunda, entre quem usava avental e quem não usava. Corriam rumores entre os funcionários da livraria sobre o atual chef confeiteiro, que chegava absurdamente cedo, fazia bolinhos e muffins amanteigados que derretiam na boca e aparentemente estava passando por algum tipo de crise de identidade, e considerando se tornar sapateiro.

— Então o Sergio ainda está comandando a cozinha? Ele ainda não abandonou a gente pra fazer sapatos? — perguntou Westley.

— Parece que não. Embora eu ache que um sapateiro não precisaria acordar tão cedo, né? Quer se sentar comigo?

Westley se acomodou em frente a Alejandra, que partiu um pedaço do resto de bolinho em seu prato e o entregou a ele.

— Valeu. Como está indo a escrita? — perguntou ele, acreditando que aquele era o tipo de pergunta que se faz a escritores.

— Tá indo bem… — respondeu ela, deixando claro que não queria estender o assunto. — Tudo certo. E o que você tá achando de ser uma estrela de cinema?

Westley suspirou. Ele estava ouvindo muito aquela pergunta ultimamente.

— Ah, mal vão conseguir me ver no filme, então isso dificilmente conta como estrelato — respondeu. — Eu meio que queria nunca ter me metido nisso. Na verdade, acabo só ficando parado por muito tempo.

— Ah, eu acho empolgante — comentou Alejandra. — Nunca tinha visto gravarem um filme assim de perto. Você viu como ontem à noite a Donna Wolfe fez o cara da iluminação reposicionar todas as luzes um monte de vezes? E tudo parecia exatamente do mesmo jeito a cada vez? Acho que ela consegue enxergar coisas que a gente não consegue.

Westley tinha visto. Na verdade, ele estava parado no corredor da livraria durante todo aquele drama, se perguntando se poderia se mover, mas chegando à conclusão que era mais seguro ficar parado. (Já havia sido repreendido anteriormente pela moça do chapéu Fedora por sair da marcação.)

— Acho que sim — disse Westley. — Ela é meio exigente.

— Acho ela incrível — retrucou Alejandra. — Adoro as roupas dela. E amo ver como ela sabe exatamente o que quer. A Donna deixa a Julia totalmente estressada e é divertido de ver.

Era verdade que Julia andava bem nervosa nos últimos tempos. Ela se viu obrigada a admitir derrota em sua cruzada para impedir que a equipe de filmagem movesse os livros e as estantes, e cada alteração na livraria parecia causar dor em Julia. Westley não era o único arrependido por ter concordado com o filme. Ele tinha visto Julia no depósito murmurando algum tipo de meditação relaxante por entre os dentes cerrados.

— Você acha que esse filme vai ser bom? — perguntou Westley. — Quer dizer, a gente não viu o roteiro nem nada, mas parece meio esquisito. Um portal em uma livraria para dentro de um livro? É disso que se trata?

— Acho vai ser ótimo — respondeu Alejandra. — É por isso que a gente lê livros, certo? Pra desaparecer em outros mundos. O roteiro simplesmente pega essa ideia e a coloca em prática. É criativa.

Westley olhou para o caderno fechado de Alejandra e se perguntou pela primeira vez o que estaria escrito nele.

— Você tá escrevendo alguma coisa nessa linha? — perguntou.

— Não exatamente. Acho que também é uma fantasia, mas não quero falar sobre isso. — Ela deu um sorriso tímido. — É como tentar descrever uma pessoa que você ainda não conhece. Tá cedo demais.

— Entendo — disse Westley, que, na verdade, não entendia, mas que havia acabado de se surpreender agradavelmente com a constatação de que era legal conversar com Alejandra. — Hum... você escreve há muito tempo?

— Ah, sim — respondeu ela. — Desde sempre, na verdade. E você? É por isso que trabalha aqui?

Westley ficou surpreso. Aquele não era o tipo de pergunta que costumava ouvir.

— Não — respondeu. — Mas adoro ler. E ia adorar ler seja lá o que você estiver escrevendo, algum dia.

— É, talvez algum dia — disse Alejandra, em tom vago.

Houve uma pausa na conversa. Talvez tivesse exagerado, pensou Westley... talvez não devesse ter dito aquilo.

— Acho melhor voltar pro meu balcão — disse ele. — A Julia avisou que uma professora universitária faleceu e vamos receber toda a biblioteca dela hoje.

— Preciso voltar também — disse Alejandra, dando uma última mordida no bolinho e pegando o caderno. — Até mais.

Westley abaixou os olhos e viu que havia se esquecido de tomar o café.

24

Laura

Era estranho se sentir tão eufórica. Laura não conseguia se lembrar da última vez em que se sentira vibrando de empolgação daquele jeito, como se algo maravilhoso estivesse esperando por ela em algum lugar, em uma esquina que ela não conseguia localizar. Finalmente tinha respondido ao bilhete, depois de demorar muito e de se perguntar se A estaria frustrado com a espera. Mas aquele era o próximo passo em uma dança elaborada, e ela queria que fosse perfeito. Depois de algumas consultas a Rebecca e várias tentativas no papel de carta amarelo-claro que vinha guardando para uma ocasião desconhecida, tinha conseguido elaborar uma resposta que parecia boa, com o equilíbrio certo entre leveza e profundidade.

Ela havia deixado o bilhete naquela manhã, depois de levar Olivia para a escola. A livraria tinha acabado de abrir e parecia silenciosa e um pouco desalinhada, como se ainda estivesse despertando. Laura se sentiu constrangida ao entrar na seção de jovens adultos para escondê-lo, por isso fez um rápido desvio pela seção infantil e pegou o livro de Amelia Bedelia em que Olivia estava de olho no outro dia. Ela se perguntava por que certos livros continuavam sendo lidos por crianças de várias gerações enquanto outras histórias desapareciam. Ela se lembrava de ter lido Amelia Bedelia quando tinha mais ou menos a idade de Olivia e de ter morrido de rir com as flores cortadas e o fechar das cortinas. A estava no balcão dele, mas mal levantou os olhos e não reparou em Laura (claramente estava ocupado naquela manhã, pensou ela), e a compra do livro infantil foi registrada no balcão de atendimento por um jovem de blazer — talvez fosse a nova paixão de Sydney? —, que parecia ansioso para voltar a checar o celular.

Segundas-feiras eram dias estranhos para Laura, que trabalhava de quarta a domingo. Ashley estava de folga, e depois de acordar Olivia para que a menina se aprontasse, de arrumar a lancheira da Hello Kitty para a filha e de acompanhá-la até a escola, Laura sempre achava a casa muito silenciosa quando voltava. Não havia muito o que fazer — Ashley, apesar de todas as suas peculiaridades, era boa em manter a casa arrumada — e Laura frequentemente se pegava vagando de cômodo em cômodo, procurando um lugar onde parar, algo a que se dedicar. De volta da livraria naquela manhã, ela abriu o notebook, pagou algumas contas, fez uma lista de compras para mais tarde (Laura geralmente pedia as compras de mercado on-line, para economizar tempo, mas Olivia adorava ir ao supermercado de vez em quando) e ficou pensando em A.

Por que uma pessoa, pensou Laura, entraria em contato com alguém por meio de um bilhete, em vez de puxar conversa? Por que uma pessoa faria um trabalho que parecia tão repetitivo por tanto tempo no mesmo lugar? Por que um homem tão bonito precisaria recorrer a bilhetes anônimos para chegar a uma desconhecida? Nada daquilo fazia sentido, e quanto mais Laura avaliava a situação, mais parecia necessária uma ação drástica. A coisa toda era muito intrigante, e já era difícil o bastante assimilar a ideia de se envolver com outro homem, ainda mais com um que se comportava de uma forma tão misteriosa. Talvez Rebecca estivesse certa. Talvez ela precisasse aproveitar o momento. Talvez precisasse arriscar mais: dar a ele algo de si mesma, mais do que apenas o último bilhete. Aquela situação claramente precisava de um empurrãozinho.

Ela logo decidiu o que fazer. Depois de uma rápida checada nos armários da cozinha, Laura preparou uma fornada de cookies com gotas de chocolate — uma das poucas guloseimas que fazia com frequência, graças ao gosto por doces que ela e Olivia compartilhavam, e tinha até decorado a receita — e arrumou vários ainda quentes em um recipiente plástico. Antes que tivesse tempo de mudar de ideia, Laura pegou o carro e voltou à Read the Room, ocupando a vaga que estava começando a pensar que era "sua" no estacionamento da livraria.

Ela ignorou o pequeno grupo de funcionários no balcão de atendimento e seguiu corajosamente em direção ao balcão de livros usados na lateral da loja, onde A estava sentado diante do computador. Ele levantou o olhar quando ela se aproximou, claramente surpreso ao ver alguém carregando não uma pilha de livros, mas um pote cheio de cookies.

— Oi — cumprimentou Laura, respirando fundo e pousando o recipiente com os cookies no balcão. — São pra você.

Ele piscou algumas vezes, surpreso — como era de se esperar, supôs Laura. As pessoas costumavam deixar livros usados e desgastados naquele balcão, não guloseimas caseiras fresquinhas, entregues com um ar de ousadia.

— Hum, obrigado — disse ele.

Laura esperou por aquele momento glorioso de compreensão que acontece na cena final de uma comédia romântica, quando duas pessoas que estavam separadas pelas circunstâncias finalmente se encontram, a música aumenta e a iluminação de repente parece mágica. Não foi o que aconteceu. Nada disso aconteceu. Eles apenas se viram em um silêncio constrangedor. O cara olhou para ela, parecendo esperar que alguém, qualquer um, aparecesse e o salvasse daquela situação.

— Só achei que você poderia gostar — disse Laura, hesitante.

— Parecem deliciosos — observou ele, desviando os olhos para os cookies como se fosse um alívio bem-vindo não ter que olhar para ela. — Uau. Que gentil da sua parte. Obrigado mais uma vez.

Aquilo tinha sido constrangedor demais e claramente um grande erro.

— Tá bom — disse Laura, subitamente desejando estar em qualquer outro lugar, menos naquela livraria. — Até logo. Tchau.

— Tá certo. Tchau — respondeu o cara, claramente nervoso. — Obrigado. De novo.

Laura se virou e saiu rapidamente da loja. De volta ao carro, que ainda cheirava levemente a chocolate quente e nozes, ela apoiou a testa nas mãos, exalou e pegou o celular na bolsa.

— Oi — disse Rebecca. — Acabei de sair de uma reunião. O que houve? Você deixou o bilhete?

— Deixei — respondeu Laura. — Mas acho que estraguei tudo! Por que sou tão idiota?

— Você não é idiota — retrucou Rebecca calmamente. — O que aconteceu?

— Então, achei que era hora de dar mais um passo, então fiz cookies de chocolate... sabe aqueles que a Livvy adora...? e levei pra ele na livraria. Mas foi um grande, grandessíssimo erro. Ele me olhou como se eu fosse só uma cliente esquisita. Ou uma stalker maluca.

— Nossa, uau. Achei que você quisesse respeitar o tal do ritmo lento.

— Bem, eu queria — respondeu Laura, irritada consigo mesma e com a reação de Rebecca. — Mas aí não quis mais. Acho que quis acelerar as coisas.

— Erro de principiante — comentou Rebecca, em tom tranquilizador. — Foi ele que começou essa história, então ele tem o direito definir o ritmo. Você se precipitou e deixou o cara nervoso e arredio. Ele estava seguindo um plano, e acho que você o deixou um pouco desnorteado.

Laura não tinha levado aquilo em consideração. A expressão no rosto dele atrás do balcão de livros usados era de desinteresse, ou seria de consternação porque as coisas não estavam ocorrendo de acordo com o planejado? Poderia ser a segunda opção?

— Meu Deus do céu — disse Laura. — Sou péssima nisso. Perdi a prática. Talvez esses bilhetes nem fossem pra mim. Talvez essa história toda seja pura imaginação minha. Por que você me deixou fazer isso? É tão constrangedor!

— Espere aí. Vai com calma. — Rebecca era sempre tão positiva que era reconfortante. — Você é sempre muito dura com você mesma, Laura.

Essa história não é imaginação sua, e aquele cara, seja ele quem for, teria *muita* sorte de ter você. Além disso, seus cookies são maravilhosos, ele vai amar e, quando esse homem reorganizar as ideias, acho que esse vai acabar se mostrando um movimento acertado.

— Tudo bem. Se você acha… No momento, eu tô sentada no estacionamento da livraria, furiosa. Seria esquisito demais começar a gritar no carro?

— Seria, sim. Vai pra casa! — ordenou Rebecca. — E relaxa. Hoje é seu dia de folga. Tenho outra reunião e preciso ir agora. Te amo!

— Também te amo — disse Laura, e encerrou a ligação.

Ela se perguntou, então, não pela primeira vez, como as pessoas sem amigos conseguiam lidar com as questões do dia a dia.

25

Westley

Os cookies não eram o problema. Estavam deliciosos: doces e macios, com pedacinhos derretidos de chocolate e um toque suave de baunilha. Só era estranho que uma mulher aleatória de quem ele nem sabia o nome tivesse entregado os cookies para ele — e, então, ficara parada ali como se esperasse alguma coisa de Westley. Aquela não era de forma alguma uma situação nova: durante sua breve passagem pela faculdade, sempre apareciam garotas na porta do seu dormitório para lhe presentear com comida, flores ou ingressos para shows. Na semana anterior mesmo, uma amiga da Cory tinha levado um bolo para ele em casa, alegando que não poderia comer por causa de alguma alergia alimentar. Depois, a tal amiga tinha ficado um bom tempo por lá tentando puxar assunto e sorrindo muito, até que Westley fingiu que precisava sair para trabalhar. Mas aquilo nunca tinha acontecido dentro da livraria, e com certeza não vindo de uma completa desconhecida.

Bom, tecnicamente não era uma "desconhecida". Westley já a vira na loja antes com a filhinha — ela tinha o cabelo cacheado e um jeito sóbrio e elegante de se vestir. Ele se lembrava de tê-las visto outro dia e de ter falado brevemente com a menina, que era fofinha, saltitante e parecia bem à vontade conversando com adultos. Westley tinha reparado na mulher da mesma forma que reparava em todos os clientes de sempre: registrando vagamente sua presença, mas nada mais. (Julia encorajava a equipe da Read the Room a prestar atenção nos clientes e ser especialmente atenciosa com os mais habituais — Alejandra, em particular, era boa em lembrar os nomes de quem aparecia com frequência.) Quem sabe aquela mulher o tivesse confundido com outra pessoa? Será que o gesto era um convite para sair? Era assim que algumas mulheres convidavam os homens para um encontro? Ele queria mesmo sair com uma desconhecida que tomava atitudes aleatórias envolvendo cookies? Será que precisava devolver o pote de plástico? Parecia coisa demais para a sua cabeça.

Raven passou empurrando um carrinho com livros novos e parou em frente a ele.

— Isso parece bom — comentou, reparando nos cookies. — Posso pegar um?

— Claro, fique à vontade — respondeu Westley. — Hum… você não viu a mulher que trouxe isso, viu? Uma de cabelo cacheado, bem-vestida?

— Não. Por quê? Quem é?

Raven pareceu imediatamente desconfiada, a expressão de repente alerta. sempre ficava um pouco amuada quando não era imediatamente informada de acontecimentos fora do comum na livraria. Westley percebeu tarde demais que tinha sido um erro trazer o assunto à tona com Raven, que naquele dia estava usando uma camiseta com um verso da Emily Dickinson — "Conta toda a verdade, mas de viés" — por baixo de um cardigã feito à mão em vários tons de cinza. Os botões pareciam espaçados de forma irregular, mas talvez fosse proposital.

— Ninguém especial — respondeu ele. — Uma amiga.

Raven ergueu uma das sobrancelhas.

— Uma amiga que você não sabe nem o nome?

Aquela conversa, como tantas conversas travadas com Raven, não estava seguindo um bom rumo.

— A gente se conheceu no set de filmagem — mentiu Westley. — Não consigo lembrar o nome dela.

Raven deu uma mordida no cookie e mastigou.

— Diz pra sua amiga do cinema que os cookies dela são bem gostosos — disse ela. — Se conseguir se lembrar de quem é. — Ela saiu apressada, então, na direção da seção de ficção científica/fantasia, para alívio de Westley.

Para alguém que se orgulhava de manter as coisas descomplicadas, a vida de Westley parecia ter saído do controle. Ele ainda tinha mais alguns dias de filmagens, durante os quais Donna Wolfe continuaria dizendo "poste-se como o Kelly", o que não era exatamente uma orientação clara ou útil. A cada dia Westley ficava parado por mais tempo sob luzes quentes, com pessoas gritando com ele e enfiando pincéis de maquiagem no seu rosto, e nada daquilo era divertido. O trabalho no filme fez com que ele se atrasasse um pouco na organização dos livros, o que deixou Julia meio irritada. Ninguém se ofereceu para ajudá-lo, principalmente porque estavam todos ocupados acompanhando as fofocas da filmagem em sites locais e não queriam assumir nenhum trabalho extra. Aquilo parecia injusto: não era culpa de Westley que Donna tivesse insistido para que ele fosse a um salão de beleza, tão estiloso que chegava a ser intimidante, na Quinta Avenida, naquela mesma semana, para cortar o cabelo de um jeito que ficasse mais parecido com o de Kelly, o que o fez voltar do almoço atrasado e com um cheiro constrangedor de pomada cara para o cabelo. (As pessoas no salão de beleza, que tinham sido avisadas de que Westley estava chegando do set de filmagem, o cercaram como moscas, perguntando sobre Kelly Drake e oferecendo pedicures, tratamentos faciais e um tratamento capilar esquisito que ele nem entendeu direito do que se tratava. Westley tinha ficado muito ansioso para ir embora.) O dinheiro extra era bom, mas não o suficiente para justificar todo aquele incômodo.

E agora havia aquela situação dos cookies. A mulher de cabelo cacheado parecia legal, sem dúvida, e os cookies eram absurdamente gostosos. Talvez ele devesse convidá-la para tomar um café, da próxima vez que ela fosse até a livraria, e então perguntar o nome dela. Mas aí a estaria convidando para um café só por causa dos cookies? Talvez fosse hora de repensar a própria vida.

As gravações da noite estavam prestes a começar e o turno de Westley na livraria (em oposição ao que agora todos chamavam, irritantemente, de seu expediente como astro de cinema) estava quase acabando quando um jovem elegante se aproximou do balcão de livros usados. Westley tinha reparado nele trabalhando no set e os dois haviam trocado algumas palavras outro dia daqueles. Ele achou que o homem fazia parte do elenco do filme, por conta da maneira teatral como se movia e de suas roupas muito dramáticas, que Westley não era capaz de descrever, mas que, se fosse, provavelmente teria usado a palavra "ondulante" muitas vezes.

— Oi — disse o homem, em uma entonação tão pronunciada quanto o arco de suas sobrancelhas. — Ainda não fomos apresentados. Sou o Sydney. Você teria um minutinho pra gente conversar?

Aquilo pegou Westley de surpresa.

— Hum… tá certo, oi — falou. — Sou o Westley. Você tá trabalhando no filme, né?

— É, pode-se dizer que sim. Mas quero falar sobre outra coisa. Você se importa se eu falar francamente?

Westley não parecia ter muita escolha.

— Não, acho que não…

— Fabuloso — disse Sydney. — Então, basicamente, resumindo em um tuíte: você é hétero e solteiro, certo?

Ai, meu Deus, pensou Westley, Raven tinha andado fofocando de novo. Embora ele só tivesse entendido metade da frase, não podia negar a parte cujo sentido era claro.

— Hum… sim, isso mesmo.

— Esplêndido. Então, eu tenho uma colega que é um sonho e está sozinha, e acho que ia adorar conhecer alguém como você. O que acha? Quer dizer, eu nunca faço esse tipo de coisa, mas acho que vocês dois seriam… — Sydney uniu as pontas dos dedos e os abriu no ar, simulando um "beijo do chef" com as mãos.

Tudo naquela situação parecia arriscado demais para Westley, que não acreditava nem por um segundo que Sydney nunca fazia aquele tipo de coisa. Ele parecia aquelas pessoas que adoravam rearrumar a vida dos outros. Dizer sim para as coisas era muito bom, mas não tinha sido assim tão bom para ele nos últimos tempos.

— Isso é muito legal da sua parte — respondeu em um tom educado. — Mas não estou procurando ninguém no momento. Ainda assim, obrigado.

— Sério? — disse Sydney, surpreso. — Tô te dizendo, ela é um ótimo partido. Parece meio que a irmã mais velha da J-Law. E é legal demais. Vai deixar essa chance passar?

Qual delas era a J-Law?, perguntou-se Westley por um instante. Jennifer Lopez? A irmã mais velha dela não seria velha demais para ele? De qualquer forma, precisava acabar com aquela situação, e rápido.

— Acho que vou passar — respondeu Westley com firmeza. — Obrigado pela oferta.

— Então isso é um não definitivo?

— É, sim. Sinto muito.

Sydney deu de ombros.

— Bem, você é quem sai perdendo. Enfim, foi bom conversar com você, e acho que a gente se vê por aí. Se mudar de ideia, pode me encontrar nas araras do figurino. Tchauzinho.

Ele deu as costas e se afastou em passos graciosos, deixando um Westley perplexo a observá-lo.

26

April

Muito antes de todo o drama dos bilhetes começar, April tinha adquirido o hábito de se presentear com um livro novo no final de um dia de trabalho especialmente cheio. Havia algo estranho em passar o dia lidando com coisas efêmeras — as casas eram reais, claro, mas enquanto estava sentada em seu apartamento, era fácil pensar em cada elemento de seu trabalho como uma criação imaginária, em que as fotos das coisas ocupavam o lugar das coisas reais, das pessoas. Caminhar até a livraria fazia com que ela se livrasse daqueles pensamentos, e o ritual de examinar cuidadosamente as bancadas onde estavam empilhados os lançamentos e segurar um livro novo na mão parecia real e a trazia de volta à realidade: um objeto físico, agora dela, que guardava seu próprio mundo. E naquele momento, é claro, havia um segundo motivo para ir à livraria. April tinha desistido de se conter para não dar uma passada lá todos os dias. Era melhor simplesmente pensar na loja como um escritório-satélite, que exigia a sua presença frequente.

Naquele dia, uma mulher com um cardigã cinza estranhamente largo estava parada junto à porta. O agasalho parecia, como tantas outras peças que April tinha encontrado em brechós e tentado tornar suas, não ter intimidade com a pessoa que o vestia. April a reconheceu como uma das funcionárias da Read the Room, que a cumprimentou com uma expressão estressada e uma voz perigosamente próxima de um rosnado.

— Só quero avisar que vamos fechar mais cedo hoje, daqui a mais ou menos dez minutos — avisou a mulher. — Estão filmando um longa-metragem aqui. Desculpa o inconveniente.

— Tudo bem — disse April —, não vou demorar.

Ela entrou caminhando tranquilamente, fingindo estar dando só uma olhadinha, e seguiu até a seção de jovens adultos. Bastou uma rápida checagem no volume do meio de *Jogos vorazes* para logo encontrar um pedaço dobrado de papel amarelo-claro, que logo colocou no bolso, olhando ao redor furtivamente para ter certeza de que ninguém tinha ouvido seu pequeno suspiro de alegria. L, qualquer que fosse seu nome, não estava atrás do balcão habitual, então April passou um tempo na seção de ficção de mistério/crime escolhendo dois livros de bolso com base no design elegante da capa e nas frases de abertura intrigantes. A expectativa, por saber que o bilhete estava lá, mas não o que estava escrito, era deliciosa, e April permaneceu mais um pouco na livraria depois de finalizar a compra, observando pessoas vestidas de preto passando habilmente cabos de extensão pelos corredores.

— Qual é o nome do filme? — perguntou, só para puxar assunto.

— *Consciência na prateleira* — respondeu a mulher de cardigã, tirando um fiapo da manga volumosa. — É uma comédia de humor ácido surreal, ou pelo menos foi o que a diretora disse.

— As filmagens vão levar mais muito tempo?

— Só mais alguns dias, mas já passou da hora. Atrapalha muito. — A mulher baixou a voz, assumindo um tom confidencial, e olhou ao redor como se alguém pudesse estar ouvindo, embora April não visse ninguém por perto. — A gente não tinha se dado conta da perturbação que seria — disse ela, como se revelasse um segredo.

— Imaginei que seria divertido ter uma filmagem no local de trabalho — comentou April, querendo manter a conversa e se sentindo agradavelmente confiante: afinal, um cara gatinho da livraria estava se correspondendo com ela, que se sentia estranhamente radiante, como se estivesse sob os holofotes. — Eu trabalho sozinha em casa e é bem chato. Alguém da livraria vai aparecer no filme?

A mulher riu, mas o riso tinha um toque de amargura.

— A maioria, não. Mas nosso coordenador de livros usados foi convidado a aparecer… ele é muito bonito. — Ela ergueu as sobrancelhas, aparentemente para enfatizar a enorme beleza. — E agora ele está substituindo temporariamente o ator principal, Kelly Drake, que teve que ir gravar um comercial sei lá onde. É tudo muito inconveniente.

Ora, aquilo era interessante.

— O carinha que se senta ali? — perguntou April, e apontou para o balcão agora vazio, com cartões-postais e pedaços aleatórios de papel pregados ao redor.

— Isso. Ele deveria estar trabalhando agora, mas está se maquiando.

O tom da mulher deixava bem claro o que ela pensava de tudo aquilo. Outra cliente se aproximou do balcão com uma pilha de livros infantis, e a mulher de suéter de repente se tornou muito eficiente. Antes que pudesse perguntar qual era o nome do cara bonito, April foi rapidamente dispensada com um "tenha uma ótima noite".

Então L agora seria uma estrela de cinema? E ainda tinha tempo para deixar bilhetes em livros? Aquilo parecia promissor. April voltou a passos rápidos para casa, aproveitando a noite quente de verão e apreciando a maneira como todos na vizinhança pareciam estar ao ar livre, aproveitando o sol, como se o inverno chuvoso nunca tivesse acontecido. Ela poderia, é claro, ter lido o bilhete na Read the Room, ou no estacionamento, mas aparentemente fazia parte do jogo permitir que as coisas seguissem seu curso, deixar que aquele pedaço de papel cintilasse em seu bolso e tornasse seus passos mais leves. Já no apartamento, ela exalou feliz e finalmente cedeu à vontade de ler a correspondência.

Olá de novo, A!

Eu também gosto de mistérios, especialmente do tipo em que nada terrível demais acontece e as pessoas tomam muito chá. Ontem passei muito tempo tentando decifrar um barulho estranho vindo da rua. Achei que poderia ser um crime, mas, na verdade, meu vizinho estava dando banho no cachorro. Não chega a ser exatamente um mistério, mas gostei de tentar solucioná-lo.

Realmente adoro o meu trabalho, mas tenho a impressão de que o seu é meio parecido: escolher coisas que as pessoas podem vir a amar, excluir o que elas talvez não curtam, ajudá-las a achar o que realmente querem. Talvez a gente pudesse se encontrar para um café e conversar mais, o que acha? Quarta ou quinta da semana que vem, depois das quatro da tarde, fica bom para mim, e conheço um café legal, não muito longe da livraria, com o ambiente perfeito para ter sido palco de um crime discreto. Seria tão bom conversar pessoalmente. Por favor, me avise se um desses dias funciona para você. Vou aguardar com muita ansiedade pela resposta, misteriosamente.

L

A letra de L era bonita e precisa, e o bilhete tinha um tom cuidadoso, como se o texto tivesse sido meticulosamente planejado. Aquilo fazia sentido para um homem que mantinha o balcão de trabalho tão arrumado e empilhava os livros tão alinhados. Mas como ele sabia sobre o trabalho de April? Será que ficava observando quando ela estava sentada no café da Read the Room com o notebook? Talvez tivesse ouvido April falando com alguém sobre trabalho? De qualquer forma, aquela era obviamente a parte menos interessante: o importante era que ele queria se encontrar com ela. E logo.

27

Laura

Graças à sabedoria de Rebecca, Laura tinha aprendido uma lição: quem inicia o jogo define o ritmo. Portanto, seria paciente. Afinal, já estava esperando havia muito tempo e poderia esperar um pouco mais. Naquele momento, sentada em uma cadeira de tamanho infantil na sala de aula da turma de Olivia, esperando a "cerimônia de formatura" do segundo ano começar, ela se sentia determinada. A, que ela tinha visto bem de perto quando fora entregar os cookies, era mesmo lindo e parecia um cara legal — certamente valia a pena esperar, por mais que demorasse.

Era estranho sentir interesse por alguém, depois de tantos anos. Muito tempo antes, Laura conquistara Sam com um grande gesto. Não tinham sido cookies, mas ela havia aparecido de surpresa no apartamento dele com hambúrgueres de fast-food depois de ouvi-lo dizer, na festa em que se conheceram, que ele tinha uma fraqueza por "quarteirões com queijo". O carro dela tinha ficado com cheiro de gordura por muito tempo, mas tinha valido a pena. Naquele momento, Laura temia que a lembrança de Sam estivesse se esvaindo aos poucos, que, depois de cinco anos, ela estivesse esquecendo os pequenos detalhes que o fizeram ser quem ele era.

Não havia muito tempo, ela precisara de uma longa pausa para lembrar o nome do cachorro que Sam tivera na infância — Olivia tinha perguntado, porque queria batizar um bichinho de pelúcia em homenagem ao cachorro do pai. Laura acabou se lembrando — Tony, em homenagem a um carteiro querido do bairro —, mas a hesitação a deixara preocupada. Ela queria seguir em frente, mas ainda manter Sam consigo, como uma presença silenciosa em sua vida. Talvez fosse pedir demais, mas o próximo homem em sua vida provavelmente teria que compreender que havia um lugar no coração dela que sempre pertenceria a Sam. O cara da livraria, que tinha olhos gentis, talvez fosse capaz disso. Laura piscou várias vezes. Àquela altura já não chorava simplesmente por pensar em Sam, mas não podia confiar plenamente em seu autocontrole.

Olivia estava sentada na frente da sala de aula, com os colegas de conclusão do segundo ano, todos vestidos com suas melhores roupas e se remexendo em suas cadeirinhas cuidadosamente arrumadas lado a lado. Parecia estranho (embora fofo) para Laura que uma escola pública fizesse formatura para alunos do segundo ano. E era profundamente irritante que aquilo acontecesse em um dia de semana, em horário comercial, quando muitos pais e mães não podiam comparecer por causa do trabalho e Laura precisara pedir um intervalo extra longo para o almoço, mas era muito bonitinho ver as crianças tão orgulhosas e animadas. Olivia estava sentada ao lado do melhor amigo, Hayden, que era vizinho delas e que pela primeira vez parecia não estar falando sem parar. Laura uma vez tinha perguntado a Olivia se a tagarelice constante de Hayden a incomodava.

— Eu gosto de ouvir o Hayden falando. Me deixa feliz — tinha respondido Olivia.

Aquilo parecia uma definição tão perfeita de amizade que Laura tinha ficado com os olhos marejados… e precisara fingir que estava com um cisco no olho.

A professora de Olivia, a sra. Beans — cujo nome verdadeiro era sra. Orleans, mas um aluno anos antes tinha inventado o apelido, que pegara — estava de pé na frente da sala, acenando com as mãos e parecendo carinhosa e agitada, como costumam ser os professores das turmas infantis.

— Zip, zip, zá! — cantarolou ela.

— A boquinha eu vou fechar! — responderam as crianças, com entusiasmo ritmado, se acalmando na mesma hora e se concentrando na professora.

Era um bom truque, que Laura guardou para tentar em casa. Os pais que estavam conversando, espremidos nas cadeiras pequenas ou em grupos no fundo da sala, também fizeram silêncio na mesma hora, se lembrando da disciplina da sua própria época do ensino fundamental.

— Boa tarde — disse a sra. Beans — e obrigada a todos por terem vindo à nossa formatura do segundo ano. As alunas e alunos se esforçaram muito este ano e aprenderam muitas coisas: o Sistema Solar, frações e como usar o dicionário, para citar apenas alguns exemplos. Estou orgulhosa de cada um deles e desejo a todos muito sucesso no terceiro ano, que começa no outono.

Todos aplaudiram educadamente. Ashley — que estava lá para levar Olivia de volta para casa, pois as crianças seriam liberadas mais cedo e Laura precisava voltar ao trabalho —, cutucou a chefe.

— As crianças não deveriam estar usando capelos e becas? — sussurrou, rindo.

— Tô achando muito fofos assim — sussurrou Laura de volta.

Ela sentia pena dos pais que não tinham podido comparecer — aquele tipo de evento, reunindo um grupo tão adorável de crianças pequenas e bem-vestidas, parecia um grande motivo para se ter um filho.

— Agora os alunos vão cantar duas músicas que ensaiamos, e depois vamos servir ponche e bolo. Há uma opção sem glúten disponível — anunciou a sra. Beans.

Ela clicou no mouse do computador que havia ao lado e soaram algumas notas musicais, que Laura reconheceu imediatamente das inúmeras vezes em que ela e Olivia tinham assistido a *Frozen* em casa. (Laura com frequência lamentava o dia em que Olivia tinha aprendido a abrir sozinha a conta do streaming do Disney+.) As crianças começaram a cantar sobre as montanhas cintilantes um pouco descompassadas com a melodia, como se estivessem ligeiramente perdidas na neve. Mas todas se uniram com determinação no refrão, gritando as notas agudas em "LIVRE ESTOOOOU!" com força o bastante para despertar alguns avós que cochilavam e fazer com que um irmãozinho começasse a chorar.

Laura assistiu encantada enquanto a filha se entregava à música, se lembrando de cada palavra da letra (mesmo que não necessariamente na ordem certa), enquanto olhava com uma expressão angelical para o céu, como se estivesse cantando para o pai. Ela parecia mais velha do que na véspera. Às vezes Laura achava que conseguia ver Olivia crescendo, deixando seu eu menorzinho para trás. Ser mãe, pensava ela de vez em quando, era dizer adeus vezes sem conta, e dizer olá para as muitas pessoas que os filhos se tornariam. Naquele dia, Olivia estava usando uma roupa que ela mesma havia escolhido: um vestido azul-marinho de cintura baixa que a própria Laura adoraria usar se o encontrasse em tamanho adulto — a filha parecia estranhamente crescida naquela roupa, ou tão crescida quanto uma criança de sete anos com um dente da frente faltando poderia parecer. Laura sentia falta da filha bebê, mas a cada dia parecia se reapaixonar pela nova pessoa que Olivia estava se tornando.

Assistir às crianças cantando poderia ser considerado um momento emocionante, se não fosse pelo fato de que cada aluno parecia estar cantando em um tom diferente, e alguns deles pareciam haver criado uma coreografia especial para a apresentação, acenando com as mãos e balançando os quadris não necessariamente no ritmo. As crianças terminaram de forma grandiosa e com um enorme e colorido buquê de notas finais totalmente desencontradas. E então os pais explodiram em aplausos.

— Obrigada — agradeceu a sra. Beans, esperando pacientemente que os aplausos rareassem. — E nossa apresentação final é do musical *Annie*. — Ela clicou novamente no computador.

Laura conhecia aquela música, "Talvez", porque também assistira ao filme algumas vezes com Olivia. Era uma melodia triste e doce cantada por uma órfã à espera de que os pais verdadeiros aparecessem magicamente algum dia para buscá-la. Enquanto as crianças cantavam com suas vozinhas estridentes, que soavam sérias e melancólicas, o clima na sala mudou: os pais, muitos dos quais estavam checando os celulares e parecendo estressados, subitamente ficaram extasiados e atentos.

Alguém fungou, depois mais um, e logo vários pais estavam chorando abertamente. No verso final, que implorava aos pais para irem buscar seus bebês, todo o decoro da plateia foi abandonado, já que vários pais, cativados pela cena, se adiantaram para reivindicar e abraçar seus filhos, chorando agarrados a eles. Laura, que também fungava um pouquinho, se divertiu com a cena.

O pai que estava ao lado dela, sentado sozinho e usando um sobretudo azul-marinho muito bonito (Laura não pôde deixar de notar), pigarreou um pouco alto demais, esfregando os olhos. Laura sorriu para ele e ofereceu um pacote de lenços de papel que pegou na bolsa.

— Alergia? — brincou ela.

— Claro — respondeu o pai, pegando um lenço e enxugando discretamente os olhos. — Qual dessas é a sua?

— A minha filha é aquela ali, de vestido azul — respondeu Laura, apontando para Olivia, que estava rindo com um grupo de colegas. — E a sua?

— A Harper está bem ao lado dela. A de gorro roxo. Ela *sempre* usa esse gorro.

Laura conhecia bem aquela dinâmica — lembrava-se de um longo período em que uma Olivia de quatro anos implorava para usar a mesma saia vermelha de babados todos os dias, mesmo depois que o cós elástico arrebentou e Laura teve que encontrar um par de suspensórios bem pequenos na internet.

— Ah, isso é muito fofo — disse ela. — A minha filha se chama Olivia. Me chamo Laura.

— Nathan. Prazer.

Harper viu o pai e se aproximou correndo, gritando de alegria.

— Papai! Você me ouviu cantar?

— Ouvi! — respondeu Nathan, erguendo a filha no colo com facilidade. — Você estava maravilhosa! Quer pegar um pedaço de bolo? — Ele acenou com a cabeça para Laura. — Obrigado mais uma vez pelo lenço… pra minha, hum… crise alérgica. Posso trazer um pedaço de bolo pra você?

— Não precisa não, muito obrigada — disse Laura, que fingia para si mesma que não gostava de bolo de supermercado. — Foi um prazer conhecer vocês!

Ela se despediu dele com um aceno de mão e se virou para Ashley. Embora a babá tivesse reclamado da mudança de horário, parecia estar se divertindo e ficou observando com atenção a conversa entre Laura e Nathan.

— Isso faz você pensar no Sam? — perguntou Ashley. — Tipo, os eventos da escola e ver outros pais e tal.

Embora Laura nunca tivesse feito qualquer confidência à moça, porque achava que era melhor manter um relacionamento empregadora-empregada estritamente formal, Ashley conhecia a história — tinha visto a foto de Sam e ouvido muitas vezes Olivia tagarelando sobre o pai que não tinha conhecido. A babá nunca havia feito perguntas antes, mas a verdade era que raramente as duas se viam sentadas lado a lado sem estarem ocupadas com Olivia (que no momento tinha se juntado alegremente à fila do bolo, mal notando a presença da mãe e da babá).

Laura sorriu. Depois de cinco anos tendo ouvido muitas perguntas bem-intencionadas como aquela, não era mais tão doloroso falar a respeito, apenas meio melancólico.

— Um pouco — respondeu. — Ele realmente teria adorado isso aqui. O Sam cantava bastante para a Olivia quando ela era bebê.

— Você acha que vai namorar de novo algum dia? — perguntou Ashley sem rodeios. — Talvez dar um padrasto pra Livvy?

E lá se ia a preocupação em manter uma relação estritamente empregatícia com Ashley.

— Talvez? Com certeza? Algum dia? Não sei — disse Laura. — Já faz muito tempo. — Sem saber com que motivação, se eram as crianças fofas, a emoção do momento, a perspectiva de comer bolo, ou a canção de *Frozen*, ela deixou escapar: — Mas tem alguém em quem estou de olho, sim. Ele trabalha naquela livraria onde você às vezes leva a Olivia pra ouvir contação de história, a Read the Room.

— Ai, meu Deus — disse Ashley, os olhos arregalados de empolgação. — Isso é tão incrível, Laura! Amei! Vocês já saíram juntos? Qual é o nome dele? Como ele é?

Laura não esperava perguntas, mas ficou comovida com a animação de Ashley. E a verdade era que tinha gostado de falar do assunto.

— Não sei o nome dele — admitiu. — A gente ainda não saiu, e eu realmente não sei nada sobre ele, a não ser que trabalha na livraria. Mas tem alguma coisa acontecendo entre nós. É meio difícil de explicar.

Ashley parecia esperar com prazer alguma explicação, mas uma Olivia feliz correu até elas, segurando um prato de papel com um pedaço de bolo enorme.

— Você consegue mesmo comer isso tudo? — perguntou Laura à filha.

— Consigo! — respondeu Olivia, indignada. — Eu não sou intolerante a bolo.

Diante da explosão de risadas de Laura, Ashley olhou atentamente para ela, parecendo cheia de perguntas por fazer.

28

Westley

Era bom estar em casa, pensou Westley, agora que o trabalho estava uma confusão completa. Ali, ninguém gritava com ele nem era arrogante. As pessoas com quem dividia a casa, Cory e Jillian, não esperavam nada além de que ele pagasse sua parte do aluguel em dia e não deixasse a cozinha ou o banheiro bagunçados, e não fizeram muitas perguntas sobre o filme, porque ele ainda não havia comentado nada. Westley se perguntou se eles não acabariam lendo alguma coisa a respeito em algum site de notícias local, mas, felizmente, ambos pareciam alheios ao assunto do filme, mais preocupados em trabalhar em seus vários empregos. Cory era músico de teatro e também fazia entrega por aplicativos; Jillian era cabeleireira e ocasionalmente motorista de transporte por aplicativo, o que a ajudava a guardar dinheiro para tentar realizar seu sonho de abrir um salão exclusivamente voltado para tintura de cabelo em cores primárias.

Naquela noite de sábado, em que felizmente não precisavam dele nas filmagens, os dois estavam fora, e Westley tinha a casa só para si — um prazer raro que ele aproveitou ao máximo, levando o notebook para a sala de estar. Embora a casa compartilhada o atendesse perfeitamente, Westley com frequência se dava conta de que faltava o tipo de aconchego caprichado que ele via quando eventualmente visitava a casa de um colega de trabalho que o convidava para uma festa ou para assistir a um filme sobre pessoas na faixa dos trinta anos com problemas existenciais. A casa dele não tinha nada pendurado nas paredes, nenhum objeto de decoração à vista, só móveis bege muito funcionais e baratos — a maioria deles, inclusive, tinha sido deixada pelo inquilino anterior — e pouca coisa além disso. Era como se fosse uma casa provisória, como o papel que ele estava desempenhando no filme, sendo a substituta até que a verdadeira casa aparecesse. Seja lá como fosse.

Ele se acomodou com uma cerveja no sofá gasto estilo futon e checou a caixa de entrada do e-mail. Fazia alguns dias desde que recebera a resposta de Duke Munro, e aquela mensagem não saíra de sua mente — Munro parecia uma pessoa totalmente autoconfiante. Westley não conseguiu encontrar nenhum dos dois livros anteriores de Munro: *Se uma árvore cai* e *Fogos de amor* não pareciam existir em nenhum dos sistemas de busca para livros usados nem no site da biblioteca pública, portanto, tinham que ter sido autopublicados. Westley digitou uma resposta.

DE: westleybooks@freemail.com
PARA: dukemunro@hotmail.com
RE: Seu romance

Olá, sr. Munro, e muito obrigado por me responder. Como mencionei antes, trabalho em uma livraria pequena e realmente gostei muito de *Estruturas abaladas*. Para ser sincero, não entendo por que está fora de catálogo. Parece um livro que teria um grande público, principalmente aqui na região noroeste. Posso perguntar se ainda mora nesta área? E se por acaso está trabalhando em um novo livro?

Atenciosamente,
Westley

Sem pensar muito, clicou em "Enviar" e pronto. Duke Munro com certeza devia estar tendo uma noite mais interessante do que Westley — talvez estivesse reunido com amigos em algum pub rústico, erguendo uma caneca de cerveja e contando histórias da sua juventude, enquanto homens de camisa xadrez se juntavam ao seu redor. Westley não gostava de contar histórias da própria juventude, pois normalmente envolviam pessoas fazendo alarde por causa da aparência dele. Como precisava de algo para fazer, abriu a Netflix e descobriu que o último filme de Donna Wolfe, *Doze para jantar*, estava disponível no streaming. Ele já tinha assistido ao filme alguns anos antes, na época do lançamento, e não tinha gostado muito, mas pareceu sensato assistir de novo — principalmente para observar os atores com bastante atenção e tentar entender exatamente o que Donna queria. Embora Westley soubesse que Donna e a equipe de filmagem não esperavam que ele atuasse — afinal, era apenas um substituto —, talvez estudar o filme pudesse lhe dar alguma ideia de como fazer com que todos gritassem um pouco menos com ele.

Duas horas e uma segunda cerveja depois, Westley tinha a impressão de que não tinha aprendido muita coisa. O filme era como alguns romances pós-modernos que já havia tentado ler: parecia presumir muito conhecimento prévio de quem assistia e não tinha a intenção de ajudar a preencher as lacunas — era o tipo de obra que ele via ou lia sentindo-se sempre um pouco confuso. E o tom e o enredo não faziam sentido para Westley: era para ser engraçado? Os anfitriões da festa eram vampiros ou canibais? Fazia alguma diferença? O que acontecia com os convidados que não eram mordidos... eles simplesmente pegavam a quentinha com as sobras e iam para casa? Todo aquele sangue, apresentado na forma de molho, era sagaz ou só nojento mesmo? As pessoas realmente entendiam aquele filme ou apenas fingiam que entendiam só para parecerem descoladas? (Westley apostava na última opção.)

Ele observou cuidadosamente o ator principal — chamado Edwin Landers, cujo currículo no IMDb mostrava principalmente filmes ambientados em distopias deprimentes —, mas aprendeu pouco. Landers parecia ter um jeito muito discreto de interagir com a câmera: mostrava-se totalmente à vontade com ela, totalmente alheio à sua presença, mas, quando se assistia à performance, por algum motivo, o espectador gostava dele. Era como se não estivesse atuando, apenas sendo ele mesmo e a câmera o tivesse flagrado. Nem todo ator era capaz de fazer aquilo na tela — alguns pareciam afetados demais, excessivamente autoconscientes —, mas Landers tinha uma desenvoltura que chamava a atenção. Talvez aquele fosse o truque da atuação: não atuar. Parecia uma conclusão esquisita, e Westley estava meditando a respeito ao mesmo tempo que avaliava a possibilidade de tomar outra cerveja (afinal, era fim de semana), quando uma chave girou na porta da frente e Cory entrou.

— Oi, Westley. Uau, na sala! Nunca vejo você por aqui.

Westley fechou rapidamente o notebook.

— Oi. É, só quis fazer alguma coisa diferente. Como foi o show?

Cory balançou a cabeça.

— Música do ABBA, cara. As pessoas adoram esse tipo de coisa. É um mistério pra mim.

Cory era baixista, além de alto e magro, como o instrumento que tocava. Embora preferisse tocar jazz, nos últimos tempos estava fazendo bico em uma orquestra de teatro para uma produção local de *Mamma mia*, que pagava bem, apesar de suas reclamações sobre a música. De vez em quando, Westley o ouvia cantarolando "Dancing Queen" na cozinha, mas parecia melhor para a harmonia da casa não comentar nada a respeito.

— Quer uma cerveja? — perguntou Westley. — Pode pegar uma das minhas e… se incomoda de me trazer outra?

— Claro. Valeu.

Cory voltou com duas cervejas para a sala, entregou uma a Westley e se jogou na poltrona desbotada perto da janela.

— Acho que a Jillian vai passar a noite com o namorado novo. E você? Não tem uma namorada nova? — Ele piscou.

Westley ficou envergonhado e jurou para si mesmo ensaiar futuramente suas falas — bem, sua única fala — fora de casa.

— Não, não tenho, não — respondeu. — Tenho andado ocupado com o trabalho.

— Você já trabalha naquela livraria há uma eternidade, né? — comentou Cory, e deu um gole na cerveja. — A essa altura, já não deveria ser o dono de lá? Você tá planejando continuar lá por mais um tempo?

— Não sei — respondeu Westley. — Gosto de lá, mas gostaria de ganhar um pouco mais algum dia. Só não sei o que eu poderia fazer. Gosto de estar perto dos livros. Parece a coisa certa pra mim.

Aquela era oficialmente a conversa mais longa que Westley e Cory já haviam tido — era raro que ambos passassem tanto tempo no mesmo cômodo. Embora se dessem bem, os dois pareciam viver vidas paralelas, que raramente se cruzavam.

— É — disse Cory —, seria legal ganhar o bastante para morar em um lugar só meu. Nada contra vocês... você e a Jillian são ótimos colegas de casa. Mas sempre achei que já estaria morando sozinho a essa altura. As coisas ficaram muito caras.

Era verdade. Não fazia muito tempo, Westley tinha dado uma olhada na internet em anúncios de kitnets e apartamentos de um quarto na área, achando que talvez fosse hora de se virar sozinho, e ficou horrorizado com os valores que encontrou. Ele se perguntou como os colegas conseguiam. Talvez todos também dividissem o aluguel ou recebessem ajuda dos pais, ou tivessem alguma fonte de renda independente. (Andrew em particular — com todos aqueles blazers! — parecia o tipo de pessoa que poderia ter algum apoio nesse sentido.) O pequeno pagamento adicional que Westley estava recebendo por aparecer no filme não era o suficiente para colocá-lo onde ele queria estar financeiramente: em um lugar só seu, em vez de dividindo uma casa temporária com semidesconhecidos. Parecia um sonho distante.

— Ei — disse Cory, estalando os dedos. — Acabei de me dar conta. Você tem o nome daquele personagem de *A princesa prometida*, né?

Julia

A melhor coisa que já encontrei em um livro foi um cartão de aniversário de casamento. Meio cafona, mas muito fofo, com a imagem de dois coelhos aninhados dentro de uma cartola e a mensagem "Mais um ano fazendo mágica juntos" impressa na parte de dentro. A pessoa que o enviou tinha escrito um texto empolgado em uma letra irregular, começando com "Eu te amo de todo o meu coração, meu bem" e assinando "Seu Sandro". Parecia apenas um pequeno recorte do relacionamento de alguém: brincalhão, carinhoso e fofo. Minha esposa, Nora, e eu trocamos cartões de vez em quando, mas somos um pouco mais reservadas em relação às nossas emoções. Ela sem dúvida é o meu "felizes para sempre", mesmo que eu não diga exatamente dessa maneira.

Eu provavelmente nunca deveria ter concordado com as filmagens na livraria. Foi um momento de fraqueza. Estava preocupada com as finanças — as despesas na loja aumentaram drasticamente, incluindo o aluguel, logo depois que dei o aumento anual a todos os funcionários (não sei como eles conseguem trabalhar em uma livraria nesta cidade cara, por isso tento ajudar da melhor forma possível). Eu estava entrando em pânico tentando arrumar uma forma de pagar as contas. Deveria saber que o universo geralmente provê, embora às vezes sob a forma de disfarces estranhos.

Semanas atrás, recebi um e-mail, no contato da livraria, de um avaliador de locações dizendo que as filmagens começariam muito em breve e que a Read the Room seria perfeita para umas poucas cenas. (Mais tarde, descobri que eles já tinham escolhido outra livraria local — a Book-Up, muito boa, por sinal, mas com uma seleção de livros não tão boa quanto a nossa, na minha opinião —, mas o negócio acabou não indo adiante quando um dos membros do casal de proprietários fugiu com o entregador da transportadora, e agora eles estão enfrentando, além do divórcio, um problema na cadeia de abastecimento de estoque.) Seja como for, achei que poderia ser divertido para a equipe e uma boa publicidade para a livraria, e o valor que ofereceram pagar por apenas algumas semanas de gravação seria o bastante para eu colocar em dia o pagamento das contas mais urgentes. E acreditei quando disseram que seriam apenas alguns dias e nada na loja seria movido de lugar.

Bem, agora sei que não devo acreditar nesse pessoal do cinema. Eles desarrumaram várias estantes, arranharam o piso de madeira com as câmeras e os trilhos, e até roubaram o Westley para substituir o ator principal. A Nora fica repetindo que eu preciso me acalmar, que tudo vai se resolver e que eu deveria tentar relaxar. Isso só me deixa mais estressada. Fico repetindo para mim mesma o valor que recebi, tentando lembrar por que estou fazendo isso. É uma bênção, disfarçada de um incômodo terrível.

Acho que sempre vi a livraria como o centro tranquilo da minha vida. Não que a Nora não seja o centro — estamos juntas há trinta anos, e o sorriso dela ainda faz eu me sentir jovem de novo —, mas sou uma pessoa que dá muita importância ao trabalho. Aquela pequena livraria, com as impressões de sobrecapas de livros penduradas nas paredes e as prateleiras abarrotadas, era o meu lugar favorito no mundo, e eu queria que estivesse sempre perfeita, para que todos que entrassem ali de repente se sentissem mais felizes, como se tudo estivesse em ordem e fizesse sentido.

Trabalho há muito tempo na Read the Room — comecei como livreira, mas sonhava em ser dona da loja algum dia, porque, além de Nora, nada fazia eu me sentir mais em casa. Comprei a loja há quinze anos graças a uma herança que meu avô deixou — a foto dele, por sinal, ainda está pendurada junto ao balcão de atendimento, e os clientes sempre perguntam se é o cara do Tudo em todo o lugar ao mesmo tempo *e ficam profundamente decepcionados quando digo que não —, e agradeço todos os dias por estar aqui.*

Recentemente, reparei que sou provavelmente cerca de duas décadas mais velha que todas as outras pessoas na Read the Room — tenho sessenta e um anos e aceitei meu cabelo grisalho há muito tempo. Isso realmente não me incomoda, a não ser quando tenho que me lembrar de não deixar mensagens de voz para funcionários com menos de trinta anos (por que eles são assim? As mães deles nunca ligam?), ou quando preciso que o Andrew ou a Alejandra me expliquem qual é a plataforma de mídia social mais recente, e em que ela é diferente de todas as outras. Muitas delas não parecem quase iguais? Mas tento me manter atualizada sobre essas coisas, para que a gente possa promover eventos na loja, e coloquei o Andrew no comando do "conteúdo". Autores costumam vir com frequência à livraria para fazer leituras dos seus livros — não temos muito espaço, mas reservamos um canto da loja para dispor algumas fileiras de cadeiras dobráveis.

Eu não soube o que dizer quando a assistente de direção do filme — nunca consigo lembrar o nome dela, mas é a que usa um chapéu pretensioso — veio me dizer que o Westley seria o substituto do Kelly Drake. Fiquei profundamente irritada por ela ter me comunicado, em vez de me perguntar. O Westley, claro, é um homem adulto, capaz de tomar suas próprias decisões, mas achei que minha aprovação seria necessária para que ele assumisse um papel tão significativo. A principal responsabilidade do Westley é com o trabalho dele aqui, e espero que ele saiba que estou ciente de que levou tempo demais no almoço outro dia para ir cortar o cabelo em um salão caro (e lamento dizer que ficou mesmo muito bom). Eu provavelmente deveria conversar com ele, mas espero ter passado a mensagem com um olhar intenso.

De qualquer maneira, continuo dizendo a mim mesma que tudo isso vale a pena, que vai ajudar a manter a livraria aberta por pelo menos mais um tempo. Era meu sonho ser dona dessa loja, e talvez um dia um dos livreiros a compre de mim. (Embora eu não saiba como qualquer um dos funcionários conseguiria pagaria por ela. Talvez o Andrew, depois que ele se tornar sócio de um escritório de advocacia.) Mas, enquanto isso, quero só manter as portas abertas e colocar livros nas mãos dos clientes, quero ver as crianças sorrindo quando entram e ficar atrás do balcão de atendimento vendo a loja cheia de leitores. A livraria não é muito lucrativa, mesmo em seus melhores momentos, mas não foi por isso que eu a comprei. Vale a pena lidar com toda essa bobagem de filme, se isso significa que vamos poder seguir em frente.

29

April

Ele queria se encontrar com ela. L estava sugerindo um encontro de verdade, em um café de verdade, na vida real. Aquilo significava que o plano de April, a princípio a coisa mais louca que ela já fizera na vida, realmente tinha funcionado: ela havia entrado em contato com uma pessoa, que estava dando continuidade àquela conversa, exatamente como ela desejara. Era tudo um pouco impressionante demais. Estranho... sempre que April estava na livraria e tentava chamar a atenção de L, ele não reagia (embora, é claro, não soubesse quem ela era). Mas tudo bem, a atração sem dúvida estava expressa no papel, e talvez a livraria tivesse regras sobre relacionamentos com clientes durante o expediente. Ou talvez ele fosse apenas tímido. De qualquer forma, aquele era um grande passo, e April levou um bom tempo compondo uma resposta que transmitisse o que ela considerava um tom apropriadamente alegre.

Oi, L!

Adorei a ideia do "Café para Crimes Discretos" — talvez alguém até já tenha ambientado um romance ali, ou um filme noir clássico. Imagino que tenha um leve cheiro de cigarro, mesmo que não seja mais permitido fumar em ambientes fechados há algum tempo. Então, sim, vamos! Por favor, me passe o nome do café e o endereço… e que tal na próxima quinta-feira, dia 6? Ou você pode sugerir outra data. O fim da tarde, na maioria dos dias, funciona bem para mim. Meu horário de trabalho é flexível e geralmente começo cedo. Já estou esperando com ansiedade a hora de compartilhar alguns mistérios — e talvez solucionar um ou dois. Vou levar um romance de Dashiell Hammett, só pra você saber que sou eu. Mal posso esperar.

A

Mas agora havia outro problema, que não era respondido pelas colunas de aconselhamento que April gostava de ler on-line: o que vestir para encontrar sua paixão epistolar em um café? Infelizmente, como April já trabalhava de casa havia algum tempo, seu guarda-roupa estava em um estado lamentável. No momento, era composto principalmente de leggings confortáveis e suéteres longos, esses últimos substituídos por camisas leves quando o tempo esquentava. Eram roupas absolutamente adequadas para trabalhar em um apartamento que ou era assolado por correntes de ar ou era muito abafado (os prédios de tijolinho antigos e fofos de Seattle, como April sabia muito bem, tendiam a não ter boa vedação das janelas, nem ar-condicionado), mas talvez ela precisasse de algo novo… nada extravagante, mas algo que desse a impressão de que ela havia se esforçado minimamente para se arrumar. April se olhou no espelho, vagamente insatisfeita. Ela estava bem e feliz com seu corte de cabelo, mas as roupas que usava de repente pareceram tão genéricas, tão tediosas, tão diferentes do que ela queria expressar… Até a Tangueira, com quem April havia falado no saguão outro dia mesmo, tinha um estilo pessoal marcante: vestidos escuros de cintura definida com saias fluidas, como se ela fosse um sinal de pontuação que tinha ganhado vida. Com certeza, uma mulher como April, que vinha descaradamente trocando correspondência clandestina com um belo estranho, deveria se vestir… bem, April não sabia exatamente como, mas certamente não da forma como estava o reflexo no espelho.

Comprar on-line era uma opção, mas o fator tempo era crucial e era sempre difícil captar a essência de uma peça de roupa através da tela do computador. A ideia de dar um pulo na loja de departamento no centro da cidade lhe pareceu divertida. Era algo que April não fazia havia anos, e ela nem sabia se seu cartão de crédito da Waterton's, que havia orgulhosamente contratado quando ainda era adolescente, estava válido, já que fazia muito tempo desde a última vez que o usara. Otimista e com uma ligeira sensação de estar saindo em uma aventura, April pegou um ônibus para o centro da cidade em uma tarde cinzenta de sábado, animada por ter um compromisso que merecia uma roupa nova. Ela se pegou sorrindo para os outros passageiros — em sua maioria idosos com carrinhos de feira — enquanto seu ônibus subia ladeiras e dobrava esquinas sacolejando. Talvez cada um deles também tivesse um segredo, uma história em que tinham ousado se arriscar.

Para April, a Waterton's sempre existira. Ela amava o lugar desde criança e se lembrava das idas à loja com a mãe, anos antes. Nesses passeios, as duas compravam roupas e almoçavam no restaurante do térreo, onde April sempre recebia permissão para tomar um sundae pequeno de sobremesa, com uma cereja no topo e servido em um recipiente prateado repleto de gotas cintilantes da condensação. Ela se lembrou da mãe, jovem e bonita, examinando um por um os vestidos de estilo "executiva" nas araras com uma expressão séria, um ligeiro vinco entre as sobrancelhas, escolhendo de vez em quando algum modelo para segurar junto ao corpo.

— O que você acha? — perguntava a April.

— Adorei — respondia April sempre, até se tornar adolescente e começar a fazer comentários sarcásticos. Naquele momento, os passeios à loja começaram a rarear.

Na época, tinha achado que nunca mais iria querer ir às compras com a mãe, mas agora se lembrava dos passeios com uma saudade profunda. Era engraçado como algo com o qual a gente não se importa em determinada época pode se tornar, com o passar dos anos, inesperadamente querido ao nosso coração.

Quando entrou na loja, April percebeu que o cheiro era o mesmo de sempre: perfume e sacolas de compras de papel estalando de novas; e que as prateleiras reluzentes do departamento de bolsas ainda cintilavam de um jeito quase sobrenatural. April se desviou habilmente de algumas vendedoras de cosméticos sorridentes empunhando frascos de perfume, subiu a escada rolante até o segundo andar e chegou ao departamento de roupas femininas, que parecia muito maior do que antes e um pouco opressivo. Uma vendedora muito alta com uma roupa assustadoramente chique — um macacão verde-neon agressivo, que ela usava com a confiança jovial que a roupa exigia — se aproximou.

— Posso ajudá-la? — perguntou a mulher, seu macacão parecendo refletir a luz sutil e elegante.

— Ah, tô só dando uma olhadinha — respondeu April automaticamente, em dúvida se alguém com uma roupa daquelas conseguiria dar conselhos de moda para meros mortais. (Será que aquela mulher já tinha vestido uma legging? Aquela loja vendia leggings?) — Não sei bem o que eu quero.

— Nós temos alguns horários disponíveis com uma das nossas personal shoppers, se você quiser uma ajuda personalizada — sugeriu a mulher. — Sem qualquer custo.

April começou a recusar a oferta instintivamente, mas se deteve. Poderia ser uma boa ideia alguém apresentá-la a algo que ela mesma talvez não escolhesse. Se fosse comprar sozinha, provavelmente escolheria as mesmas coisas sem personalidade que sempre usava. Era hora de sair do casulo — afinal, tinha condições de comprar uma bela roupa: nunca ia às compras e tinha bastante dinheiro guardado.

— Pode ser — concordou, decidida. — Claro. Parece uma ótima ideia, obrigada.

— Fantástico — disse a mulher de macacão. — Me acompanhe, por favor.

April seguiu a mulher até um canto da loja, onde, atrás de uma porta de vidro com a placa "Equipe de atendimento personalizado", havia uma sala elegante com vários sofás forrados de veludo e inúmeras portinholas que pareciam levar a provadores. A mulher de macacão desapareceu por um instante em um escritório nos fundos, de onde, momentos depois, surgiu outra mulher, essa de cabelo cacheado e usando um elegante terninho bege. Ela se aproximou de April, sorrindo, e estendeu a mão.

— Olá — disse. — Eu me chamo Laura Barry e vou ajudá-la hoje.

— Oi, sou a April. April Dunne. Prazer em conhecê-la — cumprimentou April.

Ela apertou a mão de Laura com um sorrisinho nervoso — não esperava que esse tipo de atendimento fosse tão chique, e se pegou desejando ter usado uma roupa melhor para ir à loja. Mas é claro, era por isso que ela estava ali.

— O prazer é meu! Muito obrigada por ter vindo. Em que posso ajudá-la?

Aquela não era uma pergunta fácil.

— Hum, sinceramente… não sei… — confessou April. — Acho que preciso de alguma coisa para usar em um encontro às escuras bem casual. Mas nunca tive a ajuda de uma personal shopper antes. Como funciona?

— Ah, é fácil! — respondeu Laura.

April gostou da simpatia casual daquela mulher, do jeito como ela parecia destoar da formalidade chique do ambiente — aquilo tornava toda a experiência mais interessante.

— É um serviço gratuito, e você não é obrigada a comprar nada que eu escolher pra você. E não estou dizendo isso por dizer, não. É verdade. É óbvio que a gente gostaria que você comprasse alguma coisa, mas tem que ser a peça certa pra você. Não queremos que devolva a roupa, ou que nunca a use! Então nós duas vamos conversar um pouco, e você pode me dizer o que está procurando e de que estilos e cores gosta, e vou pegar algumas peças pra você experimentar. Se tiver um tempinho, posso começar agora mesmo, enquanto você espera aqui... as coisas estão calmas hoje, sabe-se lá por que, e consigo fazer isso rapidinho. Ou a gente pode marcar para outro dia, se for melhor pra você.

— Tudo bem. Eu posso esperar — disse April. — Queria comprar alguma coisa hoje. Bem... — Ela respirou fundo. — Tô procurando uma roupa pra usar em um primeiro encontro. Não queria nada chique. A gente vai se encontrar pra tomar um café à tarde. Só queria estar bonita porque gosto dele de verdade.

April ficou com vergonha, achando que soava como uma estudante de ensino médio, e percebeu que estava ruborizando ligeiramente.

— Que fofo! — disse Laura, que parecia sinceramente animada com a perspectiva, como as garotas mais legais do círculo de amizade de April no ensino médio ficariam. — Então esse cara deve ser alguém que você já conhece, mas com quem você nunca saiu em um encontro?

— Pois é — disse April, e decidiu rapidamente que a pobre vendedora, tão gentil, não merecia aguentar ouvir a história toda. — Eu o conheço, a gente se conhece. Mas essa é a primeira vez que vamos sair *oficialmente*, se é que isso faz algum sentido. E quero estar bonita, mas como se eu não tivesse feito um grande esforço pra isso, entende o que eu quero dizer? Casual, mas estilosa? Talvez só jeans e uma blusa, mas tudo bem bonito?

Um rapaz com um visual assustadoramente moderno e um crachá da Waterton's estava parado ali perto — claramente aquela era uma tarde de movimento lento na loja — e entrou na conversa.

— Você *com certeza* vai precisar de sapatos melhores — disse ele, avaliando com uma expressão crítica as alpargatas azul-marinho que April usava e que definitivamente já tinham visto dias melhores.

— Eu diria a você para ignorá-lo, mas ele geralmente tá certo — disse Laura. — Esse é o Sydney, nosso assistente. Se você não gosta de saltos, talvez uma rasteirinha? — Ela examinou April com atenção, claramente fazendo algumas anotações mentais. — Tudo bem. Tenho algumas ideias. Fique aqui que eu já volto.

— Você não precisa que eu diga o tamanho? — perguntou April.

— Não. Eu sei — respondeu Laura. — Só relaxa. O Sydney pode servir alguma coisa pra você beber, se quiser. — E então ela saiu da sala.

Sydney olhou para April com expectativa.

— Café? Chá? Prosecco? Coca? Dubonnet com um toque especial? Desculpe, na verdade, não temos essa última opção.

— Só uma água já tá ótimo — respondeu April. — Obrigada. Adorei a sua roupa.

Sydney estava usando uma bermuda roxa na altura do joelho com um colete em tecido brocado, camisa social branca esvoaçante e gravata de seda. Ele parecia uma mistura de pirata com empresário que vivia em um clima quente, o que significava que estava fantástico.

— Ah, essas velharias aqui? — questionou Sydney, e entregou uma garrafa de água a April. — Obrigado. Só misturei uma peça aqui outra ali rapidinho. Mentira, tô brincando, levei uma eternidade para perceber que esse colete ia combinar com a bermuda. Quer dizer, quem usa colete com bermuda? Mas por que não? — Ele ergueu uma das sobrancelhas em uma expressão ensaiada.

— Você tá incrível — elogiou novamente April. — Eu queria ter umas roupas divertidas. Trabalho em casa, então é difícil me animar a usar alguma coisa decente.

— A Laura pode te ajudar com isso — garantiu Sydney. — Ela é a melhor. É como se tivesse uma varinha mágica que diz o que usar com o quê. É incrível ver a Laura em ação. Então, me conta desse cara que você tá conhecendo. E conta tudo! Amo um drama. Como vocês se conheceram?

— É estranho — respondeu April, se dando conta de que era legal poder conversar sobre aquilo com alguém. — Na verdade, a gente nunca se falou, mas ele vem me deixando bilhetes. A gente está trocando correspondência secretamente. Pois é, por incrível que pareça, isso ainda acontece.

— Meu Deus, isso é tão comédia romântica! — comentou Sydney com os olhos arregalados. — Adoro! Conta mais.

— É meio que como em um filme mesmo — admitiu April. — Mas é de verdade. Ele parece ser legal e gosta de livros… e sugeriu que a gente se encontrasse para um café. Então… vamos ver no que vai dar!

— Me promete que não vai usar esses sapatos quando se encontrar com esse cara — pediu Sydney estremecendo ligeiramente. Ele consultou um relógio de bolso pendurado no colete que usava. — Caramba. A assistente da moça de óculos escuros está voltando para buscar uma bainha feita e aquele vestido não vai se passar sozinho. Que pena... Dá licença!

Então ele saiu saltitando — literalmente, parecendo um pirata-bailarino — por uma porta dos fundos e foi embora.

Sozinha, April olhou ao redor, o ambiente parecia um cenário de filme chique, todo em tons neutros luxuosos. Como seria trabalhar em um lugar como aquele o dia todo? A personal shopper, Laura, parecia tão confortável ali... era tudo tão diferente da rotina monótona de trabalho remoto de April. Ela invejou Laura, cujo trabalho permitia conhecer pessoas novas todos os dias e torná-las mais felizes, mais bonitas, mais elegantes. Como as casas com que April trabalhava, só que no caso de Laura era real, não apenas virtual.

— Muito bem. Trouxe algumas coisas pra você experimentar. — Laura entrou correndo de volta, os braços cheios de roupas, claramente com o modo eficiência ativado. — Isso é só para nos dar uma ideia do que serve e do que você gosta. Achei que um jeans simples, justo e escuro podia funcionar, e qualquer uma dessas cores em uma blusa combinaria com você. Escolhi uma com um pouco de renda, outra mais de alfaiataria, e outra um pouco mais rebuscada. Veja do que você mais gosta. E depois a gente pode descer e pegar umas sandálias pra você, se me disser quanto calça. Essa é a única coisa que não sei só de olhar. E o que você acha de um blazer, um cardigan ou algum casaco? Talvez não? Tem feito bastante calor esses dias, talvez não faça falta.

April, que já amava tudo o que Laura estava segurando, se sentiu mais feliz do que se sentia já fazia muito tempo.

30

Laura

Laura sempre gostava de conhecer novos clientes. Gostava de ver o que a pessoa estava usando quando chegava e o que aquilo dizia sobre ela (geralmente dizia: "Preciso de ajuda com isso" e/ou "Simplesmente não estou prestando atenção ao que uso"), e de ouvir sobre o que ela queria vestir. E sempre se surpreendia com o fato de que pouquíssimas mulheres (Laura tinha alguns clientes homens, mas a maior parte eram mulheres que chegavam à loja em busca de conselhos) se sentiam confiantes para escolher roupas por conta própria. Ela descobriu que a maioria das pessoas tinha uma ideia clara do que gostava, mas não tinha autoconfiança o bastante para simplesmente escolher aquele visual e exibi-lo. Daí a necessidade de alguém como Laura, que tinha o dom de ouvir alguém descrever com hesitação como gostava de tons suaves de azul, saias rodadas e filmes de Audrey Hepburn, e então surgir com o vestido perfeito. Às vezes, as pessoas choravam no provador, ao verem como estavam bem. Aqueles eram sempre os instantes favoritos de Laura no trabalho. Ela adorava fazer parte de um momento de mudança, mesmo que fosse para uma semidesconhecida.

A nova cliente daquele dia tinha sido muito divertida. Era uma jovem, talvez apenas alguns anos mais nova que Laura, vestida no "estilo casual de Seattle": legging, sapatos muito usados, uma camisa longa e discreta, com cabelo castanho-claro em um corte simples e reto na altura do pescoço (Laura desconfiava que ela prendia o cabelo atrás da orelha com frequência) e nada de joias, bijuterias ou maquiagem — seu único acessório era uma bolsa transpassada prática. Mas havia algo de especial nela — seu sorriso, quando cumprimentou Laura, era o de alguém capaz de animar outras pessoas, alguém com quem seria divertido sair. Laura não costumava criar vínculos pessoais com os clientes — de um modo geral, eram apenas parte do trabalho. Mas aquela mulher, April, era meiga de um jeito inesperado. E era engraçado que ela também fosse ter um encontro às escuras em um café — embora, no caso dela, com alguém que aparentemente já conhecia... Pelo visto, Seattle andava cheia de histórias românticas. Será que a chuva constante mantinha todos dentro de casa, e as pessoas eram empurradas umas para as outras quando a primavera chegava?

De qualquer modo, April se entusiasmara com tudo o que Laura escolhera para ela e tinha ficado surpresa com o fato de as roupas servirem tão perfeitamente. (Havia pouco tempo, uma cliente tinha ficado furiosa quando Laura surgira com roupas tamanho quarenta e quatro — a mulher insistiu que vestia quarenta, sempre tinha vestido e ponto final —, mas acabara abraçando Laura quando as roupas serviram perfeitamente.) April acabou comprando tudo o que Laura sugeriu, o que significava tanto uma boa comissão para Laura quanto a sensação agradável de ter feito uma cliente feliz. Ela torcia para que April voltasse à loja. Laura nunca tinha feito amizade com uma cliente antes, mas podia se imaginar rindo enquanto tomava uma cerveja com April depois do trabalho.

No momento, Laura tinha um compromisso esquisito, para dizer o mínimo. A assistente de Donna Wolfe estava chegando para que pudessem fazer as alterações necessárias no vestido de Donna para a festa. As clientes normalmente iam pessoalmente à loja — mesmo as mais ricas não pareciam ter uma dublê de corpo —, mas Donna não era uma cliente comum e tinha insistido que a assistente serviria para os ajustes. Laura se perguntou se uma das exigências para se tornar assistente de Donna Wolfe era vestir o tamanho exato da chefe. Como seria anunciar um requisito daqueles para um cargo? ("Procura-se assistente: deve ter excelentes habilidades de organização, capacidade de realizar múltiplas tarefas e cumprir prazos, ter o tronco alongado, vestir tamanho quarenta e sutiã quarenta D"?) Naquele momento, a pobre assistente, uma mulher que parecia sobrecarregada chamada Joanna, que, de fato, era uma sósia de Donna, reproduzindo de modo perturbador o formato e tamanho do corpo da chefe, estava em cima de um pedestal usando o vestido preto de Donna, esperando com ansiedade palpável enquanto um alfaiate marcava a bainha ao redor de toda a saia. Laura havia separado um par de sapatos para combinar com o vestido, que Joanna corajosamente calçou, apesar de a machucarem um pouco. (Aparentemente, o tamanho do sapato não fora especificado na descrição do cargo.)

— A sra. Wolfe vem pegar ela mesma o vestido? — perguntou Laura. — Seria um prazer ajudar na escolha de acessórios.

— Não — respondeu Joanna, que tinha um jeito de fazer as menores palavras soarem pesadas. — Eu mesma venho pegar. A sra. Wolfe está muito, muito ocupada.

— Tenho certeza de que sim. Como estão indo as filmagens na livraria? — perguntou Laura, tentando puxar assunto. — É um lugar tão legal… deve ser divertido filmar lá.

— Nossa… — disse Joanna, revirando os olhos. — Tem sido um desafio. O Kelly Drake teve que abandonar o filme por alguns dias, então colocamos um cara que trabalha na loja como substituto. Ele é muito bonitinho, mas não tem *nenhuma* ideia do que tá fazendo. Não sei o que a Donna estava pensando…

— É mesmo? — perguntou Laura, tentando soar casual. — Que cara? O livreiro que usa blazer?

Era engraçado como ela conhecia os funcionários da livraria de vista, como personagens de um filme a que já havia assistido muitas vezes.

— Não, o que fica atrás do balcão de livros usados. Camisa de flanela, jeans, barba. Conhece?

— Mais ou menos — respondeu Laura, mantendo o tom leve e o olhar nos detalhes da bainha de Joanna. — Quer dizer, o vejo por lá. Eu compro na livraria às vezes. — Em um tom ainda mais casual e sem olhar para Joanna, ela acrescentou: — Você por acaso não sabe o nome dele, sabe?

Joanna pensou por um ou dois segundos, então balançou a cabeça.

— Desculpa, não sei. São muitas pessoas trabalhando no filme. Acho que é um nome meio fora do comum, mas não consigo lembrar. Ele parece ser um querido, mas não tem a menor noção do que está fazendo. Nunca esteve na frente de uma câmera antes na vida. E ele está só substituindo o Kelly... a Donna falou que vamos dublar a voz do Kelly depois, então esse cara é basicamente um dublê de luxo.

Então agora A estava participando do filme, além de trabalhar na livraria? E ainda assim encontrava tempo para manter uma correspondência secreta? E conhecia Kelly Drake, que, segundo Laura tinha lido, era uma das próximas estrelas emergentes de Seattle? (Bem, não tinha efetivamente lido a respeito, fora Ashley quem havia lhe mostrado uma foto uma vez, porque queria que Laura confirmasse que seu namorado, Zach, se parecia muito com Kelly. Laura não tinha visto qualquer semelhança, mas assentira educadamente.) Tudo aquilo, a não ser pela parte de "não tem a menor noção do que está fazendo", parecia uma evolução promissora. Joanna segurou a saia do vestido pelos dois lados, olhando no espelho.

— Tem certeza de que isso vai servir na Donna? — perguntou ela. — Parece um pouco largo.

— Vai ficar perfeito — garantiu Laura, que havia avaliado cuidadosamente a silhueta de Donna. — É para ser fluido mesmo. A seda desliza sobre o corpo. Valoriza muito.

— Se você tá dizendo... — Joanna parecia cética. — A gente já terminou aqui? Tenho que pegar a roupa da Donna na lavanderia, pegar as novas páginas do roteiro no escritório da produção, escrever o discurso da Donna para o banquete, descobrir se a nova poltrona dela está pronta no estofador e... — Ela se interrompeu e suspirou, parecendo um pouco arrasada.

— E talvez procurar um novo emprego? — Laura não conseguiu se conter.

— Bem, talvez. Se eu tiver tempo.

— Você tá muito ocupada — comentou Laura, solidária. — Gostaria que eu ou o meu assistente entregássemos o vestido quando estiver pronto? A gente pode deixar na livraria se a sra. Wolfe estiver lá... é perto, então não tem problema nenhum. Posso pedir urgência na bainha e a roupa deve ficar pronta até o fim do dia de amanhã.

— Você faria isso? — perguntou Joanna, agradecida. — Eu ficaria muito grata. A Donna vai estar filmando na livraria todos os dias desta semana, do fim da tarde até a noite. Muito obrigada!

— O prazer é meu — respondeu Laura. E estava falando sério.

Era um favor — ela não costumava fazer entregas pessoalmente —, mas havia um motivo oculto por trás daquilo.

31

Westley

Westley simplesmente não conseguia tirar Duke Munro da cabeça. Ele ainda não havia respondido ao seu último e-mail, mas a demora não o surpreendia — Duke parecia o tipo de pessoa que não usava muito e-mail, que talvez morasse em algum lugar distante no interior, em uma casa com aroma aconchegante de lenha na lareira. Talvez passasse a maior parte dos dias escrevendo livros em uma velha máquina de escrever, assoviando para si mesmo enquanto digitava animado. Era provável que raramente checasse o e-mail, que não se importasse muito com o que acontecia no mundo exterior. Mas Duke claramente era alguém que já havia conhecido a paixão, assim como Westley. Bridget provavelmente teria amado o livro de Munro, e Westley desejou, como tantas vezes antes, que as coisas tivessem sido diferentes, e que ele e Bridget tivessem podido ter um futuro no qual se amassem, rissem e lessem livros juntos. Westley se pegara pensando mais nela desde que lera o livro, mas se forçou a lembrar que nem toda história de amor tinha um final feliz, e que ele só encontraria o seu se saísse e conhecesse alguém legal. O quanto antes.

Mas era hora de parar de fantasiar — Westley vinha devaneando demais no trabalho nos últimos tempos — e ir para o Chá da Equipe. O Chá da Equipe acontecia no primeiro domingo de cada mês, meia hora antes de a loja abrir (o que, felizmente, acontecia mais tarde aos domingos), e era um exercício idealizado por Julia para engajar a equipe de poucos funcionários que trabalhavam mais ou menos em tempo integral. O grupo se sentava ao redor de uma grande mesa no café ainda fechado, mas já com um aroma delicioso — embora, para frustração de todos, os doces e salgados que seriam oferecidos no dia ainda não estivessem disponíveis para venda —, e tomavam uma xícara de chá (preparado por Julia no cômodo minúsculo que era grandiosamente chamado de "Sala dos funcionários"), compartilhando coisas incomuns que tivessem acontecido com eles no trabalho no mês anterior. Embora o Chá da Equipe nunca fosse muito emocionante, Westley não se importava — ele apreciava que Julia fizesse questão de incluir aquela meia hora mensal como parte do turno de trabalho, e às vezes as histórias eram divertidas. Naquele dia em particular, Westley desconfiava que as histórias de todos teriam alguma coisa a ver com o filme, que havia deixado de ser uma pedra no sapato de Julia para se tornar uma tragédia dramática de grandes proporções, a ser contada em tons de grande pesar.

A equipe se reuniu ao redor da mesa central do café, soprando xícaras de chá quente e tentando abafar alguns bocejos.

— Bom dia a todos! — cumprimentou Julia de seu lugar na cabeceira da mesa. — Obrigada por terem chegado cedo, e espero que todos estejam conseguindo lidar da melhor maneira possível com os contratempos da semana. Faltam só mais alguns dias para as filmagens terminarem. Tive uma conversa *muito séria* com o Joe sobre não moverem nenhum livro de lugar sem consultar a equipe. Espero que dessa vez ele tenha me ouvido. E prometeram retocar a parte do chão que o equipamento de iluminação arranhou. E ninguém mais vai fumar na entrada da livraria. Também fui muito clara sobre isso. — Julia fez uma pausa, um pouco sem fôlego… ao que parecia, o discurso a havia esgotado. — Então! Quem gostaria de ser o primeiro a compartilhar uma história hoje?

— Eu — se ofereceu Alejandra. — Ontem um cliente me perguntou se a gente poderia cobrir os preços da Amazon. Foi o trigésimo nono. Estamos perto de outra rodada de doces!

(Havia um painel amarelo atrás do balcão de atendimento onde os funcionários registravam aquela pergunta frequente dos clientes. A cada cinquenta clientes, Julia comprava guloseimas para os funcionários no café.)

— Isso não é muito interessante — comentou Raven.

— Pois é, eu sei — disse Alejandra. — Mas ele falou que queria saber por que deveria comprar na nossa loja se é mais caro do que on-line. Eu meio que ensaiei uma resposta nova: disse que ele sem dúvida era livre pra comprar on-line se quisesse, que ninguém iria impedi-lo. Mas que nenhuma loja on-line ofereceria o que ele estava experimentando naquele momento: o cheiro de café, o arco-íris de livros físicos em prateleiras físicas e a oportunidade de falar com um ser humano de verdade. Poético, não? Então abri um sorriso bem simpático. Ele não apenas ficou, como comprou cinco livros.

— Ele também pediu o número do seu celular? — perguntou Andrew com malícia.

— Não! Tá de brincadeira? Ele tinha uns sessenta anos! — Alejandra riu.

— Muito bem, Alejandra — elogiou Julia enquanto os funcionários aplaudiam educadamente. — Ótima iniciativa, mas vamos lembrar que uma pessoa de sessenta anos não é velha. Quem é o próximo?

(Westley já havia percebido que Julia era uma geração mais velha do que todos os funcionários em tempo integral. Como seria ainda estar na livraria aos sessenta anos? Na verdade, agora que pensava a respeito, parecia legal…)

Andrew disse:

— Uma cliente chegou no início dessa semana com um cachorro na coleira. Perguntei a ela se era um cão de serviço e ela respondeu que não, então falei que sentia muito, mas que a livraria só permitia a entrada de cães de serviço e ela precisaria deixar o cachorro preso do lado de fora. Então ela contou que estava lendo contos de Flannery O'Connor pra ele todas as noites e queria que o bichinho escolhesse o próximo livro.

— Você deixou o cachorro entrar? — perguntou Raven, que sempre se preocupava com a aplicação precisa das regras e era conhecida por dedurar para Julia quando via um livreiro fazer vista grossa para bebidas abertas, animais não autorizados e crianças indisciplinadas.

— Confesso que disse a ela que poderia entrar com o cachorro se fosse rápida. A loja estava praticamente vazia. E eles escolheram um livro bem rápido. Aquele novo mistério da Tana French. Ela disse que o cachorro gostava de suspense.

Julia franziu o cenho.

— Vou deixar passar só dessa vez, mas, por favor, não se esqueça de que só animais de serviço são permitidos na loja. Essa é a regra. Westley, você quer compartilhar algo sobre o filme?

Raven revirou os olhos.

— Isso, Westley. Conta pra gente como é ser uma estrela de cinema.

Westley percebeu a irritação dela, que era uma constante desde que as filmagens na loja tinham começado.

— Não é grande coisa — respondeu ele. — Não tenho nada de especial pra contar. Você veste o que dizem pra vestir, fica parado onde o colocam e se mexe quando mandam. E a verdade é que nem meu rosto nem minha voz vão aparecer no filme. Queria que tivessem chamado outra pessoa.

— Mas não é divertido saber que você está substituindo o Kelly Drake? E sendo dirigido pela Donna Wolfe? — perguntou Alejandra. Ela era a única na equipe que conseguia recitar o currículo de Donna Wolfe no IMDb de cor.

— Acho que sim — respondeu Westley. — Mas eu nem falei com o Kelly. Sou só um substituto. Nem li o roteiro. — De repente, ele sentiu vontade de mudar de assunto. — Posso compartilhar outra coisa? — perguntou. Julia assentiu. — Encontrei um livro muito bom outro dia — começou. — Estava na pilha de doações. Era um romance romântico, mas escrito do ponto de vista masculino… e realmente me surpreendeu. É de uma editora de que eu nunca tinha ouvido falar, e deve ser uma autopublicação ou estar fora de catálogo, porque não acho qualquer referência a ele em lugar algum, mas acho que os clientes realmente gostariam de ler. O autor é local, ou pelo menos mora nessa região do país, e achei que ele talvez pudesse vir fazer uma leitura na aqui na livraria...

— Por que a gente iria querer que alguém viesse fazer a leitura de um livro que tá fora de catálogo? — questionou Raven. — O que o autor ganha com isso, se não vai conseguir vender nenhum exemplar?

— Bem, talvez a gente pudesse encorajar alguma editora local a republicar o livro. É muito bom mesmo. E pode ser uma boa publicidade pra livraria.

Julia franziu os lábios, claramente se lembrando do que tinha acontecido na última vez que lhe disseram que alguma coisa seria uma boa publicidade para a loja.

— Bem, acho que a gente pode pensar a respeito — disse, tentando ser justa. — Talvez possamos entrar em contato com o autor. Qual é o título do livro?

— Ele se chama *Estruturas abaladas*. — Olhos se arregalaram ao redor da mesa. — Eu sei, eu sei — disse Westley. — O título é um pouco satírico. Mas funciona, eu juro! É um romance ambientado em uma base remota de bombeiros. Bem típico de Seattle. — Todos pareciam céticos. Mas Westley insistiu, determinado. — Sério, é bom! O nome do autor é Duke Munro, e ele parece muito intenso e interessante, e acho que as histórias românticas do ponto de vista masculino são um gênero sub-representado. Estamos trocando e-mails. — Talvez tivesse sido um erro compartilhar aquilo no Chá da Equipe.

— Bem, a gente pode voltar a esse assunto mais tarde, quando essa história da filmagem acabar — disse Julia. — Mais alguém tem algo a compartilhar?

Ela flagrou Raven olhando para Andrew de um jeito que sugeria que sabia algum "podre" dele, como era típico de Raven. Ele, por sua vez, tentava evitar o olhar da colega. Os dois nunca tinham se dado muito bem, principalmente porque Andrew era menos interessado do que os outros em manter a paz e volta e meia discutia com Raven, aparentemente para passar o tempo.

— Eu tenho — disse Raven, que claramente não queria esperar mais. — Só estou compartilhando que houve uma, digamos, aproximação maior entre alguém da nossa equipe e alguém do filme. — Ela continuou com os olhos fixos em Andrew, que ajustou as lapelas do blazer, constrangido. — Talvez essa pessoa queira compartilhar o que está acontecendo, não?

— Que saco — disse Andrew, ou bufou algo parecido. — A gente tá no ensino médio? De qualquer maneira, sim, eu conheci um cara legal. Ele tá trabalhando com os figurinos do filme. Não que isso seja da conta de ninguém. Não sabia que o Chá da Equipe era para expor nossas vidas pessoais.

— Ele é o cara que estava usando xale ontem! — Apressou-se a informar Raven, pois queria ter certeza de que receberia o crédito por dar a notícia.

— Aah, eu vi! — comentou Alejandra, animada. — Adoro o jeito como ele se veste! Queria perguntar onde ele encontrou aquele lenço que também estava usando.

— O nome do acessório é plastrão —, corrigiu Andrew, irritado —, é uma gravata de bordas largas. E não era um xale, era uma *capa*. Homens usam isso. De qualquer forma, o nome dele é Sydney. Ele é um cara legal, nós saímos algumas vezes, e ele acha o Westley muito gato, por isso dou graças a Deus por você ser hétero, Westley. E esse é o fim da nossa conversa de equipe sobre a minha vida pessoal, muito obrigado a todos.

Westley se sentiu ruborizar. Ele se esforçava para manter a vida pessoal separada da profissional... não que ele tivesse muita vida pessoal nos últimos tempos. Será que todos os outros na livraria tinham uma vida pessoal ocupada, cheia de drama, intriga e romance? Ele tinha certeza de que pelo menos Julia não tinha.

— Mais alguém? — perguntou Julia, tentando fazer a conversa andar. — Raven, você gostaria de compartilhar alguma coisa das suas *próprias* experiências?

Raven tamborilou com os dedos, manchados de vários tons de azul, como sempre, na mesa.

— Não, mas gostaria de saber quanto a loja está ganhando com o filme e se isso vai ser repassado para a equipe, que teve trabalho extra durante as filmagens.

(Raven não estava realmente fazendo nenhum trabalho extra, até onde Westley sabia, mas aquilo era típico dela. Ela estava sempre de olho em um bico.)

Julia claramente não gostou da pergunta.

— Lamento, mas não posso discutir os acordos financeiros. É um assunto privado. Mas todos vocês, funcionários em tempo integral, continuam a receber seus salários integrais, mesmo quando fechamos mais cedo.

— É muito dinheiro? — insistiu Raven. (O que era até apropriado, já que naquele dia ela estava usando uma camiseta que dizia, "No entanto, ela persistiu".)

— Não tenho nada a compartilhar sobre isso — disse Julia com o tom cansado de quem encerra o assunto. — Por favor, entendam que o dinheiro, seja quanto for, está sendo usado na loja. De qualquer forma, as filmagens estão quase acabando, e só precisamos continuar a cooperar com a equipe e ajudar com o que precisarem. Ninguém está ficando rico com isso. É um filme independente, e não há grandes quantias de dinheiro envolvidas.

— Bem, parece que tem um monte de gente correndo por aí sendo paga por alguém — comentou Andrew. — O Kelly Drake tinha um cabeleireiro *e* um maquiador só pra ele.

— Não é de se espantar que ele esteja tão bem — comentou Alejandra.

— Ele está bem mesmo! — concordou Raven. — Você acha que o pessoal de cabelo e maquiagem também arrumaria a equipe, se não estiverem muito ocupados? Pode ser bom para os negócios!

O Chá da Equipe estava indo rapidamente por água abaixo. Julia parecia horrorizada.

— Vou pedir mais uma vez: por favor, não incomodem o pessoal das filmagens — disse, e fez um gesto de "encerramos por aqui" com as mãos. — Acho que está na hora de a gente abrir a livraria. Obrigada mais uma vez por terem chegado cedo. Vamos ter um ótimo dia!

32

April

April concordou, relutante, em ir a um encontro às escuras. Não com L, infelizmente, já que ele ainda não havia respondido ao seu último bilhete sugerindo que se encontrassem na quinta-feira (aquilo não a preocupou, porque sabia que ele estava ocupado com as filmagens e com o trabalho), mas com Simon, um amigo de Ryan, marido de Janie. O restaurante de Simon tinha fornecido parte do bufê para o batizado do segundo bebê de Janie e Ryan. Janie jurara que Simon tinha um ótimo papo e era um cara muito interessante. (Pelo visto, todo homem solteiro que Janie conhecia tinha um ótimo papo e era muito interessante. Ryan, estranhamente, nunca parecia gostar muito de papo — April raramente conseguia engatar qualquer tipo de conversa com ele — então talvez aquela fosse a maior prioridade de Janie ao tentar arrumar um relacionamento para a amiga.) Informaram a April que aquele "cara muito interessante" em particular era gerente do Chapeleiro Maluco, um restaurante peculiar e famoso no centro da cidade, onde April nunca tinha ido, porque era o tipo de lugar caro aonde não se vai por impulso. Ela estava tentando parar de topar os encontros às escuras sugeridos por Janie (ainda estava se recuperando do Cara do Pijama

Vinte e Quatro Horas), mas aquele jantar casual em um domingo à noite parecia uma boa ideia, porque permitiria que ela experimentasse uma roupa nova e ensaiasse algumas falas divertidas de primeiro encontro antes de realmente conhecer L. Assim, ela falou com Simon (em uma série de mensagens meticulosamente orquestradas por uma Janie muito animada) e combinou de encontrá-lo no Chapeleiro Maluco às sete. Ele havia lhe garantido que estaria de folga naquela noite, mas que gostaria de apresentá-la à culinária do restaurante. April não tinha certeza se gostava da ideia de sair com alguém que usava a palavra "culinária" não ironicamente, mas estava determinada a manter a mente aberta. Ao sair do prédio, ela acenou para a Tangueira, que estava olhando pela janela, e recebeu um quase aceno de volta —, na verdade, foi mais um movimento dramático de pulso, como se acompanhado por alguma música.

Quando desceu do Uber, April já ficou encantada apenas com a entrada do Chapeleiro Maluco: na porta, uma cartola servia de aldrava. O interior parecia uma caverna mágica, com o tipo de iluminação suave que faz todo mundo parecer um pouco mais vibrante, e havia murais pintados nas paredes com formas abstratas de chapéus. Na entrada, uma recepcionista de cartola a cumprimentou com um "Boa noite" caloroso, embora um tanto ensaiado.

— Boa noite — cumprimentou de volta April. — Vim encontrar o Simon Rudnick...

Ao ouvir aquilo, a recepcionista pareceu se interessar um pouco mais e examinou April com atenção.

— Ah, claro — disse ela. — Ele está lá atrás. Deixa que eu acompanho você até a mesa, e ele já vai te encontrar lá.

Ela pegou dois cardápios em um gesto suave e pareceu deslizar por entre um labirinto de mesas, April a seguiu, enquanto caminhavam até uma mesa de canto aconchegante, iluminada por uma vela.

— Essa é uma das nossas melhores mesas — anunciou a recepcionista, convidando April a se sentar com um gesto. — Vou avisar ao Simon que você chegou.

Havia algo curiosamente teatral no restaurante, mas não de um jeito ruim. April estava se perguntando se os garçons, em seus coletes elegantes, começariam a cantar do nada e se seria falta de educação pedir logo um drinque quando, de repente, um homem de terno escuro e óculos retangulares de armação escura apareceu.

— April? — perguntou ele. — Eu sou o Simon. É um prazer conhecê-la.

— Igualmente — disse April, aliviada por Simon parecer, à primeira vista, razoavelmente bonitinho e agradavelmente normal, talvez até um pouco intelectual. — A Janie falou muito de você. Então, conhece o Ryan há muito tempo?

— Aham, a gente fez faculdade juntos — respondeu Simon, enquanto se sentava em frente a April. — Nós dois trabalhamos como garçons aqui mesmo, anos atrás, e acabei virando o gerente depois de um conflito romântico esquisito.

Aquilo parecia interessante.

— Como assim?

— Bem, o gerente anterior estava tendo um caso com a chef confeiteira, só que ele era o amigo, e ela, a noiva do dono, que acabou pegando os dois juntos e foi tudo *muito* dramático — contou Simon, que claramente gostava de uma boa fofoca. — Os três acabaram saindo do restaurante. Temos um novo dono há bastante tempo. Você quer beber alguma coisa? Já pedi uma taça de espumante pra gente começar, espero que não se importe.

— Ah, ótimo — disse April.

Na verdade, ela ficou um tanto irritada por ele não ter perguntado antes de pedir, mas lembrou a si mesma que não era hora de ser exigente. E já podia ver uma garçonete se aproximando com uma bandeja pequena e uma expressão azeda no rosto que não parecia combinar com a elegância do restaurante. A garçonete, uma mulher alta e esguia, com o cabelo preso em um coque apertado e usando um chapeuzinho de marinheiro minúsculo, preso com um alfinete de chapéu dramaticamente grande, pousou as taças na frente deles, com um pouco de força demais. O espumante de April derramou um pouco, deixando uma pequena poça na mesa.

Simon pareceu subitamente desconfortável.

— Oi, Brooke — cumprimentou ele. — Que tal limpar isso? — perguntou em um tom bem-humorado, vendo que a mulher não parecia muito disposta a consertar o erro.

Brooke o encarou em resposta.

— Ah, é, acho que posso fazer isso — disse ela friamente. Ainda encarando Simon e determinada a evitar o olhar de April. Brooke pegou um guardanapo do bolso do avental e enxugou precariamente o líquido derramado, sem nem olhar direito. — Tá bom assim? — perguntou, em um tom que deixava claro que não se importava muito.

— Tá ótimo — apressou-se a agradecer Simon. — Obrigado. Tá tudo certo agora.

Brooke deu as costas e se afastou, enquanto Simon olhava ao redor até conseguir chamar a atenção de um homem de terno e chapéu e acenar para ele.

— Sinto muito — disse ele a April, levantando um dedo como se pedisse um intervalo rápido. Para o homem de terno, não tão silenciosamente quanto parecia ser sua intenção, Simon sibilou: — Ela *não* deveria servir esta mesa! Por favor, providencie outra pessoa para nos atender!

O homem de terno assentiu e se afastou apressado. April teve a estranha sensação de ter entrado sem querer no drama de outra pessoa.

— Tá tudo bem? — perguntou.

Simon pressionou os dedos contra a testa e soltou um suspiro pesado.

— Isso é constrangedor — disse ele. — Mas é melhor eu ser honesto. A Brooke e eu terminamos faz pouco tempo. Não foi um término tranquilo, e ela obviamente ainda trabalha aqui, então é um pouco esquisito. Tentei arranjar outra pessoa para atender esta mesa, mas alguma coisa deve ter dado errado. Aquele era o assistente da gerência, ele vai resolver isso. Sinto muito.

— Ah, entendo — disse April, com vontade de rir, mas achando que aquilo poderia parecer rude, e se perguntando por que é que Simon marcaria um encontro no restaurante em que trabalhava com a ex? — Não se preocupe. Todos temos um passado. Não é culpa sua. Que tal a gente pedir uma entrada?

— É claro! Que tal uma degustação?

— Perfeito.

Outra garçonete se aproximou da mesa e assentiu quando Simon pediu a entrada. Mas, quando já se afastava da mesa, virou a cabeça para April e encarou-a com o que só poderia ser descrito como um sorriso de escárnio, os dentes à mostra apenas por um instante e o nariz franzido. Ao que parecia, a "culinária" daquele lugar não era a única coisa no cardápio de April naquela noite.

— Hum, você viu isso? — perguntou April, agora sem conseguir conter uma risadinha. — Imagino que essa nova garçonete seja amiga da sua ex, não?

Simon suspirou novamente.

— Sim, é. Talvez a gente devesse ter ido a outro lugar.

O jantar prosseguiu, ao modo de uma comédia farsesca onde eram arremessadas insinuações em vez de comida. Ao que parecia, Brooke tinha muitos aliados no restaurante: uma cesta de pão foi deliberadamente colocada fora do alcance de April; uma salada servida sem nenhum molho; um ajudante de garçom recolheu a taça de vinho dela ainda pela metade; e o prato principal foi colocado à sua frente com tanta força que metade da massa que estava nele deslizou pela mesa. Àquela altura, ela teve que se render ao riso — o que mais poderia fazer? —, mas Simon estava cada vez mais vermelho de raiva e de vergonha.

— Quanto tempo vocês ficaram juntos? — perguntou April. — E quantos amigos ela tem? A demonstração de solidariedade está sendo bem impressionante.

Era verdade, April não via nada tão dramático desde aquela série da HBO em que Hugh Grant talvez matasse alguém e Nicole Kidman usava muitos casacos.

— Tempo demais — respondeu Simon com um novo suspiro. — Demais mesmo. Que tal a gente ir comer a sobremesa em outro lugar?

April, que já estava planejando devorar um pote de sorvete Häagen-Dazs em casa enquanto mandava mensagem para Janie contando os detalhes do encontro (e planejando como exatamente Janie poderia compensar aquilo), achou melhor acabar logo com aquela noite infeliz.

— Acho melhor encerrar a noite por aqui, não acha? — disse ela, com o máximo de gentileza possível. — Agradeço de verdade pelo jantar. Ao menos a parte que consegui comer. Talvez a gente possa tentar de novo algum dia desses... Quem sabe em um restaurante com um pouco menos de drama?

— Talvez — concordou Simon em um tom que deixava claro que eles não tentariam nada novamente tão cedo... obviamente a rejeição tinha ferido um pouco seus sentimentos.

Mas para April estava tudo ótimo. Simon era até legal, mas não tinha provocado um friozinho na barriga. Ele provavelmente ficaria mais feliz alardeando sua culinária — que era boa, pelo menos o pouco que ela conseguiu provar sem que tivesse sido derramado — para outra pessoa. E sinceramente, se o ensaio era daquele jeito, ela preferiria encarar logo a hora da verdade.

33

Laura

O vestido de seda, com a bainha meticulosamente ajustada e passado de modo que o tecido fluía como água, encontrava-se seguro em uma capa protetora com o logotipo da Waterton's, colocada com todo cuidado no banco de trás do carro de Laura (depois de ela espanar algumas migalhas de biscoitos perdidas e de se certificar de que não havia nenhuma caixa de suco com possibilidade de vazar nas proximidades). Ela não costumava fazer entregas de roupas pessoalmente — de modo geral, os clientes deviam pegar seus itens após as alterações, embora fosse possível contratar um serviço de entregas para certos clientes de alto padrão — e tinha planejado pedir a Sydney que entregasse o vestido de Donna, já que ele estava trabalhando no set de filmagem. Mas por acaso Sydney tinha um jantar marcado com o tal cara da livraria — ele tinha dedicado ainda mais tempo do que o normal ao próprio figurino naquele dia, e aparecera no trabalho usando um blazer de seda listrado e um plastrão verde com estampa paisley, reforçando o sotaque britânico. Laura não se incomodou em aproveitar a desculpa para visitar a livraria mais uma vez — precisava deixar outro bilhete dentro de *Jogos vorazes* e planejava dar uma espiadinha em A (Andy? Alex?).

O estacionamento da Read the Room estava cheio novamente, com pessoas da equipe de filmagem entrando e saindo. A mulher de cabelo grisalho espetado, que Laura já tinha visto na loja antes e que sempre parecia um pouco estressada, estava parada na porta.

— Boa tarde — disse a Laura. — Estou só avisando aos clientes que vamos fechar mais cedo, por conta das filmagens. Em cerca de quinze minutos.

— Tudo bem — disse Laura. — Você sabe se Donna Wolfe, a diretora, está aqui?

— Acho que ela está ali — respondeu a mulher, apontando para o fundo e notando que duas pessoas vestidas de preto em um canto da loja estavam ocupadas removendo livros de uma prateleira. Ela arquejou ao ver aquilo. — Com licença! — desculpou-se, antes de sair correndo e gritando: — NÃO TOQUEM NOS LIVROS!

Laura segurou o vestido, em sua capa protetora, bem alto, para que não arrastasse no chão, e foi até onde estava Donna Wolfe, conversando com um pequeno grupo de pessoas.

— Com licença — disse, quando Donna encerrou a conversa e se voltou para ela. — Sra. Wolfe, acredito que se lembre de mim da Waterton's. Vim entregar seu vestido.

— Ah — disse Donna, olhando para Laura através dos óculos escuros. Ou talvez estivesse olhando para outro lugar… era meio difícil de saber. — Foi muita gentileza da sua parte trazê-lo pra mim. Será que poderia, por favor, pendurar o vestido em algum lugar? — Ela perdeu rapidamente o interesse em Laura, e lhe deu as costas. — Muito bem — falou para alguém fora de vista. — Vou precisar ver todas essas novas páginas do roteiro *agora*.

Livrarias normalmente não contam com uma variedade de lugares convenientes para pendurar um vestido formal longo. Laura olhou em volta e foi até um canto da loja, onde tinha sido montado um provador improvisado, com araras. Ela reconheceu Maverick, o amigo de Sydney (ele tinha uma tatuagem inconfundível na orelha e usava vários alfinetes de segurança nas roupas), que estava com os olhos fixos em um tablet e levantou a cabeça quando Laura se aproximou.

— Oi — cumprimentou ela. — Maverick, certo? Sou a Laura, que trabalha com o Sydney na loja. Você se lembra de mim? Nós todos saímos juntos um tempo atrás…

Maverick pareceu confuso a princípio, mas logo a reconheceu.

— Ah, certo! Oi, Laura. Você tá procurando o Sydney? Ele não tá aqui. Hoje o Sydney tem um encontro com aquele cara da livraria que parece estar no elenco daquela série *Suits*. Se *Suits* fosse conhecida por um figurino mal ajustado.

— Não, não — corrigiu-o Laura. — Vim entregar um vestido para a sra. Wolfe. Posso pendurá-lo aqui?

— Não me disseram nada sobre vestidos. É parte do figurino?

— Não, é da sra. Wolfe. Só precisa ser pendurada em algum lugar. Pode ser aqui?

Maverick encolheu os ombros.

— Pode, pode. Ninguém me disse que ia chegar um vestido, mas tudo bem. Jane Eyre usa quarenta e seis, mas o currículo dela diz tamanho trinta e oito, mas, claro, vou dar um jeito. Não importa.

Aquela conversa era um pouco dramática demais para o pouco tempo de que Laura dispunha na livraria.

— Tudo bem. Obrigada. Vou pendurar aqui mesmo — disse ela.

Maverick assentiu, então Laura pendurou o vestido na ponta da arara, sem tirá-lo da capa, e seguiu para a seção de jovens adultos, onde, como esperado, ainda estavam os três exemplares de *Jogos vorazes*, lado a lado. Ela olhou furtivamente ao redor e colocou um pedaço de papel dobrado no livro do meio. Então se deu conta de que provavelmente deveria avisar à assistente de Donna Wolfe sobre a chegada do vestido. Não confiava inteiramente que Maverick não acabasse vestindo outra pessoa com ele e o colocasse no filme. Laura olhou ao redor, procurando por Joanna e, em vez disso, viu A saindo do provador usando jeans e uma camisa de flanela, semelhantes às roupas que ele normalmente usava, mas de qualidade muito superior aos olhos treinados de Laura. Ele parecia desconfortável.

— Tá bom? — perguntou A a Maverick, que respondeu "Esplêndido" e fez uma reverência exagerada.

Envergonhado, A se virou e encontrou o olhar de Laura. Ele pareceu reconhecê-la.

— Ah, oi — cumprimentou. — Foi você que trouxe os cookies, né? Estavam fantásticos.

— Que bom que você gostou — disse Laura. — Esse é o seu figurino para o filme?

— É — respondeu A. — Não chega a ser um figurino. Sou só um substituto.

— Não sei por que vestiram você com esses jeans — lamentou Laura em voz alta, mas, na verdade, estava falando sozinha. — Calças de corte mais reto ficariam melhor em você, e essas parecem meio obviamente caras, e acho que não é isso que um personagem que trabalha em uma livraria usaria. E um xadrez azul-suave na camisa talvez combinasse melhor com os seus olhos do que esse tom mostarda… — Ela se interrompeu ao perceber que A a encarava com uma expressão intrigada. — Desculpa — falou Laura. — Tenho muitas opiniões sobre roupas. Deixa pra lá. É divertido fazer parte de um filme?

A suspirou, deixando claro que não gostava do assunto.

— Pra ser sincero, não — respondeu. — Eu achei que poderia ser divertido, talvez. Bem, eu basicamente fico muito tempo parado. Prefiro só fazer o meu trabalho.

— Você deve estar muito ocupado — disse Laura bem lentamente, porque não sabia o que dizer em seguida. Era bom estar falando com A, mas achava que a conversa deveria estar caminhando para algum lugar, em vez de ficar só naquele papo furado esquisito. — Não tem tido muito tempo de folga, né? — perguntou, esperando estar dando uma nuance ligeiramente misteriosa à pergunta.

— Acho que não — concordou A, de um jeito que parecia não ter nuance alguma.

Naquele momento, uma mulher se aproximou dele correndo, com uma escova de cabelo e uma embalagem de spray na mão. E outra pessoa gritou:

— Aos seus lugares!

A pareceu agitado.

— Desculpe, com licença — disse ele. — É melhor eu voltar ao trabalho.

— Acho que sim — concordou Laura, tentando não soar aliviada.

— Hum, claro — disse ele, então se virou e se submeteu à escova de cabelo.

Aquele não tinha sido um encontro exatamente satisfatório: era óbvio que A era tímido (aliás, existia coisa mais fofa do que um cara bonito como ele ser tímido?), havia muitas pessoas ao redor, e ele estava distraído com todas as demandas da filmagem. Mas pelo menos eles tinham se esbarrado. E logo estariam conversando de verdade, fora da livraria, quando poderiam falar livremente. Laura torcia para que A encontrasse logo o bilhete. As coisas estavam começando a acelerar.

Oi,

Que tal na próxima quinta-feira, dia 6, às 16h30? Pensei no café Grão Turrão, na esquina da 15th Avenue com a John Street — sempre achei que lembrava um pouco um cenário de filme noir, um lugar em que talvez acontecessem transações decadentes... talvez um lugar onde Raymond Chandler poderia ter ambientado uma ou duas histórias. O café também é bom. Até lá.

L

34

Westley

Segunda-feira era o dia de folga de Westley naquela semana e ele se sentia mais grato pelo descanso do que o normal. Em épocas menos estressantes, ele nunca sabia o que fazer com seus dias de folga e, na verdade, teria preferido trabalhar. Normalmente passava as folgas fazendo longas caminhadas, assistindo a programas de TV em algum canal de streaming no notebook e escolhendo o jantar em algum dos três restaurantes próximos que faziam entregas. (Não fazia muito tempo, Westley tinha ficado horrorizado ao se dar conta de que estava alternando sua alimentação entre três opções de refeições noturnas com tanta precisão que podia saber qual era o dia da semana com base apenas na refeição que estava comendo: kebab de cordeiro, cheeseburger ou shawarma de frango, em porções fartas o bastante para garantir também o almoço do dia seguinte. Claramente era hora de agitar um pouco as coisas.) Nos últimos tempos, tanto Jillian quanto Cory andavam passando muito tempo fora, e era um prazer ter a casa só para ele. Cory tinha um trabalho novo que o mantinha fora de casa, e Jillian aparentemente havia conhecido alguém. Westley estava feliz por estar só e por ter um dia em que o máximo de sociabilidade que planejava era sair para tomar café em algum lugar onde o barista piscaria para ele e lhe daria uma dose extra, como os baristas costumavam fazer.

O barista daquele dia era o cara de sempre, musculoso e cheio tatuagens, e o café com leite de Westley estava cremosamente perfeito. Ele colocou uma tampa no copo para viagem e foi até a porta, determinado a cumprir sua rotina habitual dos dias de folga e dar uma longa caminhada com o café na mão, mas então avistou um homem debruçado sobre uma mesa, com o olhar fixo no celular. Ele parecia não tomar banho havia algum tempo — suas roupas estavam amarfanhadas, sem vida e o cabelo parecia amassado por um cochilo improvisado. Ainda assim, alguma coisa na maneira como estava sentado lhe dava um ar de importância constrangida — como se estivesse ciente de que as pessoas o observavam e quisesse entregar o que desejavam — e Westley o reconheceu na mesma hora: era Kelly Drake.

Westley o encarou fixamente. Kelly levantou os olhos do celular e franziu o cenho de um jeito atraente e ensaiado.

— Eu te conheço? — perguntou.

— Oi — cumprimentou Westley. — Você é o Kelly, certo? Sou o Westley. Da livraria. Eles me colocaram como seu substituto no filme. — Tinha alguma coisa esquisita no fato de Kelly estar sentado ali. — Você não deveria estar gravando um comercial em algum lugar?

— Ah, pelo amor de Deus — disse Kelly —, fale baixo.

Ele fez um gesto para que Westley se sentasse, olhando ao redor de um jeito exagerado para ver se mais alguém o reconheceria. Ninguém reconheceu — o movimento no café estava tranquilo e os poucos clientes pareciam muito mais interessados em seus próprios celulares —, mas parecia importante para Kelly parecer preocupado.

— Achei que você estivesse viajando — disse Westley. — Não é por isso que estou substituindo você? Você não vai voltar?

— Bem, obviamente não estou viajando — sussurrou Kelly. — Eu precisava sair daquele filme por alguns dias. A Donna estava me deixando doido e eu precisava analisar outro projeto. Vou voltar essa semana, com mais paciência.

— Então você simplesmente inventou toda aquela história sobre o comercial? — perguntou Westley, irritado com a mentira, mas ainda assim impressionado.

Kelly obviamente era um ator melhor do que ele havia pensado a princípio. Westley também estava se sentindo imensamente aliviado com a ideia de Kelly retornar à produção. Estava cansado de toda aquela confusão para gravar cenas tão curtas.

— Inventei. Fiz a minha agente concordar. A Donna nunca vai saber. A gente vai dizer que o comercial foi cancelado — explicou Kelly. — Além disso, estou ocupado com o lançamento de uma minissérie com financiamento independente. Se chama *Depois do temporal* e é uma espécie de filme noir ambientado em Seattle. Eu interpreto um detetive chamado Jeff Temporal. E estou produzindo. Acho que vai ser um sucesso. Ouvi dizer que um canal a cabo premium está interessado, talvez o Max.

— Nossa — comentou Westley educadamente, apesar de não ter entendido muito bem o que Kelly dissera.

Kelly estava olhando para ele de um jeito que o deixava um pouco desconfortável.

— Qual é mesmo o seu nome?

— Westley. Com T.

— Como em *A princesa prometida*?

— É, isso mesmo. — De vez em quando, Westley avaliava a hipótese de mandar fazer uma camiseta onde se lia "Sim, como em *A princesa prometida*", mas parecia um pouco demais.

— Você gostaria de participar da minha série?— perguntou Kelly. — Em um papel pequeno. É que você parece tão… você é a cara de Seattle.

Westley não fazia ideia do que poderia significar ser "a cara de Seattle" e se perguntou se por acaso tinha sido insultado.

— Acho que não — respondeu. — Atuar não está dando muito certo pra mim. Acho que nem gosto de ficar em frente às câmeras.

Kelly riu, como se Westley tivesse contado uma boa piada.

— Ah, tá! Fala sério. — Ele procurou algo na carteira e entregou um cartão a Westley. — Esse é o contato da minha agente, Ramona. Liga pra ela. Diz que fui eu quem te recomendei. Sério. Vai ser divertido.

Westley pegou o cartão e o colocou no bolso da camisa. Não tinha a menor intenção de ligar para aquele número. Atuar era para pessoas que tinham mais certeza do lugar a que pertenciam. Mas era estranho que Kelly parecesse tão diferente ali, como uma versão desbotada de si mesmo. Talvez os atores fossem diferentes quando não estavam sob os holofotes.

— Não quero ser rude — começou Westley, depois de um momento de hesitação —, mas você tá bem? Você tá tão… diferente.

Kelly soltou uma risada sem o menor humor.

— Esse sou eu sem o trabalho do pessoal de cabelo e maquiagem. Não posso me dar ao trabalho de me arrumar todos os dias. É cansativo demais. E, assim, ninguém me reconhece.

Aquilo pareceu um pouco forçado. Até onde Westley sabia, Kelly Drake ainda não era exatamente famoso a ponto de ser reconhecido em uma cafeteria aleatória, mas ele assentiu.

— Acho que vejo você na livraria, então? — perguntou Westley.

— Aham, claro. Tchau.

Westley estava claramente sendo dispensado. Na calçada do lado de fora do café, ele parou. Havia alguma coisa esquisita em ver Kelly Drake tão diferente do Kelly Drake que ele conhecia, ali, pelo mundo. Por algum motivo, o ator parecia estranhamente familiar. Então, de repente, Westley se deu conta do motivo: Kelly batia exatamente com a descrição de Will, o bombeiro em *Estruturas abaladas*, o livro de Duke Munro.

Raven

A melhor coisa que já encontrei em um livro? Uma nota de vinte dólares. Ha ha. Quem me dera. Nunca encontrei dinheiro em livro. Não acho que exista alguém por aí que use dinheiro como marcador de página, mas teria sido um belo presente para mim se isso acontecesse. Eu só encontro as bugigangas de sempre: marcadores de outras livrarias, cartões de assinatura da revista New Yorker, *recibos de reserva de bibliotecas, listas de compras. Uma vez achei uma fotografia, velha, desbotada, amarelada e meio pegajosa, de três crianças em uma piscina infantil, rindo enquanto jogavam água umas nas outras. Fiquei pensando se havia uma maneira de descobrir quem eram, mas acabei tendo que jogar a foto fora… parecia uma tarefa impossível localizá-las.*

A verdade é que não estou brava o tempo todo. As pessoas acham que estou, mas só tenho essa cara mesmo. Essa "cara de poucos amigos", como as pessoas dizem. Simplesmente não sou uma pessoa sorridente. Se quiser que eu sorria, você precisa dizer algo muito engraçado ou fazer alguma coisa que me deixe muito feliz. E poucas pessoas conseguem essa proeza. Principalmente no meu local de trabalho, a Read the Room, onde todo mundo se derrete pelo Westley porque ele é bonito daquele jeito, ou pela Alejandra, porque ela é bonita e legal e supostamente uma escritora de ficção científica (mas, falando sério, alguém já leu algum trabalho dela? Talvez seja péssimo. Quer dizer, quem vai saber?). Ninguém presta atenção em mim de verdade, e posso jurar que sou eu quem mantém toda a operação em andamento. Teoricamente, a Julia está no comando — quer dizer, ela é a dona —, mas ela entra em pânico tão facilmente. Eu sou a única que sempre sabe exatamente o que está acontecendo, a qualquer momento.

Consegui o emprego na Read the Room há cerca de cinco anos. Antes disso, trabalhava como garçonete em um café paradão e já estava cansada de ouvir os clientes me dizendo para sorrir e me perguntando o que eu ia fazer com a minha vida. Um diploma em letras, com especialização em escritoras do século XIX e início do século XX, não prepara a gente pra muita coisa, mas adorei a faculdade. Não tinha me ocorrido que trabalhar em uma livraria era algo que eu poderia fazer. Parecia o tipo de trabalho que as pessoas têm nos filmes, quase bonito demais pra ser de verdade, mas um dia eu vi uma placa de "Temos vaga" na vitrine (sério, é assim que a Julia escolhe empregados — ela acha que o destino manda as pessoas certas para a sua porta) e, em um piscar de olhos, lá estava eu: uma livreira em tempo integral. Eu jamais diria isso a ninguém aqui, mas amo o meu trabalho. Há alguma coisa neste lugar que faz eu me sentir instantaneamente mais calma, como se os livros que me cercam me deixassem segura.

Estar perto de livros era algo com que eu sempre sonhava quando era pequena — sou filha de mãe solteira e nunca sobrava dinheiro para supérfluos em casa. Eu não achava que livros eram supérfluos, mas ela não concordava, então cresci frequentando a biblioteca, pegando os mesmos livros várias vezes, porque eram amigos de quem eu sentia falta. Ainda custo a acreditar que trabalho cercada por livros e que posso até comprá-los com o desconto de funcionária. Sou extremamente rigorosa comigo mesma em relação a isso — dois livros de bolso para cada salário quinzenal, nada mais —, porém, para a criança que eu era, ainda parece um sonho inalcançável. (O nome daquela criança, a propósito, era Karen. Mudei de nome legalmente quando fiz dezoito anos. Sinceramente, vê se eu tenho cara de Karen.)

Meu negócio de crochê é outro sonho, nada além de algo que eu achava que seria divertido fazer no meu apartamento minúsculo. Sempre adorei fazer crochê — minha mãe me ensinou, com novelos de lã que encontrávamos na Legião da Boa Vontade —, mas sempre achei as cores fortes demais, pareciam saídas de um desenho animado. Alguns anos atrás, tive a ideia de comprar tinta para tecido e usar a minha pia para transformar um fio branco em um azul-suave muito bonito. Ficou lindo e, antes que eu me desse conta, já tinha uma página no Etsy (um site de compra e venda de produtos artesanais e vintage) e uma cozinha cheia de tubos de tinta e bacias plásticas. Não ganho muito dinheiro com isso, mas tenho alguns clientes fiéis e adoro pensar em coisas para fazer com os fios. Fiz algumas bijuterias para mim e tricotei um suéter a partir de um molde (não ficou exatamente tão bonito quanto na foto, mas não é como se as pessoas se vestissem bem no meu trabalho). Agora estou pensando em um maiô de crochê em um modelo bem vintage, como aqueles que a gente vê as pessoas usando nas praias em fotos dos anos 1920. Não contei a ninguém sobre essa ideia, porque provavelmente tentariam me convencer do contrário. Acho que sou mais visionária do que a maioria das pessoas.

Eu não diria que tenho muitos amigos no trabalho. O que tenho é uma situação constrangedora: Westley e eu nos pegamos atrás de uma estante de livros na última festa de fim de ano da equipe. Nós dois bebemos demais (e eu me senti péssima no dia seguinte... aquele Chardonnay barato é terrível), e, pelo amor de Deus: quem não gostaria de ficar com o Westley? Ele beija muito bem, se quer saber. Foi tudo consensual, mas o arrependimento foi imediato — bem, pelo menos da parte do Westley, que depois de um instante se afastou de mim em um pulo, como se eu fosse radioativa. Agora concordamos em nos tratar com respeito etc. etc. e nunca mais falar desse assunto, mas o que aconteceu ainda paira no ar, como o leve aroma de mofo que a Read the Room exala, por mais que a gente mantenha tudo limpo. Na verdade, gosto desse cheiro, embora agora só o perceba se ficar fora por um tempo. Só para registrar: o Westley também tem um cheiro muito bom. Às vezes imagino que as coisas poderiam ter sido diferentes — uma história em que o Westley e eu nos apaixonássemos — e isso é bom para passar o tempo. A verdade é que ele é um cara legal.

Há muitos elementos não muito glamourosos em trabalhar em uma livraria. É preciso fazer a limpeza todos os dias como parte das obrigações do turno. Não há uma pessoa contratada para fazer a faxina, que seja responsável por coisas como varrer, esfregar e tirar o pó, embora algumas vezes por ano alguém venha limpar as janelas. E Julia nos faz gastar muito tempo checando as prateleiras para garantir que estejam devidamente organizadas em ordem alfabética. Acho que a Julia nasceu em ordem alfabética. Ela está sempre dizendo: "E se um cliente viesse buscar um livro específico e não conseguisse encontrar porque as prateleiras estão desarrumadas?" Bem, o cliente simplesmente iria até o balcão, nos perguntaria e descobriríamos como encontrar o que estava procurando, certo? Mas ela é a chefe.

De modo geral, os clientes são minha parte favorita do trabalho. Claro, há alguns usuários obstinados da Amazon que acham que não vemos quando fotografam furtivamente as capas dos livros com os celulares para comprar on-line depois. Mas a maioria das pessoas frequenta a Read the Room porque ama livros e livrarias, e eu gosto de ajudar essas pessoas a encontrar o que estão procurando, ou dizer a elas o que estão procurando quando nem elas mesmas sabem. Às vezes me pergunto se certos autores, como Alice McDermott, Brit Bennett e Emma Straub, não deveriam me pagar uma comissão pelas muitas mãos em que coloquei seus livros. Mas, ah, não faço isso pelo dinheiro. Faço porque acho que nasci para estar em uma livraria. É onde me sinto eu mesma. É o meu lar.

35

April

April estava sentada no café, se sentindo estranhamente insegura e ofegante, como se estivesse prestes a ler o capítulo final de um livro cheio de reviravoltas. Ela havia encerrado o trabalho mais cedo e trocara acenos simpáticos com a Tangueira no saguão do prédio — erguendo as sobrancelhas, a mulher indicara sua aprovação pela roupa nova de April (calça jeans justa e uma camisa preta com ar ligeiramente vintage, enfeitada com renda, uma roupa casual, porém mais sofisticada do que qualquer coisa que April já tivesse usado). Ainda não eram 16h30, mas ela optara por chegar cedo para não deixar L esperando, pois se deu conta de que não tinha o número do celular dele e, portanto, não poderia mandar uma mensagem avisando caso se atrasasse. Parecia tão estranho não saber como entrar em contato com alguém… será que ela deveria ter pedido o número dele? Mas aquilo quebraria toda a atmosfera retrô que eles tinham estabelecido com aqueles bilhetes. De qualquer forma, já era tarde demais. Ali estava ela, no Grão Turrão com seu exemplar de *O homem magro* em cima na mesa, com a capa cuidadosamente virada para cima, tomando um cappuccino e tentando acalmar o coração acelerado. (Honestamente, o cappuccino — provavelmente o mais forte que

April já tinha tomado, tão forte que praticamente se erguera da xícara e sibilara pra ela — não estava ajudando.)

Em uma cidade onde as redes de cafeteria se proliferavam, o Grão Turrão era um lugar à moda antiga, e talvez fosse por isso que L o escolhera. April nunca tinha ido ali antes, embora soubesse que o local era famoso em Seattle: um café independente que existia havia muito tempo, já funcionara sob vários nomes (reza a lenda que Theodore Roethke escrevia seus poemas sentado à mesa dos fundos), sempre servindo café em xícaras brancas grossas que continham manchas tênues de bebidas passadas a clientes sentados à mesas e em cadeiras de madeira perpetuamente bambas, que não combinavam entre si, pois aparentemente provinham de vendas de garagem do arco da velha. O único item de comida no cardápio do Grão Turrão eram brownies — altos e densos, assados pelo dono todas as manhãs nos fundos do café e deixados sob uma redoma de vidro sobre balcão o dia todo. Era uma ideia incrível, pensou April — o aroma de chocolate se fundia ao de café, criando um perfume delicioso, e ela imaginou que se ficasse sentada ali por tempo suficiente tomando café forte e comendo chocolate, ficaria tão alerta que não precisaria dormir à noite. E aquela era mesmo a aparência de muitos clientes: como se tivessem passado dias inteiros no Grão Turrão, atravessando algum tipo de crise existencial. April, que se sentia agradavelmente elegante em suas roupas novas, não se encaixava muito bem ali. Ainda assim, precisou se conter para não sorrir para os outros clientes — era um dia lindo, e algo importante finalmente estava prestes a acontecer.

Eram 16h34. L estava atrasado. Bem, tinham se passado apenas alguns minutos da hora marcada, e todos sabiam que o trânsito era ruim àquela hora do dia. Além disso, os ônibus nem sempre passavam no horário, e não era nada demais se a pessoa não fosse tão exigente com pontualidade como April. Qual será que era a distância entre a casa dele e o café? Talvez tivesse sido bobagem dela chegar tão cedo. Ela precisava parar de ser tão obcecada com pontualidade. Estava tudo bem.

De repente, o celular de April avisou a chegada de uma mensagem, e ela ficou assustada por um momento: como L sabia como entrar em contato com ela? Mas não era ele, era Ben.

Oi, mana! Como você tá? Consegui a figuração no filme da livraria!!!

April respondeu automaticamente:

Que ótimo! Parabéns.

Ela já imaginava que aquele não seria o fim da conversa, e com certeza não foi:

Será que você não podia me emprestar mais mil?
Tive umas despesas inesperadas aí, e reduziram as minhas horas na mercearia DE NOVO.
Você é DEMAIS.
Mts bjs

April suspirou e respondeu.

Me liga amanhã.

Talvez L também tivesse um irmão que o deixava louco. Mas, àquela altura, a única coisa que realmente sabia sobre ele era que estava definitivamente atrasado. April observou distraidamente um casal de idosos entrar, manobrando seus andadores até o balcão e sendo recebidos calorosa, embora sarcasticamente, pelo barista, que obviamente os conhecia bem e levou o café que sempre pediam até a mesa: coado normal, nada extravagante, nem precisaram dizer o que queriam. Os dois se sentaram e ficaram tomando o café, sem conversar, mas parecendo nem precisar também. Talvez aquele fosse o verdadeiro significado do amor: se sentar para tomar café com alguém e não precisar de palavras. O sol entrava pelas janelas à esquerda, realçando as rachaduras das mesas, ofuscando os pôsteres desbotados na parede.

O relógio marcou cinco horas enquanto April tentava se interessar pelas notícias que lia no celular, em vez de ficar olhando para a porta sempre que um novo cliente entrava. Mas ninguém se parecia com L, e ninguém prestou atenção nela — e a cada nova pessoa "não L" que passava pela porta, os ombros de April pareciam se curvar um pouco mais. O que sobrara do cappuccino já tinha esfriado havia muito tempo. E ela não queria pedir outro.

April se obrigou a ficar sentada diante da mesa até 17h30, mas já não podia mais negar: L não apareceria e pronto. Tinha sido bobagem não pegar o número dele. Aliás, talvez a coisa toda tivesse sido uma grande bobagem. Talvez L tivesse encarado aquilo só como uma brincadeira e nada mais. Talvez encontros fofos e inesperados não acontecessem na vida real… pelo menos, não na dela. April levou a xícara vazia até o cesto de plástico arranhado sob a janela, sentiu uma última vez o cheiro suave de chocolate e saiu do café. O sol do fim da tarde parecia um pouco mais fraco, mas mesmo assim ela piscou várias vezes ao sair, para afastar uma lágrima muito indesejada.

36

Laura

Laura não teve problemas em conseguir autorização para sair mais cedo do trabalho para ir ao encontro de A no Grão Turrão — ela era uma das funcionárias mais antigas do departamento e raramente pedia uma folga extra. Laura desconfiava que Sydney achava que algo diferente estava acontecendo, porque o assistente tinha lançado a ela um olhar bem malicioso quando se despediu naquela tarde. Um dia ela contaria a história toda a ele, mas, por ora, preferia manter o mistério. Embora tivesse sido mais curto, o expediente de trabalho parecera longo, e Laura sentiu um frio na barriga durante todo o dia em uma expectativa nervosa, mas feliz. Ela nem se deu ao trabalho de contar quantos anos tinham se passado desde que tivera um encontro com alguém novo (porque com certeza era disso que se tratava, não?), e tentou não pensar que aquele último primeiro encontro tinha sido com Sam, mas, de todo modo, se sentia empolgada, como se voltasse à adolescência por um momento. No mínimo, iria tomar café e conversar com um homem muito bonito, que provavelmente estaria muito mais relaxado do que na livraria, já que não estaria em horário de trabalho. E talvez aquilo levasse a algo mais. Para a surpresa de Laura, ela realmente estava animada com a expectativa. Talvez fosse mesmo a hora.

Laura entrou no carro e automaticamente checou o celular antes de dar a partida. E viu uma notificação de chamada perdida de pouco tempo antes seguida uma mensagem de Ashley.

Me liga!!! O MAIS RÁPIDO POSSÍVEL! Por favor!

Laura ligou para a babá na mesma hora, com os dedos trêmulos. Embora fosse uma pessoa meio preocupada de modo geral, Laura nunca se permitira contemplar a possibilidade de algo terrível acontecer com Olivia — por algum motivo, simplesmente não conseguia imaginar. Tinha certeza de que o mundo não seria tão cruel a ponto de levar seu marido amado e também a filha preciosa, não é mesmo? O coração de Laura pareceu parar e era quase impossível respirar até que ouviu a voz de Ashley.

— Laura! — disse a jovem, que atendeu imediatamente, ao primeiro toque, e em um tom urgente, o que não era típico dela. — Não entra em pânico! A Livvy tá bem!

— Ai, graças a Deus — disse Laura, um pouco ofegante e com a sensação de que nuvens de tempestade haviam se dissipado repentinamente. — Você me assustou! — O mundo parecia mais leve de novo. Era óbvio que Olivia estava bem. Claro que estava.

— Desculpa mesmo! — disse Ashley. — Eu não queria preocupar você. Mas preciso que volte pra casa imediatamente, porque não posso ficar com a Livvy. O Zach sofreu um acidente de skate e está no pronto-socorro. Preciso ir pra lá.

Ashley parecia nervosa, de um jeito que Laura achou tocante. Era difícil imaginar alguém tendo sentimentos ternos por Zach, mas como era mesmo aquela expressão? "Sempre existe um chinelo velho para um pé cansado"?

— Ah, espero que ele esteja bem — disse Laura. — Mas tenho um compromisso agora. Você pode deixar a Livvy na casa do Hayden? Tenho certeza de que a mãe dele não vai se importar.

— Eu tentei, mas eles não estão em casa — disse Ashley e sua voz falhou, como se ela estivesse prestes a explodir em lágrimas. — Sinto muito mesmo, mas tenho que ir para o hospital. Parece que o Zach teve uma concussão e algum tipo de amnésia, e está achando que tem catorze anos. Por isso preciso que você volte agora mesmo. Por favor!

Laura pensou que Zach com frequência parecia ter catorze anos, então talvez não houvesse nada de errado com ele. Mas Ashley parecia já estar com o pé para fora de casa, e uma menina de sete anos não podia ficar sozinha de jeito nenhum. Rebecca estava ocupada em um julgamento e com certeza não ia poder largar tudo. Não havia tempo para encontrar outra babá, e nada mais a ser feito.

— Tudo bem, tudo bem — disse Laura. — Chego aí em poucos minutos. Aguenta firme.

Droga, pensou ela, imaginando A esperando e esperando por alguém que jamais apareceria. Mas emergências aconteciam, e ele sabia que Laura tinha uma filha — é claro que ele sabia, afinal, tinha visto Olivia com ela na livraria. Ela esperava que A entendesse que uma situação familiar incontornável havia surgido. Laura voltou para casa na velocidade máxima permitida enquanto escrevia outro bilhete mentalmente. Era hora de esquecer o café e evoluir para um convite para jantar.

Já em casa, Laura mal tinha enfiado a chave na fechadura quando a porta da frente se abriu e Ashley saiu voando, parecendo chorosa.

— Obrigada! — disse. — Preciso ir!

— Espero que o Zach esteja bem! — gritou Laura às costas dela. — Mande notícias!

Ela entrou e fechou a porta de casa. Olivia estava sentada em um banquinho diante do balcão da cozinha, com um prato de maçã fatiada à sua frente (o que fez Laura sentir um momento de gratidão por Ashley, que mesmo em meio a uma crise pessoal arranjou tempo para preparar um lanche saudável para a menina). Olivia olhou para a mãe, com os olhos arregalados.

— Oi, meu bem — disse Laura. Ela deu um beijo no topo da cabeça da filha e bagunçou seus cachos. — Como foi a escola hoje?

Olivia não estava a fim de conversa fiada.

— O Zach vai ficar bem?

— Tenho certeza de que sim.

— A Ashley Dois tava *chorando* — anunciou a menina em tom solene.

Aquilo claramente a abalara. Olivia nunca tinha visto a babá, sempre tão tranquila, chateada daquele jeito antes.

— Ela só estava em choque — explicou Laura. — As pessoas ficam sensíveis quando são surpreendidas desse jeito. Tenho certeza de que o Zach vai ficar bem. E a Ashley vai nos dar notícias assim que puder. Não se preocupe.

— Mas como você sabe que ele vai ficar bem? — insistiu Olivia.

Laura hesitou, tentando encontrar aquele equilíbrio complicado entre ser sincera e também otimista.

— Bem, você tá certa. Eu realmente não sei. Mas o Zach é jovem e saudável e está em um hospital onde vão cuidar bem dele, então parece provável que ele vá ficar bem. E às vezes o melhor que a gente pode fazer na vida é olhar as situações pelo lado positivo. Se a gente não sabe o que está acontecendo, sempre vale a pena presumir o melhor.

— Por quê? — Olivia agora ignorava o lanche à sua frente.

— Porque isso faz todo mundo se sentir melhor — respondeu Laura.

Olivia pensou a respeito e acabou concordando.

— Muito bem — disse Laura. — Termina o seu lanche e lava as mãos. A gente vai sair pra comprar pizza. E, no caminho, vamos parar na livraria. Preciso fazer uma coisa por lá.

37

April

Talvez L fosse a inicial de Largado. Ou Loroteiro. Ou Lixo. April vinha se esforçando para não deixar que o fato de ter levado um bolo a abalasse profundamente, mas estava perdendo a batalha. Era muito estranho: no papel, L parecia tão interessado. Que tipo de pessoa envia mensagens bacanas escondidas em livros para jovens adultos, mas depois não aparece no dia combinado? Será que aquilo tudo tinha sido apenas uma brincadeira para ele: fazer uma pegadinha com aquela pessoa estranha que escrevia bilhetes e então rir quando ela acabasse sentada sozinha em um café? Será que havia alguém de olho no Grão Turrão e April estava prestes a se tornar o tema de um triste vídeo viral?

Talvez ela o tivesse julgado completamente errado. April, que tentava trabalhar em seu apartamento silencioso demais, não parava de repassar a tarde anterior na mente, se perguntando o que poderia ter feito para que o dia tivesse terminado diferente. Era difícil não se sentir um pouco humilhada. Embora ninguém no Grão Turrão parecesse ter prestado a mínima atenção nela, não era meio patético se arrumar e ficar esperando por alguém que nem se deu ao trabalho de aparecer? Ela estava se sentindo tão bem quando chegara ao café… tão confiante, chique e pronta para embarcar em uma jornada potencialmente fascinante... e agora se sentia pequena e tímida, alguém em quem ninguém tinha reparado. Alguém que talvez tivesse se deixado enganar fácil demais. Alguém que dera um salto e não encontrara ninguém para amortecer sua queda. Alguém que, ao voltar para casa e ouvir do sr. Jackson no corredor que estava bonita, murmurou algumas palavras ininteligíveis e entrou correndo em casa para poder chorar à vontade.

Seus pensamentos foram interrompidos por uma batida à porta, que a forçou a se levantar da cadeira. Era Ben — claro que era ele, quem mais apareceria daquele jeito, sem avisar? —, que chegou sorrindo e carregando um buquê de flores tristes embrulhadas em um plástico amassado, claramente comprado no supermercado, junto com uma bolsa de viagem que parecia cheia.

— Ah, oi — disse April, afastando-se da porta.

O irmão entrou, colocou a bolsa no chão e entregou o buquê a ela. As flores pareciam tão exaustas quanto April.

— Ei! — disse Ben em um tom animado. — São pra você. Eu queria agradecer pelo dinheiro.

— Ué, você não deveria agradecer gastando comigo — disse April. Embora, para ser justa, ele claramente não tinha gastado muito.

— Estou tão animado com a participação no filme! — comentou Ben, parecendo não reparar no humor abatido da irmã. — Vou fazer figuração nas cenas da livraria. Figuração paga de verdade! São só alguns dias, mas começa amanhã!

— Que ótimo — respondeu April no automático, sem registrar realmente o que o irmão estava falando... ela não estava com a menor vontade de ouvir sobre golpes de sorte. — Estou ocupada trabalhando agora. Obrigada por passar por aqui.

— Por que essa pressa toda? Você não tem tempo para falar com o seu irmão, o ator famoso? — brincou Ben, enquanto abria a porta da geladeira de April e franzia o cenho.

— Só tô meio ocupada — explicou April. — E não, não tem aquele suco caro de que você gosta.

— É suco de açaí. Ótimo para o intestino. Você deveria experimentar — sugeriu Ben. Ele finalmente olhou para ela. — O que aconteceu? Você tá parecendo o papai depois de um jogo de golfe ruim.

— Meu intestino tá ótimo. E não aconteceu nada — respondeu April.

Ela sabia muito bem que não deveria compartilhar detalhes da vida pessoal com o irmão, porque Ben era incapaz de guardar as coisas para si. Não fazia muito tempo, April o havia aconselhado sobre uma namorada e, dias depois, ela tinha aparecido na porta de April, acusando-a de "interferir" no relacionamento deles e reclamando da técnica sexual de Ben (um tópico que o conselho de April não chegara nem perto de abordar e sobre o qual definitivamente *não* queria nem saber, muito obrigada).

— Ah, qual é — disse Ben, abrindo uma lata de Coca Zero que pegara da geladeira de April. — Alguma coisa está incomodando você. Talvez eu possa ajudar.

Ben já havia interpretado um terapeuta em uma peça do teatro comunitário e achava que aquilo tinha lhe dado alguma experiência, sem mencionar algumas falas para repetir feito um papagaio.

— Não é nada — repetiu April. Mas, de repente, e indo contra o próprio bom senso, se deu conta de que gostava da oportunidade de falar com alguém, mesmo que fosse com Ben. — Eu tentei uma coisa e não deu certo. Tá tudo bem. — De repente, foi como se uma porta de armário trancada tivesse se aberto, e tudo o que estava contido ali se derramasse com a força de uma cachoeira. — Eu estava a fim de um cara da livraria… sabe, aquela no fim da rua, onde estão gravando o filme. Esse cara trabalha lá. Deixei um bilhete pra ele um dia, e trocamos bilhetes por um tempo. Foi divertido. Mas aí a gente fez planos pra se encontrar em um café ontem à tarde e ele não apareceu. Então agora não sei o que pensar. Talvez ele estivesse só se divertindo à minha custa.

— Isso não me parece muito divertido — comentou Ben, dando um gole no refrigerante. — Então, quem é esse cara mesmo?

— Essa que é a questão — disse April. — Não sei o nome dele. Poderia ter perguntado a alguém na livraria, acho, mas a correspondência anônima parecia um jogo divertido.

— Como em *Mensagem para você* — lembrou Ben inesperadamente.

— Como você conhece esse filme?

— A Kelsey me fez assistir. — Kelsey era a namorada da conversa constrangedora. Ela e Ben ainda estavam, infelizmente, mais ou menos juntos, e April agora tentava evitar ficar sozinha com Kelsey, ou mesmo pensar nela. — Então esse cara é o Tom Hanks e você a Meg Ryan, certo?

— Você não tá ajudando em nada — disse April. — Faz alguma coisa útil e me traz uma Coca Zero. — Ele obedeceu. — Então, eu simplesmente não sei em que pé estão as coisas e estou com vergonha de voltar à livraria e ver esse cara depois que ele me deixou esperando daquele jeito.

— Mas se ele não sabe quem você é, por que você ficaria envergonhada? Por que levar isso pro lado pessoal, se vocês nunca chegaram a se conhecer de verdade?

De vez em quando Ben surgia com um bom argumento, como aqueles proverbiais relógios parados que acertam a hora duas vezes por dia. April hesitou.

— É... tá certo, isso é verdade. Ele não sabe em quem deu o bolo. Mas ainda assim me deu um bolo.

— Ele tinha seu número de celular?

— Não, não, como eu disse, a gente não conversou na vida real.

— Então ele pode ter tido uma emergência de verdade e não teve como avisar.

— Acho que sim — concordou April. A verdade era que ela não tinha se permitido considerar aquela possibilidade. — Mas com que frequência as pessoas têm emergências do tipo que as impede de cumprir com o combinado?

— O tempo todo — disse Ben. — Aconteceu comigo outro dia. Acabou a luz no meu apartamento e não consegui ir a uma reunião com um cara que talvez me escalasse para a websérie dele.

— Por que a falta de energia impediu você de ir a um compromisso?

— Ué, eu não conseguia carregar o meu celular — respondeu Ben, no tom de quem explicava algo a uma criança. — Então, obviamente, não poderia ir a lugar algum, porque meu celular não funcionava e ninguém conseguiria me encontrar.

— Mas se o seu celular estava sem bateria, ninguém conseguiria mesmo entrar em contato com você, quer você ficasse em casa ou saísse.

— Exatamente — disse Ben, e deu outro gole na Coca Zero.

— Você é um idiota — comentou April. Mas estava começando a se sentir um pouco melhor. — Talvez o cara da livraria tenha tido uma emergência real, ou se atrasado. Foi meio estúpido da minha parte não pegar o número do celular dele. Talvez seja melhor ir falar com ele para que tenha uma chance de se explicar.

— Isso! — Ben ergueu um punho no ar. — Vai lá! Se joga no desconhecido! Fala com o carinha anônimo! Aproveita a vida!

— E... por que mesmo eu deveria seguir o seu conselho? — perguntou April sorrindo, mesmo contra sua vontade.

— Porque sei que, se esse cara saísse com você, seria um homem de sorte. Você é incrível. E deveria dar uma chance para ele experimentar toda essa maravilhosidade.

— Você só tá dizendo isso porque te mandei dinheiro.

Ben estendeu os braços, demonstrando empatia com as palmas das mãos abertas.

— Não. Só tô dizendo isso porque é a verdade. E sei que não digo tanto quanto deveria. Dá uma chance pro cara. Você merece que alguma coisa incrível aconteça na sua vida.

April ficou comovida e um pouco nervosa — a não ser por um breve período após a morte da mãe, quando ligava todos os dias só para saber como April estava e tentar fazê-la rir, Ben raramente era tão carinhoso. Talvez valesse a pena aturar o irmão.

— Tá certo — disse ela. — Tá certo. Vou fazer isso. Talvez amanhã. Valeu. — Ela deu um abraço rápido nele. — Mas preciso que você vá agora porque tenho que trabalhar.

Ben apontou para a sacola no chão.

— Preciso usar sua máquina de lavar — disse. — Estou sem nenhuma cueca limpa.

38

Westley

As filmagens de segunda-feira finalmente terminaram, e Westley se sentiu aliviado — as luzes já estavam esquentando demais e ele estava cansado de manter a mente vazia, já que aquela parecia ser a maneira mais fácil de evitar olhar para a câmera. As coisas estavam acabando cedo naquele dia. Westley não sabia o motivo, mas não questionaria. Kelly estava de volta, e o filme parecia finalmente estar indo bem, embora um dos novos figurantes tivesse passado tempo demais olhando para Westley, e chegara a se aproximar em um momento e dizer: "Aproveita a vida, cara! Manda ver!", erguendo um punho. Como não tinha ideia de como responder àquilo, Westley assentiu e tentou parecer ocupado.

Depois que a mulher do chapéu Fedora gritou "Corta" e Westley estava reorganizando os livros em seu balcão para que se assemelhassem mais ao seu trabalho real do que ao trabalho do filme, sentiu que alguém o encarava. Era a mulher atribulada que tinha o infeliz cargo de assistente de Donna Wolfe; Westley não sabia o nome dela, mas a reconheceu, embora nunca tivesse visto a mulher longe de Donna antes. Ela parecia estar se mantendo inteira por algo muito tênue, como uma espécie de castelo de cartas em forma humana.

— Com licença, Westley? — chamou a mulher. — Você tem um minuto?

— Hum, claro — respondeu Westley, surpreso por ela saber seu nome, já que os dois nunca tinham se falado antes.

A pergunta seguinte foi ainda mais surpreendente.

— Você tá livre essa noite? — perguntou. — E tem um terno que seja aceitável para um evento formal?

— Hum, como é que é? — Aquilo não era nada do que ele esperava. — Bem, acho que sim. E não exatamente. Quer dizer, sim, estou livre e, sim, tenho. Eu tenho um terno. Mas é muito velho e nada bonito. Nem sei se ainda me serve. — Ele fez uma pausa, respirou fundo e começou de novo. — Você pode me dizer por que está perguntando? Desculpa, mas nem sei o seu nome.

— Não é pra mim — disse a mulher, conseguindo parecer ao mesmo tempo bem-humorada e estressada. — Aliás, meu nome é Joanna. Sou assistente da sra. Wolfe. Ela tem um evento de gala hoje à noite no Hotel Olympic, no centro da cidade, e queria saber se você gostaria de acompanhá-la.

Aquela conversa estava ficando cada vez mais esquisita.

— Hum. Espera aí. A Donna Wolfe está me convidando pra *sair*?

Joanna deixou escapar um som que poderia ter sido uma risada, se tivesse oxigênio o bastante.

— Não, não. Não é isso. A Donna só pensou que, já que você está no filme, talvez quisesse acompanhá-la a um evento. Seria uma boa oportunidade para conhecer algumas pessoas da imprensa. E uma chance de ganhar visibilidade.

Westley ficou intrigado.

— Por que eu iria querer visibilidade? Só fiz um bico de substituto. Trabalho em uma livraria.

— É claro que a escolha é sua — disse Joanna, que não parecia muito empolgada com aquela tarefa. — Mas a sra. Wolfe achou que você poderia gostar. É um jantar de gala e você ouviria o discurso da sra. Wolfe. Se precisar de um terno, o departamento de figurino pode conseguir um pra você.

Westley abriu a boca para recusar. Mas então pensou que passaria mais uma noite em casa sem nada para fazer, pedindo delivery de algum restaurante e fugindo dos colegas de casa, então se lembrou de como vinha se animando a experimentar coisas novas, e se ouviu dizendo:

— Claro, por que não? A que horas?

— O coquetel começa às oito. Já avisaram ao Maverick, do figurino, que talvez você precise pegar alguma coisa emprestada pra vestir. Aqui está o seu ingresso para o evento. A sra. Wolfe vai se encontrar com você no saguão do Hotel Olympic às 20h10 em ponto. — Joanna entregou o ingresso, deu as costas rapidamente e se afastou, alerta para a próxima crise.

Três horas depois, Westley estava no elegante saguão do Hotel Olympic — usando o terno preto elegante que um Maverick mal-humorado havia tirado de um cabide e ajustado em alguns lugares, e com o cabelo meticulosamente penteado pra trás pela cabeleireira Inez. Ele se sentiu um tanto constrangido com os olhares das pessoas no ônibus e o modo como se afastavam para que passasse, como se ele fosse algum membro da família real —, mas pegar um carro de aplicativo para o centro da cidade sairia caro. Donna Wolfe, em um vestido preto cintilante, estava parada ao lado de um vaso com uma grande palmeira e de um sofá estofado, como se tivesse sido colocada ali para uma foto de revista, passando o dedo fino pela tela do celular. Ela levantou os olhos quando Westley se aproximou.

— Ah — disse ela. — Você.

Westley não sabia muito bem como responder àquilo, embora não fosse realmente uma pergunta.

— É — disse, sem jeito. — Sou eu. Obrigado por me convidar.

Donna Wolfe — Westley ainda achava difícil pensar nela sem usar nome e sobrenome — ignorou suas palavras. Ela guardou o celular na bolsa.

— Muito bem — disse Donna. — Vamos entrar juntos. Vai haver alguns jornalistas. Não responda a nenhuma pergunta que fizerem.

Westley podia ver uma pequena multidão do outro lado do saguão, reunida em torno da entrada do que parecia ser um salão de baile, com pé-direito alto e arcos elaborados no teto, como em um castelo. Um tapete vermelho improvisado fora estendido sobre o tapete do saguão, e alguns flashes esporádicos piscavam. Para Westley, que não ia a um evento formal desde seu baile de formatura (uma noite constrangedora e estressante, na qual sua namorada da época acabou em lágrimas porque a fantasia que havia alimentado de Westley a pedindo em casamento na noite do baile não se concretizara), tudo parecia inesperadamente glamouroso. Donna Wolfe, cujos óculos escuros, sua marca registrada, pareciam combinar perfeitamente com o vestido, deu o braço a ele e o conduziu, a passos firmes, na direção da entrada. Embora outros convidados parecessem estar parando a uma mesa onde pessoas bem-vestidas consultavam listas em pranchetas, ela passou direto por aquele posto de controle, dando apenas um aceno imperioso e seguindo em direção ao pequeno grupo de fotógrafos, com Westley a reboque, como se ele fosse uma carga.

Apenas alguns flashes dispararam. Afinal, estavam em Seattle, não em Hollywood.

— Ei, Donna! — chamou um dos fotógrafos. — Quem é o bonitão que está acompanhando você?

Donna Wolfe agiu como se não tivesse ouvido e passou pela porta, levando junto consigo um Westley ligeiramente ruborizado com a pergunta, como se estivesse sendo arrastado por uma maré inevitável. O salão de baile era amplo e muito claro, com mesas iluminadas por velas e um pequeno exército de garçons de avental preto — um deles logo se aproximou com uma bandeja cheia de taças de champanhe. Donna Wolfe pegou uma e indicou com um gesto que Westley deveria fazer o mesmo. Ele hesitou.

— É tudo de graça, né?

Donna Wolfe assentiu, parecendo ofendida.

Aquele com certeza era o salão mais chique em que Westley já pisara, e aquela era a mulher mais bem-vestida que já tivera ao seu lado — ele estava acostumado com a casualidade da livraria, que, na verdade, era o único lugar onde se sentia em casa. O lindo salão de baile parecia ser lugar para outra pessoa, alguém mais confiante. Westley, sem gravata, porque Maverick achou que uma camisa aberta (também emprestada e tão macia que chegava a ser desconcertante) "compensaria a formalidade do terno", estava desconfortavelmente ciente de que ainda usava o tênis com que fora para o trabalho. Talvez fosse por isso que as pessoas estavam olhando para ele, quem sabe se perguntando por que Donna Wolfe tinha ido ao evento acompanhada por um otário que nem sapatos sociais tinha. Porque estavam realmente olhando para ele, de um jeito que o deixava nervoso. Tinha sido um erro ir àquele evento. Talvez Donna Wolfe não se importasse se ele fosse embora mais cedo. Ela se adiantou pela multidão como se esperasse que todos se afastassem para que passasse — o que, surpreendentemente, aconteceu — e guiou Westley pela sala, parando diante de um homem distinto e de aparência boêmia em um terno estiloso que lhe caía muito melhor do que o terno emprestado que Westley usava.

— Ah, Paolo — cumprimentou Donna. — Achei que você gostaria de conhecer este rapaz. Por conta daquele projeto de que a gente estava falando.

Paolo, que exalava o aroma de uma colônia forte, mas não desagradável — era como o cheiro de um jardim muito masculino —, olhou para Westley, que sorriu, hesitante. O sorriso foi, rápida e dramaticamente, retribuído.

DE: Julia@readtheroom.com
PARA: Todos os funcionários da Read the Room
ASSUNTO: Encerramento das filmagens (finalmente!)

Olá a todos. Fico MUITO feliz em informar que o fim está próximo, e os últimos dias de gravação acontecerão no fim desta semana. Agradeço demais a paciência de todos ao longo desse processo. Aprendi muito sobre o negócio do cinema, particularmente sobre o que as pessoas do cinema querem dizer quando garantem que não vai haver "nenhuma perturbação", e não vou me esquecer disso de agora em diante. Também aprendi a apreciar de verdade o ambiente tranquilo da loja quando ele não é um set de filmagem, e vou valorizar muito isso daqui pra frente. E espero que vocês também.

Tenho que reforçar o lembrete de que, mesmo com tanta comoção na loja nas últimas semanas, as tarefas de todos continuam as mesmas. Hoje encontrei uma cópia de *Os caminhos para a liberdade*, de Colson Whitehead, na seção de viagens; e *Silas Marner: o tecelão de Raveloe*, de George Eliot, em biografia/memória. Por favor, não se esqueçam de checar todos os dias as seções designadas para cada estante!

Ontem, um dos figurantes — aquele que foi dispensado por "roubar o foco", seja lá o que isso queira dizer — me fez uma pergunta esquisita sobre bilhetes deixados em livros. (Mais especificamente: "Se alguém gostasse de alguém e deixasse um bilhete em um livro, alguém encontraria, certo?") Não tenho ideia do que ele estava falando, mas pareceu uma boa oportunidade para lembrar a vocês que nossos clientes não devem encontrar nada em nossos livros, a não ser páginas e palavras impressas.

Agradeço mais uma vez por toda a paciência durante essa provação. Estou ansiosa para que a Read the Room retorne ao seu estado de tranquilidade. Quando o filme estrear nos cinemas, vou organizar uma excursão para assistirmos juntos.

Julia

P.S. Fui notificada pela Mel, gerente do café, que Sergio, o chef confeiteiro, realmente deixou o cargo esta semana para estudar e se tornar sapateiro, e foi substituído por um chef chamado Sébastien, que deve ser pronunciado à moda francesa (ele é realmente francês e foi padeiro em Paris). Mel pede que a equipe da livraria diga a ela o que está achando dos pães e doces de Sébastien, e está oferecendo um item de cortesia a cada um esta semana. Deus sabe como todos nós merecemos isso.

39

Laura

Logo se descobriu que Zach estava bem. Ele não havia sofrido uma concussão, contou Ashley, feliz, apenas um arranhão na cabeça depois que o skate ficou preso na coleira de um cachorro, causando um dramático tombo de cabeça. (O cachorro, Ashley se apressou a acrescentar, não estava ferido, embora seu tutor tenha dito algumas palavras fortes sobre o acontecido.) Os médicos no pronto-socorro perguntaram a Zach a idade dele, que respondeu "catorze", mas estava falando metaforicamente, porque acreditava ser jovem de espírito. Assim que a equipe médica, com a ajuda de Ashley, percebeu que aquele era uma crença pessoal de Zach e não o indicador de uma lesão traumática, ele foi mandado para casa com um curativo e um aviso para ter mais cuidado ao andar de skate, não importava a idade que tivesse.

— Então ele tá totalmente bem! — garantiu Ashley a uma Olivia extasiada e a uma Laura que tinha acabado de chegar do trabalho um pouco menos entusiasmada.

Não que Laura desejasse qualquer mal a Zach, mas não tinha sido legal ter que cancelar o café com A, e ela talvez se sentisse mais solidária se tivesse sido uma emergência real, e não uma quedinha de skate à toa.

— Nossa, isso é um alívio — disse Laura, forçando-se a sorrir. — Diz para o Zach que a gente tá feliz em saber.

— Espero não ter causado nenhum problema pra você porque precisei sair correndo, Laura. Agradeço muito por você ter voltado mais cedo pra casa — disse Ashley enquanto Olivia corria escada acima para inspecionar os bichos de pelúcia em seu quarto, que sempre desconfiava que se moviam sozinhos quando ela estava em outro lugar.

— Bem, eu ia ter um encontro naquela tarde e tive que cancelar — disse Laura, tentando soar despreocupada. — Com o cara da livraria que eu contei pra você.

Ashley arregalou os olhos.

— Ah nããão! Sinto muito!

Laura se apressou em tranquilizá-la.

— Tá tudo bem, emergências acontecem.

Desde que Laura tinha lhe confidenciado sobre a existência de A, durante a formatura do segundo ano de Olivia, Ashley vinha se mostrando razoavelmente interessada naquele não relacionamento: volta e meia perguntava a respeito e oferecia conselhos não muito úteis, que Laura não tinha intenção de seguir, como talvez enviar uma selfie bem sexy para A. (Ashley não conseguia assimilar o fato de que Laura não poderia enviar nenhum tipo de selfie, mesmo se quisesse, pois não sabia o número do celular de A nem mesmo o nome dele. Aquele estado analógico de coisas parecia totalmente incompreensível para ela.)

— Ah, mas você devia ter me falado! — disse Ashley, angustiada porque aquele não romance parecia estar dando errado. — Eu poderia ter encontrado outra pessoa pra cuidar da Livvy!

— Não, você tava nervosa e preocupada, e precisava chegar ao hospital o mais rápido possível. Tá tudo bem — garantiu Laura, embora, na verdade, não estivesse, e ela tivesse precisado de vinte e quatro horas inteiras e uma longa conversa tranquilizadora com Rebecca (que tinha inúmeras sugestões sobre o que Laura deveria vestir para o jantar) para controlar a irritação que sentira por conta do cancelamento repentino. — Na verdade, deixei outro bilhete pra ele, me oferecendo pra pagar um jantar no fim de semana, pra compensar. Ou seja, dobrei a aposta. De certa forma, você meio que me ajudou a fazer as coisas andarem um pouco mais rápido.

Ashley sorriu, emocionada por fazer parte da comédia romântica que se desenrolava em sua mente. Laura praticamente conseguia vê-la organizando a história como stories do Instagram.

— Ele aceitou o convite pra jantar? Aonde vocês vão?

— Calma. Ele ainda não respondeu. Estou esperando uma resposta.

— Você não tá mais fazendo isso por bilhetes, né? E deixando dentro de um livro na livraria? Sério? — Ashley encarou Laura fixamente, boquiaberta, sem querer dando uma visão nada apetitosa do chiclete orgânico bem mascado ali dentro.

— Tô, sim. Estou tentando respeitar o ritmo da coisa — insistiu Laura. — Se a gente se encontrar no trabalho dele e falar sobre os bilhetes, a coisa toda vai por água abaixo, não é? Ele realmente quer ir pelo caminho mais longo.

— A sua geração é tão estranha… — comentou Ashley. — Então você tá só esperando que ele vá lá e deixe outro bilhete pra você algum dia?

— Isso. Mas vai ser logo. Talvez amanhã ou depois.

— Tudo bem — disse Ashley. — Tudo bem. Esse é o seu jeito, Laura. Mas preciso dizer uma coisa.

— O quê? — perguntou Laura, distraída, enquanto examinava uma pilha de correspondência.

Ashley hesitou, como se quisesse escolher as palavras exatas.

— Muito bem. Talvez não seja da minha conta, mas trabalho pra você há muito tempo, e não é de hoje que acho que seria ótimo se você conhecesse alguém. Sei que amava o seu marido e que sente saudade dele, mas você tá sozinha há tempo demais. Você é uma mulher incrível, uma ótima mãe e tem muito a oferecer. Sei que tem alguém por aí certinho pra você, e talvez seja esse cara, seja ele quem for, e talvez a Livvy também fosse amar se você conhecesse alguém.

Laura ficou surpresa — as frases longas e habituais de Ashley não costumavam terminar com um soco no estômago.

— Ela comentou alguma coisa sobre isso?

— Bem, não. Na verdade, não — admitiu Ashley. — Mas você sabe como ela ama casamentos e histórias em que as pessoas vivem felizes para sempre. Você não gostaria que ela tivesse um padrasto legal algum dia?

— Vai com calma — disse Laura, erguendo uma das mãos. — Vamos marcar esse encontro primeiro. É muito cedo pra falar em padrastos.

Era estranho… ela provavelmente deveria ter ficado irritada por Ashley estar sendo tão atrevida, mas a verdade era que só sentia gratidão.

— Então, hum, em que livro você deixa os bilhetes na livraria? — perguntou Ashley, em um tom um pouco inocente demais.

Laura riu.

— Como se eu fosse contar. Você iria até lá procurar. Eu tô fazendo isso do meu jeito.

— E o que você vai vestir no jantar? — quis saber Ashley, mudando para um tópico mais importante.

Ao contrário de Ashley Um, a Ashley atual amava o guarda-roupa de Laura.

— Não sei. Nada chique — disse Laura. — Talvez jeans. O que acha?

— Humm — retrucou Ashley. — A gente conversa melhor quando chegar a hora.

40

Westley

Não houve filmagem na Read the Room naquele dia, e a loja parecia estranhamente silenciosa e tranquila, como a passarela de um desfile depois que todos os carros alegóricos e bandas marciais já passaram. Westley não sabia se o filme estava pronto ou não. Julia disse que achava que já haviam terminado de filmar no local, mas o escritório da produção tinha parado de se comunicar com ela, e Westley havia percebido que fazer um filme não parecia algo linear, mas uma série de etapas sem ordem cronológica e sem limites definidos. De todo modo, ele estava feliz por estar de volta à Read the Room depois daquela noite esquisita no salão de baile do hotel, onde tinha recebido uma oferta absolutamente surreal sobre a qual não sabia nem o que pensar. Estar na livraria fazia com que se sentisse com os pés agradavelmente firmes no chão. E para toda a equipe era claramente um alívio não estar lidando com o caos das filmagens naquele momento. Julia, em particular, parecia pairar por toda parte, endireitando livros e cantarolando sozinha. A mulher de cabelo encaracolado com a garotinha — a que lhe dera cookies no outro dia… ele provavelmente deveria ter perguntado o nome dela — tinha entrado, folheado brevemente alguns livros na seção de jovens adultos e então levado a filha para escolher um livro na seção infantil. Westley tinha acenado animado para ela, que acenou de volta com uma expressão estranha, como se estivesse se desculpando por algo. Mas ele tinha muito trabalho atrasado, já que os livros tinham se acumulado assustadoramente durante as filmagens, e não teve tempo de pensar muito no assunto. As mulheres sempre olhavam para ele com expressões estranhas. Estava acostumado.

Alejandra passou pelo balcão de Westley, que a chamou.

— Pode vir aqui um instante, Alejandra? Quero mostrar uma coisa pra você.

— O que foi?

Westley tinha marcado a página em *Estruturas abaladas* com um post-it. Ele abriu o livro e apontou para o começo de um parágrafo.

— Lê isso e me diz se faz você pensar em alguém.

Alejandra pareceu confusa e um pouco ansiosa.

— Tô meio ocupada agora — disse. — A seção de ficção científica/fantasia tá uma bagunça depois que aquela tropa de escoteiros passou por lá. A gente pode fazer isso mais tarde?

— É só um segundo. Aqui, lê esse parágrafo.

> *Will era alto, mas não de um jeito que provocaria alarde, com olhos profundos e escuros, como um lago à meia-noite. Era o tipo de homem que parecia saber o que fazer com um martelo, mas que também ficaria bem em casa servindo vinho tinto durante uma reunião de clube de leitura. Seu cabelo ondulado, da cor das sombras em uma floresta, parecia ao mesmo tempo desalinhado e arrumado pelas mãos dos deuses, e ele tinha um jeito de ouvir a pessoa com quem estava conversando como se o resto do mundo tivesse desaparecido.*

Alejandra terminou o parágrafo e levantou os olhos com expectativa.

— Parece... não sei. Alguém que a gente conhece?

— Não. Quer dizer, sim, mais ou menos — respondeu Westley.

— Eu realmente preciso ir, mas, hum, ele se parece um pouco com você, não? — deixou escapar Alejandra, hesitante e claramente envergonhada.

Westley a encarou horrorizado.

— O quê? Não! Quer dizer, imagina se esse livro fosse um filme. Se esse cara aí fosse um ator.

— Ah, com certeza é o Kelly Drake — afirmou Alejandra, se recuperando rapidamente. — Quer dizer, é óbvio. O cabelo principalmente. Que livro é esse? — Ela virou a capa. — *Estruturas abaladas*? Ah, esse é aquele de que você tava falando no Chá da Equipe, né?

— É muito bom — garantiu Westley. — Talvez eu esteja viajando, mas acho que poderia virar filme. Você devia ler.

— É, pode ser — concordou Alejandra. — É uma história romântica?

— É, sim — confirmou Westley. — E assume isso com bom humor. Realmente me marcou, e olha que não costumo gostar de livros românticos. Acho que você vai curtir.

Ele entregou o livro a ela, meio sem jeito. As mãos dos dois se tocaram e Alejandra deu uma risadinha um pouco rápida demais.

— Vou ler — afirmou ela. — Com certeza.

Julia apareceu de repente ao lado de Alejandra, espanador em punho, a assustando um pouco — a chefe às vezes parecia ter poderes misteriosos de teletransporte.

— O que é isso? — perguntou, olhando para a capa. — Nunca vi esse livro antes.

Julia também tinha notáveis poderes de memória: ela parecia saber o título de cada livro que passava pelas portas da Read the Room.

— Não é nada — disse Westley. — Só um livro antigo que encontrei. A Alejandra vai ler.

— Bom, espero que goste! — disse Julia em um tom tão alegre que Westley se perguntou se ela começaria a cantar em seguida. — Então! Só vim dizer que hoje estou oferecendo a todos os funcionários um café da escolha de cada um. Como um pequeno agradecimento por terem aturado a Perturbação Recente. — (Era daquele jeito que Julia estava se referindo ao filme agora, com letras maiúsculas implícitas.) — Basta dizerem ao garçom do café que é por minha conta. Aproveitem! — Ela cantarolou a palavra final e se afastou, fazendo alguns gestos dramáticos com o espanador.

— Alguém acordou feliz da vida — comentou Alejandra.

— É melhor eu voltar ao trabalho.

Enquanto Westley se virava na direção do balcão de livros usados, Alejandra colocou rapidamente um pedaço de papel dobrado dentro de um livro no alto de uma das pilhas. Ela se afastou, então, cantarolando alegremente uma melodia não muito diferente da que Julia entoava.

Westley tinha acabado de se voltar para seus livros, suspirando por causa de uma pilha de exemplares de ficção científica datados, com as pontas das páginas dobradas e um leve odor de cebola e alho, quando reparou em uma jovem que se aproximava do balcão. Era loira e bonita, como algumas universitárias que Westley se lembrava de ter conhecido durante sua breve carreira acadêmica.

— O-olá — cumprimentou ela, quase como se estivesse falando sozinha. — Uau, você é bonito mesmo.

Uma parte de Westley admirava pessoas que iam direto ao ponto como aquela garota — ele era do tipo que sempre pensava antes de falar, e muitas vezes achava melhor nem falar —, mas aquilo o deixava igualmente desconfortável.

— Oi — disse Westley, decidindo ignorar o comentário dela. — Posso ajudar?

— Pode — respondeu a jovem, de modo objetivo, como se estivesse se preparando para fazer um discurso que havia preparado. — Meu nome é Ashley, e estou aqui em nome da Laura, que você deveria ter encontrado para um café outro dia. Aquela que teve que cancelar por causa de uma emergência.

O que quer que Westley pudesse imaginar que a garota diria, não poderia ter antecipado aquilo.

— Laura? — perguntou ele. — Acho que você está enganada. Não conheço nenhuma Laura e não tinha planos de tomar café com ninguém.

A garota balançou a cabeça vigorosamente, os cachos loiros se movendo junto.

— Ah, não vem com essa, não — disse. — Não estou enganada coisa nenhuma. Laura é a mulher pra quem você tem deixado bilhetes. Eu sou a babá da filhinha dela. Ela me contou tudo.

— Pra quem eu *tenho deixado bilhetes*? — Não era incomum que Westley sentisse que uma conversa tinha dado um salto e o deixado para trás, se esforçando para entender, mas o que estava acontecendo ali era algo completamente diferente. Tinha certeza de que nunca havia deixado nenhum bilhete para ninguém... aquilo, aliás, nem parecia algo que ele faria. — Sinto muito — disse —, mas, sinceramente, não tenho ideia do que você tá falando. Deve mesmo estar me confundindo com outra pessoa.

Ashley fechou os olhos por um segundo e respirou fundo, então voltou a abri-los.

— Millennials — disse. — Vocês são todos tão estranhos. Não importa, tudo bem, façam seus joguinhos como acharem melhor. Não me importo. Não é da minha conta. Mas vou dizer uma coisa: a Laura é uma mulher incrível, e você teria muita sorte de sair com ela. Deveria, sim, jantar com ela e, talvez, sabe como é, se apaixonar ou alguma coisa assim. Quer dizer, a Laura com certeza seria a melhor coisa que poderia acontecer na sua vida. Seja como for, eu me sinto meio responsável por você não ter conhecido a Laura outro dia, porque o meu namorado sofreu um acidente de skate e não pude cuidar da Livvy... ela é a filha da Laura, tem sete anos e é fofa demais. Sei que a Laura se sentiu muito mal por não poder se encontrar com você no café, mas ela voltou correndo pra casa porque ela é esse tipo de pessoa. E... — Ela se interrompeu, quando viu que Westley estava levantando a mão, como se estivesse tentando desesperadamente chamar um táxi para levá-lo embora daquela conversa.

— Espera — disse ele, tentando ser educado, mas se sentindo cada vez mais frustrado com o esforço de escalar o muro de palavras ditas por Ashley. — Para um pouquinho. Volta a fita. Sinto muito mesmo, mas preciso repetir que não faço a mínima ideia do que você está falando.

Ashley pareceu irritada.

— Tudo bem — disse ela. — Ótimo. Se é assim que você quer fazer... Eu só queria que soubesse que há outro ser humano do outro lado desse seu joguinho, e ela é uma mulher incrível. Só isso. Agora tenho que ir buscar a Livvy na escola. Tchau.

A garota deu as costas e saiu da livraria, deixando Westley olhando para ela e se sentindo completamente confuso, do jeito que tinha se sentido depois de assistir ao final de *True Detective*. O tempo realmente andava em círculos? Ele tinha entrado em contato de alguma forma, sem se dar conta, com uma mulher chamada Laura? Havia alguma Laura em seu passado de quem tinha se esquecido? Com certeza era só uma confusão de Ashley, mas havia alguma coisa na franqueza da garota que Westley admirava: ela teve a coragem de abordar um estranho e dizer o que queria, por mais louco que isso fosse. Westley se virou para os livros, aliviado, porque pelo menos eles não podiam lhe fazer perguntas.

Ele se debruçou por cima do balcão de livros usados e afastou algumas pilhas para o lado, abrindo espaço para apoiar a cabeça entre as mãos. As coisas pareciam ainda mais opressivas do que o normal. Será que todo mundo se sentia daquele jeito, perpetuamente fora de controle, perguntou-se Westley, como se suas vidas não fossem suas? Ele desejou poder desaparecer em um livro, na história de outra pessoa, como o personagem do filme.

Andrew, que passava, reparou na postura desesperada de Westley.

— Ei, cara — chamou. — Você tá bem? Essa sua vida ocupada de organizador de livros e estrela de cinema te deixou pra baixo?

— Não começa — retrucou Westley. — Não tô tendo um dia bom. Acabou de acontecer um negócio muito esquisito. — Ele levantou os olhos e sustentou o olhar de Andrew, se dando conta, de repente, de que tinha alguém com quem conversar. — Você já esteve em um relacionamento com alguém sem saber?

— Não — respondeu Andrew, sem hesitar. — Geralmente sempre conheço as pessoas com quem me envolvo. Como o Sydney, o figurinista da equipe de filmagem. Ele é um amor. A gente tá se divertindo. Talvez a gente até viaje junto no fim de semana. Obrigado por perguntar. Ah, não, espera, a gente tá falando de você. Então, quem é a pessoa com quem você não sabe se tá saindo? — Andrew tinha uma tendência a ser sarcástico, o que Westley geralmente achava desagradável, mas naquele dia estava achando até bom... o distanciamento irreverente com que Andrew encarava aquela experiência esquisita lhe fazia bem.

— Não é isso — disse Westley, enrubescendo ligeiramente. — Uma garota loira que eu nunca vi na vida apareceu aqui e disse que eu estava deixando bilhetes românticos pra outra mulher, uma tal de Laura. Ela queria me dizer que essa Laura é incrível e que eu deveria conhecê-la pessoalmente.

Andrew encarou toda a história com uma tranquilidade surpreendente. Westley se lembrou de que o colega falava muito sobre se tonar advogado um dia, e talvez estivesse ensaiando para nunca revelar as próprias reações. Andrew inclinou a cabeça para o lado, mantendo as mãos levantadas e as pontas dos dedos pressionadas umas contra as outras.

— Existe a possibilidade de você estar preso em uma comédia romântica? — perguntou ele, em tom malicioso. Westley apenas o encarou. — Que pena. Isso seria divertido. Muito bem, então. Só vejo duas possibilidades. Primeira: essa mulher confundiu você com outra pessoa.

— Acho que não — disse Westley. — Ela veio direto falar comigo e falou bem especificamente de mim e do meu trabalho. E não pareceu nem um pouco confusa.

— Certo. Segunda possibilidade: você está realmente tendo um relacionamento sem saber. Por acaso você está tomando Zolpidem? Ouvi dizer que algumas pessoas acabam mandando e-mails sonâmbulas. Talvez seja sonambulismo romântico.

Aquilo soou alarmante.

— Não — disse Westley. — Não estou tomando nada. E tenho certeza de que não falei com ninguém nem escrevi para nenhuma Laura dizendo que sairia com ela.

Ele tinha certeza daquilo. Desde um desastre no ensino médio, quando uma garota que talvez se chamasse Jessica achou que Westley a havia convidado para uma festa quando, na verdade, ele não tinha feito aquilo, Westley tentava se comunicar do modo mais objetivo possível.

— Tá, tudo bem — disse Andrew, se entusiasmando. Westley percebeu que o colega estava gostando de apresentar seus argumentos como faria um advogado. — Supondo que não haja qualquer transtorno mental em nenhum dos lados da equação… não há, certo…? Você claramente fez alguma coisa que levou essa tal de Laura a acreditar que está interessado nela. Então ela contou a uma terceira pessoa, essa garota, que veio vê-lo, e é nesse ponto que estão as coisas. Então você precisa falar com essa Laura e esclarecer a situação.

— Mas como vou falar com ela se não faço a menor ideia de quem ela seja? — perguntou Westley, com a sensação de ter caído em uma toca de coelho de *Alice no País das Maravilhas*, sem saída.

Andrew tirou um fiapo imaginário da lapela.

— Eu não me preocuparia com isso — disse. — Tenho quase certeza de que ela vai vir falar com você.

41

Laura

Ashley estava agindo de um jeito estranho, como se quisesse que Laura perguntasse algo. Normalmente, a babá se apressava para ir embora assim que Laura chegava do trabalho, ansiosa para conversar com Zach e saber de suas últimas ideias para podcasts, mas naquele dia ela ficara mais um pouco, observando Laura organizar o jantar e dando a impressão de estar guardando um segredo que mal podia esperar para revelar. Ela sabia que Ashley não era muito boa em guardar segredos (Laura sabia tudo sobre o círculo de amigas da garota, incluindo suas tatuagens escondidas, a cor verdadeira do cabelo delas, os dramas com os pais, casos amorosos equivocados e problemas ginecológicos), portanto, era só uma questão de tempo até que ela soltasse a bomba.

Não demorou muito para Ashley se certificar de que Olivia estava entretida assistindo a *Frozen* mais uma vez e não iria ouvir.

— Então! — disse ela para Laura, como se a palavra saísse explodindo de sua boca, vinda de algum lugar reprimido. — Fui à sua livraria ontem. E conheci o seu carinha da livraria.

Laura não ficou completamente surpresa — já vinha questionando havia um tempo o próprio bom senso ao compartilhar aquela história com Ashley. Bem, agora já estava feito, e talvez o dano pudesse ser contido.

— Ah, quer dizer que agora ele é o *meu* carinha da livraria? — retrucou com o maior bom humor possível. — Mas como assim você o conheceu? Você falou com ele?

— Bem, não exatamente — respondeu Ashley, sem encarar Laura. — Mas vi o cara. Laura, você tava escondendo o jogo! Ele é uma graça! Quase tão gato quanto o Zach!

— Ah, eu não iria tão longe — disse Laura, que achava que A era *muito* mais bonito do que Zach, e não só porque ele era um pouco mais velho. Zach tinha um ar simplório que Laura supunha que era preciso ser bem jovem para achar atraente. — Mas, sim, ele é bem bonito. E parece legal. Não parece?

— Com certeza! — concordou Ashley, entusiasmada. — E acho que ele é um pouco mais novo que você, não é, Laura? Sua loba!

— Ah, você acha? — perguntou Laura, meio constrangida. — Achei que ele parecia ter mais ou menos a minha idade. Sou péssima em adivinhar esse tipo de coisa.

— Ah, ele tá totalmente em uma idade apropriada pra você! Não se preocupa! — garantiu Ashley. — Mas, é, ele parece ser bem legal. Então, vocês continuam mesmo só deixando bilhetes um para o outro? Nunca conversaram?

— Bem, a gente já conversou um pouco — admitiu Laura. — Mas foi só um "oi" lá na livraria, sabe. Ele é muito reservado e tá bem comprometido com esse joguinho de que a gente não deveria se encontrar até termos um encontro. É como em um filme.

— Ah, ele com certeza *é* reservado — murmurou Ashley.

— Por que você tá dizendo isso? Você não falou com ele, falou? Por favor, me diz que não disse nada pra ele. Eu ficaria muito envergonhada. Acho que a ideia é que isso seja um segredo entre nós, e eu provavelmente não deveria ter contado a ninguém.

Laura ficou surpresa ao se dar conta de quão incomodada se sentia em pensar que Ashley poderia se intrometer na situação e provavelmente estragar tudo.

— Ah, não, não exatamente — respondeu Ashley, em tom despreocupado. — Só, você sabe, coisas de livraria, tipo "Posso ajudar você a encontrar um livro?". Só isso. — Ela parecia ansiosa para continuar a conversa. — Então, quando vocês vão sair pra jantar? Ele confirmou se iria?

— Sábado à noite. E sim, ele confirmou — respondeu Laura, e seu tom deixava claro que ela não falaria mais sobre o assunto.

Não tinha exatamente recebido um confirmação de A, mas as coisas já vinham se desenrolando havia bastante tempo entre os dois, e ele com certeza planejava ir. Laura mudou de assunto, esperando distrair Ashley.

— Então, estou pensando em comprar um sofá novo. Colorido. Talvez vermelho ou rosa. Ou talvez listrado ou estampado. O que você acha?

Ashley, que no passado havia feito comentários sobre a falta de personalidade do sofá bege e surrado de Laura, arregalou os olhos.

— Nossa, com certeza! Vermelho, rosa, roxo, tanto faz! Adorei a ideia! Vai alegrar muito o ambiente.

— Eu sei — concordou Laura. — Tá na hora de mudar. Já estou adiando isso há muito tempo.

42

April

April achava que não era muito boa em lidar com conflitos. Até mesmo o ato de bloquear aquela pessoa anônima que mandava mensagens e se recusava a acreditar que April não era Henry (o cara que tinha feito algo misterioso com o carro) parecia indicar certo receio de procurar saber e descobrir a verdade. Tinha quase certeza de que era um golpe, mas havia uma chance mínima de que fosse uma situação real que teria rendido uma boa história. Agora ela nunca saberia o que tinha acontecido com o carro. De todo modo, já era tarde demais.

Mas ali estava outra chance de lidar com um conflito, a um nível mais pessoal. Na curta caminhada até a livraria, April tentou se animar se inspirando em Sophie McBride, a CEO da Picket Fence, que parecia o tipo de pessoa que saberia exatamente o que dizer em uma situação daquelas. Não que fosse muito provável que aquele tipo de situação surgisse com frequência na vida de Sophie. Ela estava sempre dando palestras inspiradoras para os funcionários da Picket Fence sobre ter consciência do próprio valor, valorizar a si mesmo e deixar claro o que quer. April não tinha prestado muita atenção àquelas palestras, porque achava que eram para pessoas que pensavam na forma de clichês, mas naquele momento a confiança com que a chefe dizia aquelas palavras lhe parecia bem-vinda. Será que alguém já tinha dado bolo em Sophie? Provavelmente não, ela não parecia sofrer escassez de maridos. (O atual era editor de alto escalão no jornal diário local; e corriam rumores de que ela havia se casado com ele para controlar a cobertura da imprensa sobre a Picket Fence. O que acabou não funcionando. Não fazia muito tempo tinha sido divulgada uma matéria a respeito de uma das estagiárias de Sophie, que estava ameaçando a patroa com um processo depois de ser forçada a passar um café extremamente quente. A estagiária estava reivindicando indenização por queimaduras de terceiro grau e manchas de café em seus sapatos Manolo Blahnik falsificados. Em resposta, o escritório de Sophie divulgou uma declaração dizendo que a estagiária havia assistido a *O diabo veste Prada* além da conta.) Mas Sophie certamente não toleraria que alguém a desse um chá de cadeira.

Deixando Sophie de lado, April já tinha repassado mentalmente muitas vezes a situação em que havia sido deixada pouco mais de uma semana antes (e durante esse tempo ela havia parado de checar os bilhetes na Read the Room, já que o jogo parecia ter acabado) e finalmente decidira o que fazer. Talvez L realmente tivesse tido uma emergência, como Ben sugerira, e, nesse caso, April estaria disposta a ouvir e seria o mais magnânima possível. Porém, na véspera, tarde da noite, ela havia concluído que não importava o que acontecesse, aquele jogo de troca de bilhetes precisava ser substituído pela vida real. Era hora de ser realista. Ela tentou, então, se inspirar na Tangueira, mantendo a postura muito ereta e erguendo a cabeça de modo confiante, como se desafiando qualquer um a mexer com ela, como se houvesse uma coreografia sofisticada ou um roteiro inteligente a seguir.

A Read the Room parecia tranquila, sem nenhuma atividade cinematográfica naquele dia e apenas alguns clientes espalhados pela loja, se deslocando tranquilamente de uma estante para a outra. Os funcionários atrás do balcão de atendimento pareciam excepcionalmente alegres, principalmente a mulher mais velha, com o cabelo grisalho espetado, que cumprimentou April praticamente cantarolando. April respondeu ao cumprimento com um aceno de cabeça, mas seguiu pisando firme até o balcão de livros usados. Lá estava L, muito lindo em sua camisa de flanela e jeans de sempre, parecendo preocupado, o olhar perdido com uma expressão perplexa. Demorou um pouco para que notasse April diante do balcão. Ele claramente estava em seu próprio mundo.

— Oi — disse ele, sem registrar de verdade a presença dela. — Você trouxe alguns livros usados pra gente dar uma olhada hoje?

— Não — disse April. — Preciso falar com você. Pessoalmente.

L piscou algumas vezes, parecendo ainda não ter saído totalmente do devaneio.

— Tudo bem. Tem algum livro que você quer que eu procure no sistema?

Aquilo não estava saindo exatamente como April havia planejado. Mas a verdade era que ela não havia planejado nada exatamente.

— Não, obrigada — respondeu April e respirou fundo. — Sou eu quem está escrevendo pra você. Só preciso dizer que foi divertido escrever aqueles bilhetes e tudo mais, mas acho que já tá na hora de a gente conversar pessoalmente. Você não foi ao café semana passada, e tudo bem… imagino que tenha tido algum tipo de emergência e não sabia como entrar em contato comigo. Pelo menos prefiro presumir isso a acreditar que você me deu um bolo. Mas talvez você tenha me dado bolo, e talvez tenha tido um motivo. Então achei melhor a gente conversar e descobrir o que está acontecendo aqui.

L ficou olhando para ela em silêncio, parecendo confuso. Ele fechou os olhos, balançou ligeiramente a cabeça em um movimento que parecia querer dizer “por favor, que isso não esteja acontecendo mesmo”, e voltou a abri-los.

— Eu dei bolo em você? — perguntou, incrédulo. — Em um café?

— Isso. No Grão Turrão. Na quinta-feira passada. — O tom de April também era de incredulidade.

Seguiu-se uma longa pausa.

— Desculpa, nem sei o seu nome. — A expressão dele se desanuviou, só por um momento, como se as coisas estivessem, de repente, começando a fazer sentido. — Seu nome por acaso é Laura?

— Não. — April ficou surpresa. Será que ela não era a única mulher escrevendo para L? De repente, aquilo pareceu um pouco constrangedor. — É April.

L, parecendo angustiado, levantou as mãos no ar como se estivesse se rendendo.

— Sinto muito mesmo — disse ele. — Mas realmente não faço ideia do que você está falando. Isso tem acontecido muito comigo ultimamente. — Houve uma pausa, na qual ele pareceu se lembrar de suas boas maneiras. — A propósito, meu nome é Westley — apresentou-se. — Não quero ser grosseiro. Então, quem tem escrito bilhetes pra você?

— Ué, *você* — respondeu April, se agarrando à história em que acreditara até ali, como se repeti-la pudesse fazer com que tivesse sentido. — Deixei um bilhete pra você dentro de um livro algumas semanas atrás, e você respondeu. E nós temos escrito um para o outro. E deveríamos ter nos encontrado no Grão Turrão. E… você não faz ideia do que eu estou falando, né? — A voz dela morreu na garganta, porque estava ficando difícil manter o rosto de Westley em foco… ele parecia estar se dissolvendo diante de seus olhos.

— Sinto muito — disse Westley. — Eu definitivamente nunca deixei nenhum bilhete pra ninguém. Nem pra você nem pra ninguém. Nunca fiz isso. É que… nunca me ocorreu. Sinto muito mesmo.

De repente, April soltou um suspiro profundo, como se estivesse deixando sua fantasia de comédia romântica se desfazer aos quatro ventos. Era difícil saber o que dizer, mas ela continuou.

— Então, se não foi você quem escreveu… quem era o cara que estava escrevendo pra mim? Será que alguém está simplesmente se divertindo à minha custa? Quem?

— Não sei. — Westley parecia totalmente aturdido. — Realmente não faço ideia. Lamento muito que isso tenha acontecido com você, mas só sei que não sou eu quem está escrevendo. Agora preciso dar uma volta, uma caminhada. Esse dia foi muito estranho. Espero que você descubra quem foi. Dá licença.

Ele pegou uma bolsa e saiu, balançando a cabeça. Uma funcionária com uma mecha azul no cabelo, que parecia estar checando a ordem alfabética dos títulos na seção de autoajuda, mas que April desconfiava que estivesse bisbilhotando, se afastou rapidamente, olhando para April com curiosidade.

April ficou parada sozinha no corredor da livraria, com a sensação de que o chão estava se abrindo sob seus pés, e que talvez ela precisasse se agarrar a alguma coisa, encontrar algo real. Ela havia até se preparado um pouco para a possibilidade de que o cara da livraria pudesse lhe dizer que tinha acabado de conhecer outra pessoa e não estava mais interessado em seguir com a história entre os dois, ou que talvez, quando o conhecesse de verdade, acabasse descobrindo que ele não era seu tipo. Mas nunca pensara que a coisa toda poderia ser um mal-entendido. Ela acreditara firmemente que os bilhetes eram dele, porque queria acreditar, porque a vida parecia mais feliz e mais colorida com uma história romântica se desenrolando. Mas não tinha previsto aquilo: uma fantasia que acabava se revelando pura ficção.

Embora todos os seus instintos lhe dissessem para ir embora levando seu eu entorpecido e desanimado imediatamente de volta para casa, onde seu sofá a aguardava e onde talvez pudesse chorar em paz, April foi automaticamente até a seção de jovens adultos — um hábito que não conseguia deixar pra trás. O exemplar do meio de *Jogos vorazes* parecia ter sido puxado um pouco para fora, como se estivesse acenando para ela. April abriu o livro e um bilhete caiu lá de dentro. Como já não sentia necessidade de manter aquela história em segredo, ela desdobrou o papel e o leu ali mesmo.

> *Sinto muito, tive uma emergência familiar (está tudo bem agora) e não pude ir ao encontro. Eu me senti muito mal por causa disso, mas não tinha como avisar, já que não tenho o seu número (não sei nem o seu nome!). Mas posso compensar convidando você para jantar? Que tal às 19h de sábado, dia 15, no Emilio's? Vou fazer uma reserva e mal posso esperar para nos vermos lá. Não vejo a hora de saber o seu nome, entre outras coisas.*
>
> *L*

O roteiro tinha ido por água abaixo — tudo podia acontecer. A fantasia que April vinha alimentando já era, e talvez mais tarde ela tivesse tempo para se lamentar, mas em meio a toda a confusão e decepção que sentia, tentou se concentrar em uma coisa clara: com certeza estaria no Emilio's às 19h do dia seguinte. Talvez não estivesse mais vivendo uma comédia romântica, mas agora tinha um mistério a decifrar.

43

Westley

Estava chovendo, a típica chuva suave e quente de junho que os moradores de Seattle aceitavam como inevitável, mas aquilo não impediu Westley de dar uma caminhada bem longa, cobrindo a cabeça com o capuz da jaqueta impermeável. Ele esperava que ninguém no trabalho ficasse chateado com sua ausência. Não tinha sido fácil descobrir que estava no meio de um triângulo amoroso muito esquisito do qual não fazia ideia até aquele momento, e ajudara muito sair e respirar um pouco de ar puro, por mais úmido que estivesse, enquanto pensava em tudo aquilo. Embora não soubesse bem o que havia acontecido, tinha deixado duas pessoas infelizes, mesmo que não tivesse sido sua intenção, e aquilo era perturbador.

Westley interrompeu a caminhada para admirar a vista do centro de Seattle: uma cidade cheia de pessoas se deslocando para lá e para cá, conversando umas com as outras, se desentendendo, se magoando e, de alguma forma, seguindo em frente, todos os dias. Da encosta onde estava, ele via calçadas distantes e guarda-chuvas pontilhando a paisagem como pequenas flores. Enquanto Westley apreciava a paisagem, o celular vibrou em seu bolso. Ele checou, viu que era Julia, soltou um suspiro e atendeu.

— Oi, Julia.

— Westley! Cadê você? Devia ter voltado do almoço há uma hora!

— Sinto muito mesmo — desculpou-se Westley, com a sensação de que vinha se desculpando muito ultimamente. — Aconteceu um imprevisto e precisei dar uma saída. Tirar um tempo pra mim.

Julia acreditava muito em "tirar um tempo para si" e Westley torceu para que evocar aquelas palavras pudesse ajudá-lo de alguma forma. Mas não funcionou daquela vez.

— Westley, você sabe muito bem que tempo pessoal precisa ser agendado com antecedência! Por favor, não abuse. A gente está com a equipe reduzida essa tarde e foi falta de consideração da sua parte simplesmente sair. Em quanto tempo você consegue estar de volta?

— Vinte minutos, talvez? — disse Westley, imaginando que conseguiria andar rápido. — Me desculpa mesmo. Achei que as coisas estavam mais calmas agora que as filmagens acabaram.

— Isso não significa que você pode simplesmente sair sem avisar a ninguém. Estou decepcionada, Westley. — Julia fez uma pausa pelo tempo necessário para deixar ligeiramente de lado o ar de gestora que tinha adotado. — Tá tudo bem? — perguntou em um tom mais gentil.

— Tá, sim — disse Westley, lembrando a si mesmo que, no fundo, Julia era uma boa chefe e uma boa pessoa. — Só precisava ficar um pouco sozinho. Já volto.

— Obrigada. Até logo.

A caminhada de volta foi rápida; quarteirões e quarteirões de casas elegantes de Seattle dos anos 1920 que pareciam estar causalmente o observando, por trás de suas janelas de vidro ornamentado e fachadas sóbrias de tijolos. Dentro delas, talvez houvesse pessoas com a vida toda em ordem, pessoas que tinham o controle da própria história. Chegando à livraria, Raven o cumprimentou na porta com a expressão de um gato muito satisfeito, se o gato estivesse usando brincos que pareciam prestes a se desfazer.

— Aonde você foi? — perguntou ela. — A Julia ficou procurando você. E não tá nada satisfeita.

— Eu só precisava dar uma volta — respondeu Westley.

Ele se desviou de Raven, a quem vinha tentando evitar havia vários dias, e foi para trás de seu balcão. Não funcionou, ela o seguiu assim mesmo.

— Então — disse Raven — quem era aquela mulher com quem você estava falando antes de sair? Aquela que disse alguma coisa que chateou tanto você. Eu ouvi um pouco da conversa... não foi de propósito, mas estava arrumando uma estante por perto. Você andou mandando bilhetes pra ela? Sério?

— Não quero falar disso — respondeu Westley, desviando o olhar dela e tentando se concentrar nos livros em cima do balcão.

— Mas por que você faria uma coisa dessas? — insistiu Raven. — Por que alguém bonito como você precisaria deixar bilhetes por aí? Você poderia ter qualquer mulher que quisesse.

Westley respirou fundo.

— Escuta bem. Só vou dizer uma vez: não deixei bilhetes pra ninguém e, mesmo que tivesse deixado, acho que não seria da sua conta. Agora, será que dá pra me deixar em paz? Preciso trabalhar.

Raven franziu os lábios, surpresa com o que, para Westley, era uma sequência bastante longa de palavras.

— Ah, sim — retrucou ela. — É melhor você voltar logo ao trabalho. — Raven parecia estar prestes a cair no choro, mas continuou: — Isso é muito mais importante do que falar comigo... Sabe, nem de longe você trabalha tanto quanto o resto de nós. Já reparei nisso. Você fica só sentado aí, sendo bonito. Às vezes se esquece de checar os livros. E ninguém liga. As coisas simplesmente caem no seu colo. Deve ser legal. É legal, não é?

— Não é verdade — retrucou Westley, se sentindo ruborizar com a acusação injusta e, de repente, encontrando as palavras certas. — Talvez as pessoas devessem me perguntar como me sinto, sabe? Talvez não devessem simplesmente presumir coisas a meu respeito por causa da minha aparência. Talvez as pessoas devessem acreditar quando digo que sinto muito e que gostaria que o que aconteceu na festa de Natal não tivesse acontecido, foi um erro e sinto muito. Não quis ferir os seus sentimentos e sinto muito! Foi realmente terrível da minha parte e me deixou mal por bastante tempo e sinto muito! Sinto muito! Fiz besteira! Sinto muito! Sinto muito! — Westley se interrompeu, se dando conta de que tinha falado mais alto do que pretendia e percebendo que estava prestes a cair no choro. E que, embora suas palavras se aplicassem a Raven, não era realmente com ela que estava falando.

Raven o encarou, espantada, já que não esperava aquela explosão, e algo em sua expressão mostrava, por incrível que parecesse, solidariedade e compreensão. Os clientes, parecendo curiosos, também observavam a cena.

— Tudo bem — disse Raven baixinho. — Tudo bem. Entendi. Desculpas aceitas. De qualquer forma, preciso trabalhar. Não posso ficar aqui conversando com você o dia todo.

Ela deu as costas a Westley e, como se para se recuperar de um momento de fraqueza, se afastou de forma espetacular, ou tanto quanto uma pessoa usando um tênis Converse de cano alto que não lhe caía bem conseguia.

Westley ficou vendo a colega se afastar, torcendo para que o constrangimento entre eles tivesse finalmente acabado. Talvez Raven só precisasse ouvir um pedido de desculpas de verdade, mesmo que as palavras de Westley tivessem sido para Bridget, onde quer que ela estivesse.

Por ora, havia trabalho a fazer, e Westley voltou para trás do balcão e pegou um livro em cima da pilha de exemplares usados mais próxima. Por mais estranho que pudesse parecer, era *A história do amor*, de Nicole Krauss, e ele folheou as páginas com indiferença, para ter certeza de que nada havia sido deixado para trás. Foi quando caiu um pedaço de papel pautado dobrado, do tipo que ele se lembrava de ter visto no caderno de Alejandra. A caligrafia era delicada e sinuosa, e Westley leu lentamente o que estava escrito.

Caro Westley,

Estou deixando este bilhete em um livro porque parece ser a maneira mais fácil de mandar uma mensagem para você — e porque é impossível ter uma conversa particular por aqui, com

a Julia e a Raven sempre por perto. Só queria dizer que gostei do nosso bate-papo durante o café outro dia e fiquei pensando se você não gostaria de conversar mais, talvez em algum lugar que não seja a Read the Room? Caso eu não esteja sendo clara: sim, estou chamando você para sair. Tive a impressão de que houve um pouco de química entre nós. Será? Se eu estiver errada, ou se você não estiver solteiro, peço desculpas pelo mal-entendido e não vamos mais falar disso. Mas, se eu estiver certa, me encontra para uma cerveja no O'Neill's às sete da noite do sábado, dia 15? Acho que a gente teria muito mais sobre o que conversar.

Alejandra

P.S.: *Sei que você está tentando saber mais sobre a pessoa que escreveu* Estruturas abaladas. *Bem, você trabalha com essa pessoa. Sou eu. Mandei imprimir uma cópia com uma foto genérica de autor — estava curiosa para saber como as pessoas reagiriam se achassem que foi escrito por um homem. Duke gostou muito dos seus e-mails.*

Westley olhou para o outro lado da loja, em direção a Alejandra, que estava parada atrás do balcão de atendimento, a cabeça inclinada sobre um computador, o cabelo escuro cintilando sob um raio de sol. Naquele momento, ela levantou a cabeça e se virou para ele, como se sentisse seu olhar. Os dois sorriram e, de repente, Westley já não se sentia nem um pouco preocupado.

ESTRUTURAS ABALADAS
página 295

A fumaça rodopiava ao redor deles como a capa de um toureiro, estranhamente gelada e quente. Não que aquilo importasse: Will só via Verity à sua frente — os olhos dela cintilando na névoa como pérolas azul-claras, o rosto sujo de cinzas.

— Você me salvou — disse ele, ofegante.

— Não, não salvei — retrucou ela. — Você salvou a si mesmo. Eu só estendi a mão.

O fogo estava apagado, o som das sirenes sumia ao longe na noite, e os demais bombeiros guardavam o equipamento, mantendo uma distância discreta. Will estava exausto, mas absolutamente alerta, como se, de alguma maneira, o dia estivesse apenas começando.

— Quer tomar um café? — perguntou ele. — Ou comer uma torta? Tem uma cafeteria alguns quilômetros à frente na estrada.

— Com certeza — respondeu Verity. — Aí você pode me contar a sua vida inteira.

— Mal posso esperar — disse Will.

44

Laura

— Com liceeeençaaa — disse Sydney, esticando as sílabas como se fosse uma calça de lycra. — Que barulho é esse? Você está *cantando*?

— Acho que sim — respondeu Laura, que não tinha se dado conta de que estava cantarolando uma melodia do musical de que participara no ensino médio (era *Oklahoma!*, e a música estava um pouco fora de tom).

Estava se sentindo animada e esperançosa. Era sábado, seu dia de trabalho estava quase no fim e tinha corrido bem — ela realmente conseguira fazer com que sua cliente, Harriet, vice-presidente de uma empresa de tecnologia, experimentasse um par de sapatos que não era um tênis nem tinha fecho de velcro e reconsiderasse seu hábito de carregar itens do dia a dia em uma sacola plástica de supermercado. E se encontraria com A para jantar em algumas horas. Daquela vez, nada iria atrapalhar. Ashley, uma grande apoiadora do evento daquela noite, estava totalmente disposta a ficar cuidando de Olivia e prometeu que não haveria nenhuma emergência: Zach, ocupado com sua websérie, não andaria de skate naquele dia. Sydney olhou para Laura, examinando cuidadosamente o rosto da chefe.

— Meu Deus — disse ele. — Louvado seja! Você tem um encontro! É verdade mesmo? Esse é o primeiro encontro que você tem desde… bem, desde sempre?

Laura não conseguiu conter um sorriso.

— Bem, sim, mas não desde *sempre* — respondeu ela. — Se quer mesmo saber, essa vai ser a primeira vez que vou sozinha a um restaurante com um homem desde que o meu marido morreu há mais de cinco anos. Satisfeito? E é uma sensação boa. Já faz muito tempo. Estou pronta.

— Você NÃO está pronta — argumentou Sydney. — Por favor, me diz que não vai usar isso.

— Qual é o problema com a minha roupa?

Laura estava usando um vestido chemise bege de corte impecável, que era parte de seu guarda-roupa de trabalho de peças clássicas e neutras.

— Ela é capaz escolher roupas para todas as mulheres da cidade, mas não consegue escolher uma roupa para si mesma sozinha — comentou Sydney para ninguém em particular, balançando a cabeça. — Você vai a um *encontro*, Laura. Não queremos parecer clássicas e profissionais. Queremos ser uma grande gostosa.

Laura engoliu em seco e assentiu.

— Tudo bem.

Uma hora depois, Laura chegou em casa usando a roupa que Sydney a convencera a comprar com seu desconto na loja: um vestido vermelho-escuro com uma saia dramaticamente assimétrica, sapatos de salto alto vintage, brincos grandes. Ela não conseguia se lembrar da última vez que se sentira tão cheia de energia, tão pronta para ser vista.

— Oi, pessoal — chamou, quando entrou pela porta de casa. — Preciso da opinião de vocês!

Ashley e Olivia levantaram os olhos da mesa, onde estavam fazendo uma planilha dos deveres de casa.

— Mamãe! — exclamou Olivia. — Você tá tão linda! Gostei do vestido vermelho!

Ashley assentiu, mirando Laura de cima a baixo com um olhar cúmplice.

— Legal. Muito legal. Super elegante e estilosa. Combina com você. Tá animada?

— Tô — respondeu Laura, com os olhos brilhando. — É estranho, mas bom. Foi uma longa espera, mas tô animada para o que vai acontecer a partir de agora. Seja lá o que for. Tô pronta. Tá na hora. — Ela se interrompeu ao se dar conta de que não estava realmente falando com Ashley, mas consigo mesma. E com Sam, com amor. Sempre.

— Zach mandou parabéns! — comentou Ashley, chamando Laura de volta ao presente. — Ele tá animado por você. Disse que pode incluir a sua história na websérie. Uma trama inteira, você sabe, sobre pessoas mais velhas que pensam que são gatos se apaixonando.

Laura bufou.

— Eu não sou *tão* velha assim — disse. — Se quer saber, muitas pessoas me considerariam jovem.

— Tudo bem — disse Ashley, que claramente não estava convencida daquilo. — A que horas você vai se encontrar com ele?

— Às sete. Tenho que sair logo. Vocês duas já sabem o que vão jantar?

— Sim. Macarrão com queijo. O meu é sem glúten. Vai logo. Divirta-se! Pode voltar a hora que quiser! Como você vai pro restaurante?

— De carro — respondeu Laura, que não tinha pensado naquilo.

— Laura! Pega um Uber. E se ele quiser pedir uma garrafa de champanhe? — Ashley riu.

— Ah, para com isso — disse Laura. Mas Ashley estava certa. Ela respirou fundo. — Muito bem, Livvy — disse —, vem dar boa noite pra sua mamãe bobinha. Ela vai fazer uma coisa muito corajosa essa noite.

Olivia se aproximou correndo e Laura a envolveu em um abraço, inalando aquele cheiro doce de xampu infantil e manteiga de amendoim.

— Tchau, mãe — disse a menina. — Posso assistir a um filme com a Ashley Dois agora de noite?

— Pode, se for apropriado pra sua idade — concordou Laura. — Boa noite, meu amor.

— Eu tava pensando em um daqueles filmes da Nora Ephron de que você sempre fala — disse Ashley, rindo. — Até mais. Divirta-se muito.

O motorista do Uber se parecia um pouco com Tom Hanks, o que Laura achou um bom presságio. Ele não era de muita conversa, mas a levou com eficiência para o centro da cidade até o Emilio's, um restaurante novo que Laura havia escolhido pela decoração, com toalhas de mesa brancas, e pelo ambiente tranquilo — era o tipo de lugar onde dava para conversar de verdade. Ela chegou primeiro e foi levada até uma mesa de canto, onde tomou um copo d'água e ficou com os olhos fixos na porta do restaurante, esperando A entrar.

Rebecca mandou uma mensagem:

Ele já chegou?

Laura respondeu:

Não. Mas o restaurante é legal. Você ia gostar das toalhas de mesa.

Rebecca respondeu:

Não se preocupe. Ele vai aparecer. Vai que é sua.

Laura respondeu:

Bjs

Laura tirou um estojo de pó compacto da bolsa e checou o batom — estava tudo certo. Ela encarou, apenas por alguns segundos, seu reflexo no espelhinho e se perguntou: o que Sam pensaria daquilo? Será que podia vê-la? Era bom imaginar a possibilidade de o marido estar torcendo por ela, de algum lugar. Estava tocando "It Had to Be You" no sistema de som do restaurante, o que parecia quase perfeito demais, mas adorável. Laura cantarolou junto.

A porta se abriu, deixando entrar um pouco da brisa de verão e junto com ela um rosto familiar: April, a cliente simpática que Laura havia ajudado recentemente na loja. April olhou ao redor, procurando por alguém. Laura encontrou seu olhar e acenou. April reconheceu Laura com uma expressão estranha no rosto, como se finalmente tivesse resolvido um quebra-cabeça. Ela se aproximou lentamente da mesa de Laura.

— Oi, April! — cumprimentou Laura. — Que bom ver você! Que curioso ver você aqui! Veio se encontrar com alguém?

— Vim — respondeu April, depois de hesitar. — Vou jantar com... bem, é meio que um encontro às escuras. E você?

— Eu também, mas ele ainda não chegou. Mas estou animada pra conhecê-lo — explicou Laura. — Era pra esse encontro que você estava comprando a roupa nova? Mas por que não tá usando? Quer dizer, você tá muito bonita! Mas essa não é a roupa que a gente escolheu.

Havia algo estranho na maneira como April olhava para Laura, como se não conseguisse decidir se chorava ou ria, e talvez acabasse fazendo as duas coisas.

— Você tá bem? — perguntou Laura.

April assentiu, lentamente.

— Então, é o mesmo cara de quem você me falou? — quis saber Laura, tentando preencher um pouco o silêncio constrangedor. — Aquele que você meio que já conhecia, mas com quem ia ter o seu primeiro encontro oficial?

— Aham — confirmou April, ainda parecendo um pouco distante, como se estivesse em outro lugar, checando itens mentalmente. — O mesmo cara. Nosso primeiro encontro para um café foi adiado porque ele não apareceu. Achei que tinha levado um bolo e fiquei meio brava, mas finalmente vamos jantar hoje à noite. Pensei em dar outra chance a ele. — Ela fez uma pausa, e engoliu em seco. — Mas não o estou vendo por aqui.

Laura encarou April. De repente, parecia que uma fileira de dominós estava caindo, mas não na direção que ela havia planejado.

— Muito bem — disse calmamente. — Hum, antes de mais nada, me conta de novo como você conheceu esse cara?

— Acho que não cheguei a contar. Ele trabalha em uma livraria, a Read the Room, e deixei um bilhete pra ele em um livro. A gente tem se correspondido.

— Por bilhetes deixados em um livro? — A sala parecia estar girando, só um pouquinho.

— Isso — confirmou April. — Tem sido legal. Eu via esse cara na livraria e era como se a gente tivesse uma correspondência especial secreta que não podia contar pra ninguém.

— Mas você nunca falou com ele de verdade — disse Laura, mais como uma afirmação do que uma pergunta. Lentamente, algo ia tomando forma em sua mente, enquanto outra sensação diferente também crescia e apertava seu estômago.

— Não. Na verdade, não — disse April lentamente. — Só pelos bilhetes.

As duas mulheres ficaram em silêncio, só por um momento. Laura, relembrando rapidamente em sua cabeça a sequência de eventos com os bilhetes, percebeu, então, que tudo fazia sentido. April a observava cuidadosamente quando voltou a falar.

— E você tem feito o mesmo, não é? Você respondeu aos meus bilhetes e pensou que estava escrevendo pra ele. Você é L. Eu sou A.

O cara gato da livraria era só mais um cara... nunca tinha escrito para ela, e provavelmente nunca a teria notado se ela não tivesse levado os cookies para ele. Não haveria encontro e nenhuma aflição para saber se ela estava realmente pronta ou se os dois teriam algo em comum. E, por mais estranho que parecesse, o que Laura sentiu naquele momento foi só um pouquinho de alívio. Talvez, de alguma forma, ela soubesse o tempo todo que não era real... talvez fosse um jogo que ela precisava jogar, ou um papel que tinha que ensaiar antes de realmente subir no palco. Aquele talvez fosse mesmo o melhor desfecho. Por enquanto.

E ali, em vez de um homem imaginário, estava uma pessoa real: April, que teve a coragem de abordar outro ser humano sem saber o que receberia em resposta, e que estava olhando para Laura como se estivesse preocupada com ela.

— Você está bem? — perguntou April hesitante. — Esse é... um momento meio esquisito. Realmente não sei o que dizer.

— Estou — respondeu Laura devagar, ainda encaixando mentalmente os pedaços da história. — Algum dia essa vai ser uma ótima história que nós duas vamos contar. É praticamente um filme.

— É mais ou menos isso mesmo — disse April, já esboçando um sorriso. — Na verdade, fico feliz que seja você.

Era estranho, mas o momento não estava sendo tão desconfortável... era como se, embora mal conhecesse April, Laura estivesse estranhamente feliz em vê-la.

— Quer se sentar? — perguntou Laura. — Quem sabe tomar um drinque comigo? Nós duas provavelmente precisamos disso.

— Com certeza — concordou April, grata, engolindo em seco e se sentando. — Talvez um drinque.

Laura chamou a atenção de um garçom, que se aproximou da mesa rapidamente. Depois de pedirem duas taças de vinho, a mesa ficou em silêncio por um momento, as mulheres ainda processando o resultado da noite. Laura quebrou o silêncio.

— Então — começou —, me diz uma coisa. Eu realmente acho incrível que você tenha feito isso, mas... por que você não falou com ele?

— O nome dele é Westley, descobri hoje — disse April. — E deixei um bilhete pra ele em um livro porque... sei lá, parecia mais interessante do que chegar nele e começar uma conversa. Eu amo livros, imaginei que ele também amasse, e foi uma daquelas ideias que a gente tem tarde da noite. Não tenho tido muita sorte com encontros do modo tradicional ultimamente, então pareceu que valia a pena tentar.

— Isso é tão... corajoso — comentou Laura. E estava sendo sincera. — Eu não tinha nem coragem de tentar sair em um encontro. Estou solteira há muito tempo, desde que o meu marido morreu há cinco anos e meio.

Era estranho o modo como a informação escapara sem que ela nem pensasse — Laura não costumava contar a própria história para pessoas que não conhecia bem.

April deixou escapar um suspiro baixinho.

— Sinto muito — disse. — Eu não sabia. Isso é horrível. Eu... não consigo nem imaginar como uma pessoa supera esse tipo de perda.

— Obrigada — agradeceu Laura, comovida. — Mas eu tô bem. Já faz alguns anos, e a passagem do tempo ajuda. Eu tenho a minha filha, que é maravilhosa, e tenho uma vida muito boa. E os seus bilhetes... meio que me acordaram um pouco. — Laura percebeu que nunca tinha colocado aqueles pensamentos em palavras antes. — Foi como se a minha vida tivesse se iluminado ao ser percebida por um estranho. Talvez eu precisasse disso.

— Bem, fico feliz em ter ajudado — disse April. — Talvez você tenha me acordado um pouco também. Eu precisava de um empurrãozinho... estava meio presa no meu apartamento, me perguntando por que nada acontecia na minha vida. Isso tudo foi muito estranho, mas... legal também, sério. Tenho a sensação de que eu meio que sei de tudo e nada sobre você.

As duas ficaram em silêncio por um momento, mas um silêncio acolhedor.

— Você nasceu em Seattle? — perguntou April então.

— Ah, não — respondeu Laura. — Mas moro aqui há quase vinte anos. Meu marido, Sam, e eu viemos para cá depois da faculdade, que cursamos em Chicago, porque gostávamos da ideia de viver em um lugar mais arborizado, e naquela época Seattle era realmente acessível...

Três horas, duas entradas, dois pratos principais, uma sobremesa compartilhada (ambas amavam crème brûlée, o que levou a uma conversa animada sobre *O fabuloso destino de Amélie Poulain*, que por sua vez as levou a compartilhar opiniões sobre seus filmes franceses favoritos), uma garrafa de vinho, dois conhaques, várias xícaras de café e uma conta meticulosamente dividida depois, as duas se levantaram da mesa, relutantes, mas cientes de que eram as últimas clientes restantes no restaurante. A música tinha parado de tocar havia muito tempo e a equipe já tinha começado a arrumar tudo.

— Westley não sabe o que perdeu — comentou April, sorrindo. — Foi um ótimo jantar. Em ótima companhia.

— Não, ele não sabe. E acho que nunca vai saber — concordou Laura. — Você gostaria de ir jantar lá em casa na semana que vem? Eu ia adorar que você conhecesse a Olivia. E posso te dar aquele livro que mencionei.

(Laura tinha ficado horrorizada quando soube que April nunca tinha lido *A história secreta*.)

— Eu ia amar — respondeu April. — Pode ser na sexta?

— Claro.

Elas saíram juntas do restaurante para a noite de verão, onde dois carros de aplicativo já as aguardavam. E se despediram com um abraço antes de se separarem. Quem visse de longe, pensaria que eram velhas amigas.

DE: aprildunne7@freemail.com

PARA: laurabarrysea@freemail.com

ASSUNTO: Obrigada!

Muito obrigada pelo jantar na sua casa ontem à noite. A massa estava deliciosa, e a Olivia é... bem, ela é igualzinha a você, mas em versão mini. E estou tão animada para ver o sofá vermelho novo! Por favor, me avise quando chegar!

Vou à livraria hoje para ver se o Westley pode/quer tomar um café comigo. Como a gente conversou, quero explicar a ele o que aconteceu e me desculpar por tê-lo deixado tão desconfortável. Vendo tudo de fora agora, deve ter sido MUITO estranho para ele. E com certeza não era essa a minha intenção.

O dia está tão bonito hoje, mas a verdade é que tudo o que eu queria fazer era ficar em casa lendo!

Bjs

DE: laurabarrysea@freemail.com
PARA: aprildunne7@freemail.com
RE: Obrigada!

Foi maravilhoso receber você aqui! E SIM, eu conheço a sensação de só querer ficar em casa lendo. Sempre que um dia de folga meu cai em um dia de escola da Olivia, é só o que eu quero fazer. Espero que a Livvy se torne uma leitora quando crescer. Você já conseguiu começar a ler *A história secreta*? Volta e meia eu releio, geralmente no inverno, mas a verdade é que é um livro que pode ser lido a qualquer momento.

Vou levar a Olivia para ver o filme novo da Pixar amanhã à tarde, quer ir com a gente? Geralmente envolve MUITA pipoca. Mande uma mensagem se quiser ir!

Bj

DE: aprildunne7@freemail.com
PARA: laurabarrysea@freemail.com
ASSUNTO: Presa em um livro

Eu não fazia ideia de que uma pessoa tão pequena pudesse comer tanta pipoca. Foi mesmo impressionante.

Espero não ter parecido negativa demais quando você perguntou sobre o meu irmão. Ele é um amor, na verdade... quando não está me deixando completamente louca. O que foi o caso ontem mesmo, já que ele decidiu que se parece com Ryan Gosling e talvez pudesse conseguir um trabalho como dublê dele, ao que eu respondi: a) você não se parece com o Ryan Gosling; e b) ter um dia de experiência em um filme independente não o qualifica para fazer NADA. (Alerta de spoiler: a figuração dele no filme da livraria não foi boa.) Sério, passei metade da minha vida explicando o óbvio para o Ben. Mas ele é um amor de pessoa. Quando você o conhecer, não diga que eu disse isso.

E muito obrigada. Não saio de casa há três dias, porque tudo o que quero fazer é ler *A história secreta*. Você tem folga às segundas-feiras, certo? Quer me encontrar no café da Read the Room pra gente almoçar e conversar sobre o livro? Até lá, com certeza já vou ter terminado de ler. E tenho uma teoria sobre o assassinato que quero dividir com você.

Bj

Socorro! Meu pai me convidou pra um jantar chique no clube de golfe dele, e eu não tenho nada pra vestir! Me ajuda, por favor!

Calma! Vou encontrar alguma coisa pra você! Vou mandar algumas ideias por e-mail agorinha.

DE: laurabarrysea@freemail.com
PARA: aprildunne7@freemail.com
ASSUNTO: Ideias de roupas

Dá uma olhada nos anexos! Você gosta de alguma? Acho que o vestido roxo-escuro ficaria lindo em você, mas, se preferir usar calça, me avise! A gente tem umas calças largas, fluidas, mas de corte impecável, na loja — bem Katharine Hepburn e já consigo até visualizar você com elas.

A Olivia começa o terceiro ano amanhã e estou arrasada... Quer almoçar? E ela quer ver você de novo em breve. A Olivia amou todas as histórias sobre o seu irmão. Ele não canta tão mal assim, né?

Espero que toda aquela confusão no trabalho esteja se resolvendo — me mantenha informada!

Bj

DE: aprildunne7@freemail.com
PARA: laurabarrysea@freemail.com
RE: Ideias de roupas

Amei as calças! Talvez uma camisa de seda também? Alguma coisa parecida com o que a Rebecca estava usando no happy hour outro dia? Aliás, AMEI a Rebecca! Aquele ex-marido não chega aos pés dela. Ele deve ser um idiota.

Posso passar na loja na quinta-feira à tarde... fica bom pra você? Diga ao Sydney que espero uma champanhe decente dessa vez.

Sobre a confusão no trabalho: não é exatamente uma confusão, mas uma ideia ainda em andamento. Notícias a qualquer momento.

DE: laurabarrysea@freemail.com
PARA: aprildunne7@freemail.com
ASSUNTO: Chegou!

As folhas não estão lindas hoje? Amo tanto o outono...

A Rebecca AMOU conhecer você na semana passada. Ela quer marcar outro happy hour em breve. Como estão as coisas com a Janie? Não se preocupe se ela não responder logo — eu me lembro muito bem de como é difícil quando a gente tem filhos pequenos. Ela vai se reaproximar. Você obviamente é importante para ela. Só precisa ter um pouco de paciência. Bebês são difíceis. Não sei como sobrevivi a essa fase da Olivia. Mas passa.

O sofá chegou! É melhor você vir dar uma olhada. Ele é muito, muito vermelho. Um pouco menstrual, talvez. Mas talvez seja disso que esta casa precisa.

DE: aprildunne7@freemail.com
PARA: laurabarrysea@freemail.com
ASSUNTO: Preciso de conselhos

Acho que tive uma ideia. Uma ideia de trabalho. A gente pode se falar assim que você puder? Também estou pensando nos prós e contras de ter um gato. Conselhos, por favor.

DE: laurabarrysea@freemail.com
PARA: aprildunne7@freemail.com
RE: Preciso de conselhos

Ai, meu Deus. A Livvy quer MUITO um gatinho. E já está ficando difícil negar... gosto de gatos, mas seria só mais uma coisa para cuidar. Se você tiver um, ela pode visitar o bichinho! Então, sim, por favor, tenha um gato! Seu prédio permite?

Você pensou mais sobre aquilo que a gente conversou? Sobre o trabalho? Se joga!

E... a gente já está naquele estágio da amizade em que pode tentar bancar o cupido uma com a outra? Porque estou prestes a fazer isso. Ele é fofo, legal, fica bem de terno (eu sei porque o fiz experimentar um) e adora ler. Liga pra mim pra saber mais detalhes.

Bjs

DE: aprildunne7@freemail.com
PARA: laurabarrysea@freemail.com
RE: Preciso de conselhos

Sim. Sim. E sim. (Sim, vou fazer o negócio do trabalho; sim, vou procurar um gato para adotar; sim, o prédio permite; e, sim, a gente pode bancar o cupido uma com a outra. Só que você não gostaria que eu fizesse isso, porque todos os caras com quem eu trabalho são chatos. O cara de terno parece legal. Pode falar com ele.)

Bjs

DE: laurabarrysea@freemail.com
PARA: aprildunne7@freemail.com
RE: Preciso de conselhos

Muito bem, ele já está com o seu celular. O nome dele é Justin. A sua tarefa é: se encontrar com ele antes do Dia de Ação de Graças. Com certeza vou levar aquele prato de batatas e a Rebecca vai levar pão e aquele vinho chique de que ela gosta (deixe que ela pague pelo vinho, é caro), e não, você não precisa fazer nada de especial para a Olivia, ela não é fresca com comida e adora peru. Precisa que eu leve cadeiras extras ou alguma coisa assim? Até logo! E obrigada mais uma vez por convidar a gente!

Bjs

DE: westleybooks@freemail.com
PARA: donna@donnawolfefilms.com
ASSUNTO: Ideia de filme

Oi, Donna! Agradeço novamente pelo ensaio fotográfico com o Paolo — fico muito grato por você ter nos apresentado naquele jantar, embora na época eu não tivesse certeza de por que você me queria lá. Estava preocupado com o resultado das fotos — afinal, não sou modelo! —, mas vi as prévias e ficaram ótimas. A luz está linda, e você estava absolutamente correta sobre combinar a cor do drinque com a do suéter. Sua assistente, a Joanna, me avisou que vou receber um cheque pelo correio em breve, e agradeço de verdade por isso.

Queria saber se você gostaria de tomar um café comigo — que tal? Tenho uma ótima ideia para um filme, baseada em um livro de um autor pouco conhecido, de cujo trabalho você pode gostar. Talvez em alguma tarde da semana que vem, na livraria? Apareça quando quiser. Estou sempre por aqui.

45

April

April não conseguia se lembrar da última vez que tinha nevado logo antes do Dia de Ação de Graças. Novembro em Seattle costumava ser escuro e chuvoso, e o solo nunca secava entre tempestades, mantendo tanto os dias quanto o humor das pessoas sempre cinzentos, úmidos e esponjosos. Mas a mais bela camada de neve branca havia chegado na terça-feira — apenas o bastante para cobrir delicadamente as árvores e sebes, mas não o suficiente para atrapalhar o famoso tráfego inconstante da cidade. April passou mais tempo do que deveria em sua janela no terceiro andar, olhando para as ruas transformadas abaixo, encantada ao constatar como uma rua da cidade podia ficar bonita quando estava delineada por finas linhas brancas. A neve torna a cidade tão delicada e silenciosa, suavizando suas arestas, transformando-a em poesia.

Ela não passara muito tempo em casa nas últimas semanas desde que tinha começado no novo emprego. Houve uma certa confusão na Picket Fence: o quarto marido de Sophie McBride, o jornalista, tinha publicado uma matéria investigativa bombástica no *Seattle Times* sobre o terceiro marido de Sophie, que logo em seguida foi indiciado por certa contabilidade criativa nos livros da Picket Fence (e cujos e-mails, também publicados, enviados para a sua cúmplice — uma funcionária da empresa de olhar selvagem que se parecia ligeiramente com uma Sophie um pouco mais jovem — revelavam que ele não era apenas amoral, mas também não sabia escrever direito). A empresa anunciou uma redução de pessoal repentina: Sophie, em meio ao seu quarto divórcio, decidiu se concentrar mais em sua carreira de comediante de stand up, e queria a Picket Fence mais enxuta, ou foi o que ela disse. April, que estava se sentindo rica depois de fazer um acordo de indenização muito generoso, além de adquirir algumas ações ofertadas, escreveu para Julia, se oferecendo para trabalhar na livraria — ela acreditava que seu modesto salário seria facilmente compensado pelo aumento nas vendas de livros promovido pelo serviço que prestaria à loja.

Ela havia se tornado funcionária de meio período da Read the Room (seu salário era financiado pelo dinheiro que Julia tinha recebido pelas filmagens, e mais horas poderiam ser acrescentadas depois, disse Julia, se tudo corresse bem), e seu trabalho envolvia ajudar a loja a fortalecer o serviço mensal de assinatura de livros, em que os clientes se inscreviam para receber ou retirar regularmente livros escolhidos pela equipe. Ninguém tinha muito tempo para trabalhar naquilo antes, mas April adorava escrever e-mails e postar nas mídias sociais falando sobre livros novos e sobre os clássicos, e rapidamente criou um boletim informativo on-line que enviava aos clientes, onde escrevia do ponto de vista de um personagem fictício em busca de um lar. Fazia apenas algumas semanas, mas Julia já parecia um pouco menos estressada: as assinaturas de livros estavam em alta e todas as recomendações de April no boletim informativo registravam um aumento robusto nas vendas. April adorava pensar nas pessoas lendo suas palavras e se inspirando a comprar um livro novo, um livro que pudesse fazer com que se sentissem um pouco menos solitárias, como se o mundo estivesse cheio de histórias esperando para serem lidas. Ela também havia proposto uma novidade na assinatura, na qual os livreiros selecionariam alguns livros aleatoriamente e os enviariam aos assinantes com um bilhete escrito à mão compartilhando uma citação literária favorita e oferecendo desconto em uma compra presencial.

Embora April pudesse trabalhar de casa, Julia dera a ela um canto na loja, perto do balcão de livros usados. Era agradável ficar sentada ali, ouvindo o burburinho das pessoas na livraria, e observá-las examinando as prateleiras com prazer. Westley estava lá às vezes. O constrangimento inicial entre os dois havia desaparecido, principalmente depois de um longo almoço em que ambos riram do mal-entendido e falaram sobre seus livros favoritos. E era muito fofo ver como ele e Alejandra fingiam que não estavam apaixonados, pelo bem dos colegas de trabalho. Mas Westley também estava fora muitas vezes, trabalhando como uma fonte de inspiração para Donna Wolfe. April tinha lido uma entrevista on-line em que a diretora falava vagamente de um novo "parceiro criativo", e Raven lhe confidenciara em sussurros que Westley estava participando de uma nova campanha publicitária, impressa e em vídeo, que Donna estava dirigindo para uma marca cara de bebida destilada. Ao que parecia, os anúncios, que ainda não tinham sido lançados, mostravam um Westley dramaticamente iluminado, de gravata frouxa, levantando os olhos de um livro com uma expressão melancólica e uma bebida ao lado, como se tivesse sido interrompido durante uma leitura muito envolvente.

Mas não havia mais tempo para admirar a neve, mesmo que as janelas já não estivessem embaçadas pela atividade na cozinha. Na véspera, April se vira atarefada organizando uma área de jantar improvisada em sua sala de estar, aumentando a mesa da cozinha, que era bem pequena, com uma mesa de jogos e cadeiras extras emprestadas do sr. Jackson (que estava passando o fim de semana de Ação de Graças em uma cabana no lago com a Tangueira, cujo nome, na verdade, era Lenore. April tinha descoberto tudo isso enquanto tomava café com os dois no apartamento do sr. Jackson na semana anterior). As peças de louça não combinavam e a verdade era que sala não era grande o bastante para acomodar nove pessoas confortavelmente — duas teriam que se sentar no sofá, o que as deixaria um pouco baixas diante da mesa —, mas April ficou satisfeita com o arranjo de centro de mesa feito com mini abóboras moranga, folhas de outono e velas. Da cozinha, vinha o aroma fantástico do peru — April tinha passado a semana anterior estudando as receitas de Ação de Graças do jornal *The New York Times*, e o peru de mais de seis quilos no forno, recheado com cebola e limão, e regado com sidra, tinha um cheiro apetitoso. Era o primeiro peru que April cozinhava na vida — nunca tinha imaginado que teria pessoas o suficiente ao seu redor naquela data para fazer valer o esforço.

— Tem certeza de que era pra estar tão marrom? — perguntou Ben, se curvando para espiar dentro do forno.

Ele e April tinham sido convidados para o jantar de Ação de Graças no clube de golfe — uma tradição que o pai nunca perdia —, mas acabaram combinando um jantar em família com o pai no sábado. April ficou encantada em ter Ben em sua festa, principalmente porque ele e Kelsey tinham terminado de vez um mês antes, depois que Kelsey havia encontrado anotações para um monólogo que Ben estava ensaiando e achou que era uma carta de amor para outra pessoa. O fato de estar em pentâmetro iâmbico não pareceu detê-la. Já ia tarde, pensou April.

— A mamãe fazia desse jeito — respondeu April. — Saia de perto do forno.

Ela deu um tapa no traseiro de Ben com uma espátula. Anônima (Nonny), a gata de April, saltou para trás depois de farejar o forno, assim como Ben, que riu.

Eles ouviram uma batida à porta que mais parecia um chute abafado. April a abriu e viu Laura, com as mãos ocupadas por uma travessa grande coberta com papel-alumínio. Ao seu lado, Olivia, com dois ursos de pelúcia elegantemente vestidos debaixo do braço, olhando com orgulho para um par de sapatos brilhantes — e atrás delas, Rebecca, com um grande saco de papel que April reconheceu como sendo da delicatéssen caríssima no fim da rua.

— Oi, April! — cumprimentou Laura sem fôlego, entrando no apartamento como quem já tinha estado ali várias vezes antes, o que era verdade. — Feliz Dia de Ação de Graças! Eu abraçaria você, mas não tenho como. A mesa tá tão bonita! Onde coloco isso? Livvy, diz oi pra April! Rebecca, a cozinha é por aqui, se quiser deixar esse pão.

— Muito obrigada por me convidar — disse Rebecca para April, fazendo Olivia entrar e já descalçando graciosamente os sapatos de salto altíssimo. — O cheiro está maravilhoso aqui. Que apartamento lindo! Ah, e obrigada mais uma vez pela sugestão daquele livro de mistério, *The Stranger Diaries*! Vou passar na livraria no sábado pra pegar. Acho que o meu clube de leitura, aquele que a Laura abandonou, vai adorar.

— Sim, o pedido chegou! Está esperando por você no balcão de atendimento. Tomara que goste! — disse April, dando um abraço rápido em Rebecca. — Laura, pode colocar em qualquer lugar na cozinha. E você conhece o Ben, meu irmão, certo? O Sydney não veio com vocês?

— Ah, ele e o Andrew estão vindo juntos — explicou Laura, e foi até a cozinha para deixar a travessa na bancada. — Eles continuam grudados. Você reparou que o Andrew começou a usar lenços de bolso? O Sydney disse que eles trariam o vinho que a Rebecca pediu. April, vem comigo aqui no corredor um segundinho? Preciso perguntar uma coisa. Livvy, meu amor, me dá o seu casaco, vou deixar no quarto da April. Você pode ficar com os ursos.

— Olivia, você tá tão bonita. Adorei o vestido — comentou April, e se agachou ligeiramente para cumprimentar a menina, ficando na altura dos olhos dela.

Olivia, como sempre, estava usando uma roupa bem mais fofa do que a de April — o vestido daquele dia tinha um estilo adoravelmente retrô, como se tivesse sido escolhido por uma pequena Mary Poppins.

— Obrigada — agradeceu a menina em tom solene. Ela levantou os dois bichinhos de pelúcia. — Esse é o Mirtilo e essa é a Neve. Eles vieram porque gostam de peru. Posso ver a sua gatinha?

— Bem, espero que os ursos estejam com fome — disse April. — Se você for até a cozinha, o meu irmão, o Ben, pode servir alguma coisa pra eles beberem. E claro, a Nonny tá em algum lugar por aí! Ela vai adorar brincar com você. Tenta dar uma olhada embaixo do sofá. É onde todos os brinquedos dela sempre vão parar.

April seguiu pelo corredor com Laura até o quarto, que pareceu silencioso depois do barulho repentino de convidados chegando.

Laura riu.

— É tranquilo deixar a Rebecca sozinha com o Ben?

— Ha ha! — Riu April. — A verdade é que ele tem medo de mulheres poderosas, apesar de todo aquele papo. O Ben provavelmente vai contar a ela absolutamente tudo sobre a websérie esquisita em que acabou de fazer uma ponta. Ele tá todo animado porque o Kelly Drake também está na série. Ele acha que é a grande chance dele.

Laura fechou a porta rapidamente, parecendo estar explodindo de curiosidade.

— E então, como foi? — perguntou.

Laura tinha apresentado April a um de seus clientes: um cara da área de softwares chamado Justin que tinha ido até a loja onde ela trabalhava para comprar uma roupa para uma festa de gala, mas confessou a Laura que, na verdade, teria preferido ficar em casa lendo. Aquilo pareceu um bom presságio, e Laura rapidamente percebeu que ele era solteiro, parecia gente boa e estava disposto a ir em um encontro com uma desconhecida.

— Ele é legal! — respondeu April. — Legal *de verdade*. A gente vai ao cinema amanhã. Não convidei ele pra vir hoje porque pareceu um pouco demais vir no Dia de Ação de Graças, né? Mas obrigada, obrigada, obrigada. Foi o melhor primeiro encontro que eu tive em...bem, talvez desde sempre.

Tinha sido mesmo um momento delicioso. Ele tinha se encontrado com ela na Read the Room. Os dois se sentaram no café e conversaram sobre livros, enquanto os novos colegas de April se esforçavam para fingir que não estavam bisbilhotando. Até Westley lhe deu um sorrisinho cúmplice depois.

— E... como vão as coisas com o Nathan? — perguntou April.

Laura tinha começado a namorar o pai viúvo de uma das colegas de classe de Olivia no início do outono. Ele havia entrado em contato com ela algumas semanas depois de conhecê-la na formatura de segundo ano das crianças, porque pesquisara seu e-mail na lista de pais e mães da turma. Assim como Laura, Nathan estava criando a filha sozinho. April estava acompanhando ansiosamente o desenrolar dos acontecimentos:

Laura optara por levar as coisas devagar, mas estava tudo indo bem. Ela contara que Nathan era gentil e divertido, e que não se importava que ela desse sugestões sobre o seu guarda-roupa (que não era terrível, mas talvez tivesse um excesso de casacos com zíper só até a altura do peito), e as duas meninas estavam se dando muito bem.

— Estão indo muito bem! E ele pediu pra que eu agradecesse de novo pelo convite pra vir aqui hoje, disse que lamenta que ele e a Harper não tenham podido vir. Os dois sempre passam o Dia de Ação de Graças na casa dos pais dele. Mas a gente vai se encontrar no sábado pra jantar, e vamos levar as meninas ao aquário no domingo.

Os olhos de April brilharam.

— Fico tão feliz — disse. — Tô louca pra conhecê-lo. O Nathan parece ser muito melhor do que um tonto qualquer que deixaria bilhetes dentro de um livro.

Laura sorriu.

— Ih, não sei, não... talvez essa não seja a pior maneira de conhecer alguém.

— Talvez não — concordou April. — Muito bem. É melhor a gente voltar pra lá antes que o Ben diga algo pra Rebecca de que todas nós vamos nos arrepender.

— Talvez a gente devesse apresentar o seu irmão pra minha babá — comentou Laura, rindo. — Ela tem uma falta de filtro parecida.

— A Ashley não tem namorado?

— Acho que ela tá prestes a terminar com ele... a pobrezinha encontrou um brinco na cama dos dois que ele jura que é da mãe, e não tem como essa história terminar bem.

Na cozinha, April encontrou uma cesta para o pão e disse a Ben — que estava, como previsto, falando sem parar sobre *Depois do temporal*: "É tipo *A escuta*, mas com chuva e talvez alguns zumbis" — que deixasse a cerveja de lado e começasse a fatiar o peru. Ben, que estava vendo Laura pela primeira vez, ergueu uma sobrancelha para April, apontando para Laura com um gesto teatral e perguntando através de mímica *Quem é essa?*

As sobrancelhas de April se ergueram ainda mais. *Muita areia pro seu caminhãozinho*, falou apenas com o movimento dos lábios, sorrindo.

— Disse alguma coisa, April? — perguntou Laura, tirando o papel-alumínio que cobria a travessa que levara.

— Não! Nada!

Felizmente bateram à porta naquele exato momento, e April pediu licença para atender. Eram Westley e Alejandra, cada um carregando uma torta e parecendo muito fofos, com as bochechas vermelhas e agasalhados, como se tivessem acabado de sair de uma foto de férias de inverno. Os dois pareciam mesmo, pensou April, feitos um para o outro.

— Sejam bem-vindos! — cumprimentou April. — Entrem e se aqueçam! Está congelando lá fora!

O momento talvez tenha sido um pouquinho constrangedor: Westley e Alejandra estavam naquele ponto do relacionamento em que não conseguiam nem tirar os casacos sem um contato visual muito ardente e carícias no braço. Mas logo atrás deles estava vindo um Sydney apressado, usando um sobretudo de lã turquesa e um chapéu-coco com acabamento em penas que logo se tornou um ponto brilhante na sala, junto com Andrew, que carregava cuidadosamente uma caixa com várias garrafas de vinho com rótulos elegantes.

— Amei — disse Sydney, indicando a sala com um aceno de mão e cumprimentando April com beijos dramáticos no rosto. — Adorei o apartamento, adorei a mesa, adorei tudo. Muito rústico. Muito chique.

— Que bom que você veio! — disse April. — Oi, Andrew! Adorei o lenço de bolso.

— Influência do Sydney, mas obrigado! — agradeceu Andrew. — Oi, Westley! Hoje de manhã, vi na internet uma prévia do anúncio que você fez com a Donna Wolfe. Muito sofisticado! Até me deu vontade de beber quando vi. Não sei por que nunca pensei nisso antes.

Westley deu um sorrisinho meio envergonhado.

— Obrigado. Ainda me pergunto como deixei a Donna me convencer, mas o pagamento foi meio absurdo.

— E o Westley *finalmente* vai poder ter uma casa só pra ele — interrompeu Alejandra, sorrindo. — A Donna é meio que a sua fada madrinha agora.

— Donna é legal, sério — afirmou Westley. — Tô tentando apresentar a ela uma ideia que eu tenho pra um filme.

Embora não o conhecesse há muito tempo, April notou que Westley parecia muito mais à vontade do que alguns meses antes. Alguma coisa, fosse a presença de Alejandra em sua vida ou servir de inspiração para uma pessoa como Donna, parecia tê-lo mudado. Talvez fossem as aulas de salsa para as quais Alejandra supostamente o arrastava, ou talvez fosse só amor.

As coisas sempre pareciam caóticas no início daquele tipo de reunião social, com a chegada dos convidados aos poucos, casacos para guardar e bebidas para servir, enquanto a conversa se alternava entre um bate-papo rápido e silêncios constrangedores. Mas então chegava aquele meio-tempo delicioso, quando, de repente, tudo entrava em sintonia: com todos sentados e confortáveis, a comida posta e a noite parecendo que poderia durar para sempre, da melhor maneira possível.

April olhou ao redor da mesa iluminada por velas, querendo congelar o tempo, só por um momento. Ben estava ajudando Olivia a servir uma enorme concha vermelha de molho de cranberry por cima das fatias de peru; Westley segurava a saladeira e parecia completamente extasiado pelo modo como Alejandra empunhava o pegador de salada; Rebecca e Sydney riam juntos de uma piada que talvez fizesse sentido só para eles; e Andrew, que se se servira de batatas demais, estava passando metade delas para o prato de Sydney, sem nem precisar perguntar se ele queria. Tantas histórias em uma sala que tinha passado tanto tempo em silêncio.

Laura também estava olhando ao redor da mesa. April encontrou seu olhar e as duas riram juntas. Era incrível a rapidez com que tinham se tornado parte da vida uma da outra, depois daquele jantar longo, estranho, regado a vinho e inesperadamente prazeroso no Emilio's.

— Isso é tão legal — comentou Laura baixinho com April. — Obrigada.

— O que é legal? — perguntou Olivia, que tinha aquela característica típica de filha única de sempre querer saber do que os adultos estavam falando.

— Nada, meu amor — respondeu Laura. — É só muito bom estar aqui.

Lá fora, a escuridão estava começando a cair, e a rua lembrava um globo de neve, com pequenos flocos de gelo flutuando ao redor do poste de luz. Dentro do apartamento estava quente, com as velas na mesa tremeluzindo graciosamente no ritmo da conversa, dando ao rosto de todos um brilho suave. April achou que toda a cena parecia saída direto de um filme, do tipo que as pessoas gostariam de assistir várias vezes, sempre querendo entrar mais uma vez naquele mundo.

(Encontrado dentro de um exemplar novo de *The Stranger Diaries*, de Elly Griffiths, que estava no balcão de atendimento da Read the Room)

Bonjour, Rebecca.

Você não me conhece, mas a vi na livraria e ouvi sua amiga, a jovem simpática que se senta perto daquele cara bonito no balcão de livros usados, chamá-la pelo nome — posso fazer isso? Peço desculpas por ainda não falar perfeitamente seu idioma, mas sou novo na cidade e estou cuidando da cozinha do café. Embora ainda não saiba o nome de todos na livraria, ouvi quando comentaram sobre deixar este livro para você. É muito precipitado dizer que adoraria conhecê-la? Talvez eu possa preparar um croissant para você um dia desses?
Avec les doigts croisés,

Sébastien

Agradecimentos

Embora escrever seja, por natureza, uma atividade solitária, publicar um livro requer um vasto conjunto de colaboradores. Sendo assim, há muitas pessoas a quem preciso agradecer.

Como seria apropriado para um livro que trata, em última análise, de amizade, meus primeiros agradecimentos vão para o meu amado círculo de amigas: algumas leram o original e deram sugestões úteis (e não se importaram quando roubei o nome de um antigo namorado para usar no livro); outras ficaram por perto, mandando energia positiva, Coca-Cola Zero e mensagens de incentivo quando eu mais precisava. Sou imensamente grata por tudo isso. Envio muito amor, meus agradecimentos e abraços para Bethany Jean Clement, Janet Ellerby, Sally Freed, Amy Frey, Katherine Frey, Sarah Gage, Lynn Jacobson, Arlene Libby, Marjorie Manwaring, Crystal Paul, Terri Sharkey e Cindy Thompson. Registro aqui também meu amor por Carla Zilbersmith, que está torcendo por mim, empoleirada em uma nuvem em algum lugar do céu.

Agradeço a Allison Hunter, minha agente dos sonhos (ela é tão boa no que faz que às vezes me pergunto se não é uma invenção da minha cabeça), e a toda a equipe maravilhosa da Trellis Literary Management, especialmente a Allison Malecha, Natalie Edwards, Tori Clayton e Michelle Brower. E minha gratidão também à minha querida agente em Londres, Katie Greenstreet, que não faz ideia de como me diverti escrevendo a frase "minha agente em Londres".

Estou empolgada por ser publicada pela Dutton Books, na Penguin Random House, e quero, antes de mais nada, agradecer à minha brilhante editora, Maya Ziv, que tornou o processo de edição uma alegria absoluta. Também na Dutton, agradeço a Ella Kurki, Andrea Peabbles e Leah Marsh. Na Bloomsbury, no Reino Unido, as observações editoriais aguçadas da encantadora Darcy Nicholson foram de enorme ajuda.

Agradeço aos meus colegas do *Seattle Times*, cujo talento me inspira todos os dias — particularmente à incrível equipe de colunistas. Agradeço também às extraordinárias editoras Janet Tu e Stefanie Loh, cujo apoio aos meus empreendimentos ficcionais foi incansável e muito apreciado. E meu muito obrigada também à fotojornalista/artista Erika J. Schultz, responsável pela minha foto de autora e sua bela iluminação.

Agradeço a Michael Coy, uma lenda entre os livreiros de Seattle, que gentilmente me permitiu importuná-lo com perguntas sobre como livrarias funcionam em troca de um café. (Qualquer prática comercial esquisita ocorrida na Read the Room é pura invenção minha.) Falando em livreiros lendários de Seattle, serei eternamente grata a Karen Maeda Allman, que me indicou o programa "Writer to Agent" da conferência e feira literária da Association of Writers and Writing Programs de 2023, dando início a essa jornada. Meu agradecimento também a Lori Galvin, cujo incentivo e sugestões foram absurdamente úteis desde o início.

Agradeço a todos da Third Place Books Ravenna, a minha deliciosa livraria de bairro (e sósia da Read the Room), e às livrarias independentes em toda parte. Elas são — como pelo menos um dos meus personagens diz, e eu acredito — lugares mágicos.

Como sempre, envio meu amor e meus agradecimentos a todos os meus parentes das famílias Macdonald, Monroe e Malvin. Quero mencionar especialmente minhas sobrinhas, agora adultas, Anna Malvin e Ellie Monroe, e minhas afilhadas, Teya Patt e Alix Diaz: as lembranças de vocês, tão fofas, quando tinham sete anos me ajudaram a criar a personagem Olivia, e foi muito divertido revisitar essas memórias. Uma menção especial, com amor, à minha família mais próxima: minha maior esperança é que este livro consiga transmitir um pouco da ternura da minha mãe, Sue; da inteligência do meu pai, Jim; da força da minha irmã, Linda; e da gentileza do meu irmão, Blaine. A parte mais difícil de estrear como autora já não sendo mais tão jovem é que nem todos os nossos entes queridos estão neste mundo para comemorar com a gente. Gostaria que meu pai pudesse segurar este livro nas mãos, mas acho que ele ficou sabendo do lançamento, onde quer que esteja.

Por fim, minha mais profunda gratidão para a pessoa sem a qual este livro não teria existido: a pessoa que acreditou em mim quando eu não acreditava, que concordou de cara com o meu plano extremamente irresponsável de tirar uma licença não remunerada do meu emprego estável — durante a pandemia! — para seguir o sonho vago de escrever ficção; a pessoa que sempre disse "sim, você consegue, vá em frente". Este livro é para Bruce Monroe: meu marido, minha fortaleza, minha música, meu companheiro de livraria favorito, meu amor como nos livros.

Impresso no Brasil pelo Sistema Cameron da Divisão Gráfica da
DISTRIBUIDORA RECORD DE SERVIÇOS DE IMPRENSA S.A.